챗GPT
문화·예술
교육
인사이트

초판 인쇄 2024년 6월 12일
초판 발행 2024년 6월 12일

출판등록 번호 제 2015-000001 호
ISBN 979-11-94000-01-3(03800)

주소 강원도 횡성군 횡성읍 송전로 209 (고즈넉한 길)
도서문의(신한서적) 031) 942 9851 팩스 : 031) 942 9852
도서내용문의 010 8287 9388
펴낸 곳 책바세
펴낸이 이용태

지은이 박은정
기획 책바세
진행 책임 책바세
편집 디자인 책바세
표지 디자인 책바세

인쇄 및 제본 (주)신우인쇄 / 031) 923 7333

챗GPT
문화·예술
교육
박은정 지음
인사이트

인공지능(AI)의 진보가 음악산업에 가져온 혁명적 변화를 조명하는 이 책은 음악감독으로서 깊은 인상을 남겼다. 인공지능이 음악 창작 과정에 어떻게 통합될 수 있는지를 생각하며, 문화와 예술을 사랑하는 청소년들과 이 분야의 교육자들에게 필수적인 가이드를 제공한다. 또한, 이 책은 AI 기술을 활용하여 창의적인 방법으로 음악을 구성하는 방법뿐만 아니라, 기술 변화에 적응하는 방법에 대해서도 심도 있게 다루고 있기에, 이 분야에 종사하거나 관심이 있는 분들에게 강력히 추천드리며, 이 책을 통해 미래의 문화와 예술에 대한 새로운 지평을 열어가길 바란다. 이 책은 읽으면서 영감을 받고, 창의력을 키우며, AI가 음악을 어떻게 변형시킬 수 있는지의 놀라운 사례를 직접 경험하게 될 것이다.

정세린 영화, 드라마 음악감독(Movie closer)_대표작: 파송송계란탁, 반창꼬, 해를 품은 달, 마더, 비밀의 숲, 악마판사, 펜트 하우스,더 글로리 등

이 책은 챗GPT와 같은 첨단 인공지능 기술이 문화예술교육에 어떻게 효과적으로 활용될 수 있는지에 대해 심도 깊게 탐구하며 음악, 미술, 문학 및 놀이 등 다양한 교육 영역에서 인공지능을 활용하는 방법을 제시하여, 창의적인 인재를 육성하는 데 필수적인 자원으로서의 가치를 설명한다. 또한, 이 책은 교육 프로그램 개발자와 기획자들에게 무한한 영감을 제공하며, 그들이 독창적인 콘텐츠를 창출할 수 있도록 구체적인 지침을 제공하고, 교육을 받는 학생들에게는 창의력을 발전시키는 데 있어 중요한 밑거름이 되어 줄 것이다. 문화예술교육의 미래를 밝히는 이 책은 모든 교육자와 학생들에게 꼭 필요한 지침서가 될 것이다.

이재희 이랜드월드 패션, 광고디자인 총괄 책임자 / 이랜드월드 캐릭터브랜드 런칭 / 전 올리브 스튜디오 애니메이션 제작사 대표

생성형 AI가 책을 쓰고, 디자인을 하며, 거짓 정보까지 전하는 시대가 되었다. 인터넷의 탄생을 능가할 이 드라마틱한 변화는 '완전히 새로운 눈을 장착해야 한다'는 숙제를 우리 모두에게 안겨주었다. 이제 AI와의 콜라보레이션이 나의 무기, 나의 생존능력이 된다. 문제는 공교육이 변화의 속도를 따라잡지 못한다는 것. 주입식 교육을 받은 어른들이 꿈나무들에게 위험한 환경이 될 수도 있다는 위기에 직면한 것이다. 이 책은 이 혼돈의 소용돌이 속에서 방향을 찾는 이들에게 비전과 영감을 줄 것이며, 먼 미래의 불구경이 아닌, 오늘 당장 시작해야 할 숙제의 첫 장을 열도록 도와줄 것이다. 이 명쾌하고 실용 적인 가이드는 저자의 연구와 헌

신에 뿌리를 두고 있으며, 우리 고유의 콘텐츠인 '전래놀이'를 현대적으로 재창조하여 교육현장에 뿌리내렸다. 다년간의 노력을 통해 지역 커뮤니티와 예술적 협업을 이끌어온 저자의 쉼 없는 도전에 존경의 박수를 보낸다.

강효정 '예술융합교육 Smart 8' 저자 / 숭실대 교육대학원 융합영재교육학과 겸임교수

놀이가 없던 시대는 존재하지 않았다. 우리 조상들의 얼과 지혜가 담겨있는 놀이를 법고창신의 정신으로 이 시대에 맞게 재탄생 시키고자하는 열정에 박수를 보낸다. 아이들의 미래를 준비하는 저자의 아이들에 대한 사랑에 존경을 표하며 '다놂' 다같이 가치있게 놀 수 있는 놀이를 기대한다.

주목 전영숙 광주시교육청 아동놀권리보장위원회위원 / 전라남도교육청 어린이놀권리 보장위원회위원 / 전통놀이다문화교육연구소 '다놂' 대표

챗GPT의 도입으로 사람은 신철기시대를 맞이했다. 즉, 앞으로 사람은 챗GPT 이전의 인류와 이후의 인류로 나누어지게 될 것이며, 이를 잘 활용하지 못하는 사람은 생존이 어려울 것이다. 이 책의 저자는 문화예술교육 분야의 현장과 이론을 잘 아는 최고의 전문가로, AI 작곡 및 소설을 쓰고 싶은 모든 분들에게 해답을 준다. 문화예술교육 분야에서 챗GPT 활용의 노하우가 필요하다면, 이 책은 독자 여러분에게 새로운 지평을 열어 줄 것이다.

박현재 전남대 경영대 교수 / 경영연구소장 / AI를 통한 삶의 문제 해결을 연구하는 디지털미래융합서비스 대학원 주임교수

인공지능(AI) 시대의 도래와 함께 문화예술 교육의 패러다임이 급변하고 있다. 이 중심에는 AI가 어떻게 창의적 교육과정에 통합될 수 있는지를 심도 있게 고민하는 때에, 이 책은 그 자리를 잡고 있을 듯하다. 아트 앤 뮤직 큐레이터로서, 이 책은 교육자와 학생들, 그리고 정책 결정자들에게 제공하는 통찰력과 구체적인 방법론이 제시되어 좋은 예시가 될 것 같다. 그러므로 이 책에서 소개하는 챗GPT를 활용한 교육적 리더십과 창의적인 문화예술 활동의 촉진 방법 그리고 기술과 인간의 소통을 재해석하고 교육의 미래에 대한 새로운 비전을 제시하는 필독서로 강력히 추천한다.

최정주 교수 한국예술융합연구소 소장 / 한국 최초 아트앤뮤직큐레이터(피아니스트) / 성주재단 크리에이티브디렉터

AI 시대, 모두에게 필요한 문화·예술·교육

25년간의 음악교육 경력을 거치며, 최근 우리가 만나고 있는 이 급변하는 세상에서 수많은 아이들이 음악을 배우는 방식을 지켜보았다. 이러한 경험을 통해 교육의 수축과 그로 인해 제한되는 잠재력의 문제를 해결하고자 하는 것이 필자에게는 가장 큰 숙제였다.

하부식 교육은 정보를 전달하는데 목적을 두고 아이들이 진정으로 다양한 예술 활동을 통해 자신의 감정을 표현하고, 창의력을 발휘할 수 있는 무한한 가능성을 지니고 있음에도 불구하고, 현실은 그들에게 단지 정답을 찾게 하고, 시험을 위한 지식만을 주입하는 데 그치고 있다. 예술, 특히 음악은 특별한 기술이나 지식의 전달이 아닌, 감정과 연결되고, 창조를 제공하며, 인간의 마음과 대화할 수 있는 수단이 될 수 있지만 기존의 이러한 교육 방식은 아이들의 창의적 잠재력을 억누르고, 예술에 대한 진정한 이해와 사랑을 가르치지 못하고 있는게 현실이다.

예술과 혁신으로 한걸음

인공지능(AI) 시대가 도래하면서 우리는 문화예술교육의 새로운 지평을 열 수 있는 기회를 맞이했다. AI와 디지털 기술은 예술교육에 혁신을 가져오고 있으며, 아이들이 예술을 통해 자신의 창의력을 발견하고, 세상과 소통하는 새로운 방법을 제시하고 있다.

이 책은 인공지능 시대에 아이들에게 진정으로 필요한 문화예술교육에 대한 필자의 생각과 경험을 담고 있다. 주입식 교육의 병폐를 넘어서, 아이들 각자가 지닌 독특한 재능과 창의력을 발견하고 키워나갈 수 있는 교육 방법을 모색하려 한다.

아이들이 예술을 통해 자신만의 목소리를 찾고, 세상과 소통하는 방법을 배울 수 있도록 돕고 싶고, 예술은 단순히 기술을 익히는 것 이상의 가치를 지닌 것이라 이야기 하고 싶다. 이 책을 통해 아이들이 자신의 내면을 탐색하고, 창의적으로 사고하며, 감정을 표현하는 방법을 배우게 하므로, 아이들이 예술을 통해 자신의 가능성을 최대한 발휘할 수 있도록 지원하는 문화예술교육의 중요성을 강조하고자 한다.

인공지능 시대의 문화예술교육은 단순히 새로운 기술을 도입하는 것 이상의 의미를 지닌다. 이는 아이들이 미래 사회에서 필요로 하는 창의력, 비판적 사고력, 그리고 감성적 지능을 키우는 과정이다. 이 책을 통해 아이들에게 진정으로 필요한 문화예술교육이 무엇인지, 그리고 우리가 어떻게 그들을 지원할 수 있는지에 대한 답을 찾아가고자 한다.

아이들의 미래를 위해, 그리고 예술이 지닌 진정한 가치를 위해, 우리는 더 이상 주입식 교육에 안주할 수 없기에 이 책이 문화예술교육의 새로운 지평을 여는 데 작은 불씨가 되길 바라는 마음이다.

인공지능과 창의성의 만남

빠르게 변화하는 시대이다. 이러한 변화 속에서 인공지능(AI)은 우리 삶의 다양한 영역에서 중심적인 역할을 하게 되었다. 특히, 문화예술 분야에서 AI의 영향력은 날로 증가하고 있으며, 이는 우리에게 새로운 창의적 가능성을 탐구하는 것은 매우 흥미로운 주제가 될 것이다. 또한 "챗GPT를 활용한 문화·예술·교육 인사이트"라는 이 책을 통해, 문화예술을 기획하고 교육하는 우리는 인공지능과 창의성이 만나는 지점에서 발생하는 다양한 현상과 AI의 새로운 기회를 얻을 수 있는 방법을 모색해 보려 한다.

인공지능(AI)은 문화예술 및 교육 분야에서 두드러지게 중요한 역할을 하고 있다. 예를 들어, 인공지능이 음악 작곡에 활용되는 AI 제작 프로그램 'AIVA'(Artificial intelligence virtual artist)는 클래식 음악 작곡을 도와준다. 이 프로그램은 베토벤, 모차르트와 같은 작곡가의 작품을 분석하여 그 스타일을 배우고, 이를 기반으로 새로운 곡을 생성할 수 있다. 이외 앰퍼 음악, IBM 왓슨 비트, 구글 마젠타, 쥬크덱, 에크렛 음악, 사운드로우, 험탭 등 사용자가 다양한 스타일과 분위기의 음악을 생성할 수 있는 다양한 플랫폼들이 있다.

미술 분야에서도 인공지능은 변화를 주고 있다. 대표적으로 그림을 그려주는 'DeepDream'은 Google이 개발한 프로그램으로, 기존 이미지에 환상적이면서 초현실적인 요소를 추가하여 새로운 이미지를 생성한다.

DALL-E, Artbreeder, RunwayML, 딥아트 그리고 예술가 일반인 이용자에게 최고의 인기를 누리고 있는 '미드저니', 마이크로소프트 검색 엔진인 '빙'에서 제공하는 이미지 기반 '빙 이미지 크리에이터', 카카오 브레인이 만든 '비 디스커버', 인공지능 이미지 생성 프로그램 중 가장 많은 이미지를 무료 생성하는 '플레이그라운드' 등 많은 플랫폼들이 구성되어 있다. 물론 생각보다 퀄리티는 뛰어나다. 이런 도구들은 창의적인 아이디어를 추구하는 데 도움을 줄 것으로 예상된다.

이외에도 한국의 민화와 일본 우키요에 같은 고전 예술을 AI가 분석하고, 이를 현대적인 디자인과 결합하여 새로운 예술 작품을 만드는 과거와 현재가 연결되는 독특한 AI와 전통예술의 만남을 구현할 수도 있고, AI와 교육적 요소의 결합으로 엔터테인먼트 콘텐츠를 제작하여 더욱 개인화된 예술적 환경을 제공할 수 있다. 이러한 다양한 적용을 볼 때 AI는 독창적인 도구를 넘어 예술의 활동을 가능하게 하고, 액션의 경계를 확장하는 중요한 역할을 할 수 있다. 그리고 예술가들은 더욱 독창적인 방식으로 자신의 아이디어를 가질 수 있고, 문화예술의 미래에 대한 새로운 비전을 개념화하고 지속적인 개선을 통해 새로운 형태의 기능과 경험을 제공할 것이다. 인공지능을 통해 문화예술의 새로운 형태와 경험을 제공하고 그것을 향유하기 위해, 문화예술을 기획하는 창작자의 관점과 문화예술을 향유하는 사람들의 관점으로 간단히 이야기해 보자.

문화예술교육 기획자(창작자)로서, 우리는 교육의 방법과 내용이 지속적으로 발전해야 한다는 점을 인식하고 있다. 인공지능의 등장은 이러한 발전에 있어 중요한 전환점이 되었고, 챗GPT와 같은 기술을 활용함으로써, 우리는 예술 교육의 방법론을 재정의하고, 학습자들에게 보다 개인화되고 상호작용적인 학습 경험을 제공할 수 있다. 이렇게 인공지능을 통해 창의적 아이디어를 생성하고, 문화예술의 이해를 깊게 하며, 비판적 사고를 촉진하는 새로운 방식을 모색할 수 있다. 또한, 문화예술의 새로운 프로젝트나 이벤트의 개념을 형성하기 위해서는 데이터를 기반으로 분석하고 이해하는 것을 시작으로 이를 통해 변화를 추구하고, 과거 예술의 형태를 파악하고, 같은 인사이트를 교환할 수 있어야 한다.

예를 들어, AI도구와 플랫폼을 사용하여 예술가, 작가, 음악가 등 다양한 분야의 캐릭터들이 온라인으로 함께할 수 있는 환경을 추구하고 이를 기반으로 작가들이 스토리를 추가하는 방식의 프로젝트도 수행하고, 이런 흥미로운 작업에 참여하고 경험할 수 있는 인터랙티브 전시를 기획하기도 한다. AI 기반의 교육 도구를 활용하여 문화예술 교육 프로그램을 설계하기 위해서는 문화예술 기획자로 문화예술을 향유하는 사람들에게 다양한 지점에서 창의적인 아이디어로 원활하게 사고하고 토론할 수 있는 환경을 제공함으로써 사람들이 AI의 색다른 문화예술 교육을 배울 수 있는 기회를 확장한다.

한편, 문화예술을 향유하는 사람들에게 인공지능은 예술작품을 접하는 방식을 변화시키고 있다. 챗GPT를 비롯한 인공지능 도구들은 예술작품에 대한 새로운 해석을 제공하고, 사용자가 직접 창의적 과정에 참여할 수 있는 기회를 마련해 준다. 이러한 기술은 예술 작품의 생성과 감상이라는 전통적인 경계를 허물고, 창작자와 향유자 사이의 상호작용을 증진하며, 문화예술교육에 새로운 차원을 추가할 수 있는 역할을 한다. 인공지능은 문화예술교육과 향유의 경계를 넓히며, 창작과 감상의 새로운 방식을 제시하고 있다. 이러한 기술의 발전은 예술의 미래에 대한 흥미로운 가능성을 열어주고 있으며, 예술과 기술의 결합이 가져올 미래에 대해 더 깊은 연구가 필요할 것이다.

인공지능이 창조할 수 있는 예술의 진정한 가치는 무엇일까?

인공지능이 인간의 창의적 과정을 보조하거나 대체할 수 있을까?

이러한 질문들을 던지는 과정에서, 우리는 문화예술교육의 미래와 인간의 창의적 잠재력에 대해 더 깊이 이해할 수 있을 것이다. 이 책은 인공지능과 창의성이 만나는 지점에서 발생하는 혁신적인 사례들을 탐구하고, 문화예술교육 기획자와 교육 향유자 모두에게 유익한 인사이트를 제공하고자 한다. 우리의 여정이 이제 시작되었다. 함께 이 길을 걸으며, 인공지능 시대의 문화예술교육을 새롭게 상상해 보도록 하자.

챗GPT의 등장과 문화예술의 새로운 가능성

챗GPT의 등장은 문화예술교육 분야에 혁신적인 변화를 가져왔다. 이 변화는 교육의 내용, 방법론, 그리고 교육에 참여하는 이들의 상호작용 방식에 영향을 미친다. 현재 필자 또한 문화예술교육 프로그램을 기획하는 창작자로서, 챗GPT를 활용하여 새로운 가능성을 탐색하는 구체적인 사례들을 발견하였다. 필자가 처음 챗GPT와 문화예술교육의 만남에 대해 깊이 고민하기 시작했을 때, 이 기술이 학습과 창작 과정에 혁신적인 변화를 가져올 수 있는 무한한 가능성을 갖고 있다고 믿었다. 이 경험과 탐구를 통해, 챗GPT가 문화예술교육 프로그램 기획에 혁명을 일으킬 수 있는 구체적인 기획들을 발견하게 된 것이다.

필자는 미술 교육에서 학생들의 개별적인 관심사와 지식 수준을 고려하여 맞춤형 학습 콘텐츠를 제공하는 방법을 모색하고 있다. 챗GPT를 활용함으로써, 각 학생이 인상주의나 그 이상의 주제에 대해 물었을 때, 개별화된 대응이 가능해지도록 하고, 이러한 접근은 학생들의 학습 동기를 높이고, 더 깊이 있는 이해를 가능하도록 할 것이다.

개인화된 학습 환경을 구현하는 구체적인 내용은, "AI 기반 예술 이해 프로그램"을 들 수 있다. 이 프로그램은 학생들이 예술에 대한 이해와 관심을 깊게 하는 것을 목표로 하고, 각 학생의 관심사, 학습 스타일, 그리고 기존 지식 수준에 맞춰 개인화된 학습 경로를 제공하게 되는데, 여기서 챗GPT와 같은 AI 도구의 역할이 중요해 진다. AI 기반 예술 이해 프로그램은 학생 각자의 예술에 대한 관심과 지식 수준이 다름을 인식하고, 개인화된 학습 경험을 통해 예술에 대한 깊은 이해와 관심을 증진시키고자 하는 것이다.

예를 들어, 학생들은 프로그램 시작 시, 자신의 관심사, 선호하는 예술 장르(예: 회화, 조각, 음악 등), 그리고 이전에 접해본 예술 작품에 대해 설문을 진행한다. 이 정보는 학생별 학습 프로파일을 구축하는 데 사용된다. 각 학생의 프로파일 정보를 기반으로 개인화된 학습 경로를 제안하고, 특정 학생이 현대 미술에 관심이 많다고 답했다면, 그 학생을 위한 학습 경로에는 현대 미술의 역사, 주요 작가와 작품, 그리고 비평적 접근 방법에 대한 콘텐츠가 포함된다.

챗GPT는 학습 경로에 따라 학생들에게 다양한 질문을 던지고, 그들의 응답을 분석하여 추가적인 정보나 새로운 관점을 제공한다. 이 과정은 학생들이 자신의 생각을 깊이 있게 탐구하고, 비판적으로 예술 작품을 분석할 수 있도록 돕는 것이다. 또한, 학생들은 정기적으로 자신의 학습 진행 상황을 평가받고, 챗GPT로부터 개인화된 피드백을 받는다. 이 피드백은 학생들이 자신의 이해도를 점검하고, 추가적으로 탐구할 영역에 대한 제안을 받는 데 도움을 줄 수 있다. 이러한 프로그램은 학생들이 서로의 학습 경험을 공유하고, 예술에 대한 토론을 진행할 수 있는 커뮤니티 공간도 제공한다. 이를 통해 학생들은 다양한 관점을 접하고, 소통하며 서로를 격려할 수 있다는 장점이 있다.

이 "AI 기반 예술 이해 프로그램"은 개인화된 학습 환경이 어떻게 학생들의 예술에 대한 깊은 이해와 창의적 사고를 촉진할 수 있는지 보여준다. 챗GPT와 같은 AI 도구의 활용은 학습자 중심의 교육 경험을 제공하고, 예술 교육의 질을 향상시키는 데 중요한 역할을 한다. 음악 교육에서, 나는 학생들이 자신의 가사를 쓰고 멜로디를 작곡해 보는 활동을 도입한다. 챗GPT는 주제에 대한 가사 아이디어, 혹은 코드까지 제공하고, 학생들이 이를 바탕으로 자신만의 음악을 창작하도록 돕는 것이다. 이 과정은 학생들에게 창의적 사고를 촉진하고, 음악적 표현 능력을 키우는 기회를 제공할 수 있다.

문학적 측면에서의 챗GPT의 활용은 학생들이 다양한 문학작품을 분석하고 자신의 비평을 작성하도록 하고, 기존 작가의 시를 패러디하거나 주제와 상황을 설정하여 스토리를 창작하는 활동을 제시한다. AI가 제공하는 다양한 해석과 관점은 학생들이 비판적 사고를 발달시키고, 자신만의 의견을 형성하는 데 도움을 줄 것이다. 이렇게 다양한 문화적 배경을 가진 학생들에게 각자의 문화를 탐구하고 소개할 기회를 제공하고, 챗GPT는 각 문화의 전통 예술 작품에 대한 정보를 제공함으로써, 학생들 사이의 상호 문화적 이해와 존중을 증진시킬 수 있을 것이다.

기존의 틀에서 벗어난 색다른 드라마 연출도 생각해 볼 수 있다. 챗GPT를 활용하여 가상의 연극 무대를 설정하고 학생들이 다양한 역할을 맡아 대본을 쓰고 연기하는 활동을 진행하려 할 것이다. 이러한 활동은 학생들의 팀워크와 창의적 문제 해결 능력을 강화하며, 연극적 표현력을 키우는 데 기여할 것이며, 경험한 사례들을 통해 챗GPT가 문화예술 교육에서 창의성을 촉진하고, 학습 경험을 풍부하게 할 수 있는 강력한 도구임을 확인할 수 있을 것이다. 챗GPT의 활용은 교육자와 학습자 모두에게 새로운 기회를 열어주며, 문화예술 교육의 미래를 혁신적으로 변화시킬 잠재력을 지니고 있다는 사실이다.

이 책을 통해 더 많은 교육자들이 이 기술을 통해 창의적인 교육 방법을 탐색하고, 문화예술 교육의 새로운 지평을 열어갈 수 있기를 희망한다.

이 책은

이 책의 구성

[챗GPT를 활용한 문화예술교육 인사이트]는 인공지능 챗GPT를 중심으로 혁신적인 리더십과 브랜딩, 창의적 사고 개발, 그리고 교육 현장에서의 실질적 적용을 탐구하는 종합적인 가이드이다. 이 책은 인공지능이 리더십 스킬을 향상시키는 방법부터 예술과 기술의 융합, 그리고 창의적 교육 프로그램 설계까지 다양한 주제를 다룬다. 또한, 챗GPT를 활용한 예술 창작과 비평, 팀워크 강화, 시장 분석 및 경쟁력 강화 방안 등을 상세히 설명하고, 예술 분야에서의 AI 활용 사례와 함께 교사 교육 및 평생교육에서의 AI 통합 전략을 제시하여, 독자들이 문화예술교육에서 인공지능의 잠재력을 최대한 활용할 수 있도록 돕는다.

01 **챗GPT와 혁신적 리더십** 챗GPT를 통한 리더십 스킬 향상과 브랜딩 혁신을 다룬다. 인공지능이 리더십 개발과 브랜드 아이덴티티 강화에 어떻게 기여하는지 탐구하며, 팀워크와 협업에서의 활용 방안도 소개한다. 또한, 시장 분석과 경쟁력 강화를 위한 데이터 기반 전략을 제시한다.

02 **예술 분야에서의 챗GPT 활용** 이 파트는 음악, 미술, 문학 등 예술 분야에서의 챗GPT 활용법을 제시한다. AI를 통한 작곡, 미술 창작, 문학적 창작 및 비평의 새로운 가능성을 탐구하며, 과학과 예술의 융합을 통한 창의적 아이디어 생성 방법도 설명한다. 또한, 전래 놀이의 현대적 재해석을 통해 전통과 현대의 만남을 조명한다.

03 **챗GPT를 통한 창의적 문화예술 교육** 문화예술교육에서 챗GPT를 활용한 창의적 교육 전략을 소개한다. 예술 작품 창작, 이론 학습, 비평적 사고 개발, 상호 문화적 이해 증진 등 다양한 교육 방안을 다루며, 기술 기반 창작 활동과 워크숍 설계 방법도 제시한다. 또한, AI 기반 피드백 시스템을 통한 학습 성과 향상 전략을 다룬다.

04 **챗GPT와 교육 현장에서의 실질적 적용** 교육 현장에서의 챗GPT 활용 사례와 교사 교육을 위한 AI 활용 프로그램을 소개한다. 초·중·고등학교 및 성인 교육에서의 AI 통합 사례를 다루며, 미래 교육 기술 발전에 대한 전망과 방향을 제시하고, 개인화된 학습 경험과 상호작용적 학습 도구를 통해 교육 혁신을 촉진한다.

이 책에는 서점에서 판매되고 있는 [인공지능 그림 수업] 책(PDF: 240페이지)을 제공하여 미드저니와 그밖에 AI 도구를 완벽하게 사용할 수 있도록 제공하며, 생성형 AI를 통해 수익 창출을 할 수 있는 아이템을 소개한 [생성형 AI 유망 수익 창출 14가지] 책(PDF: 130페이지)을 제공한다. 부록 도서는 다음과 같은 방법으로 요청할 수 있다.

본 도서에 포함된 전자책(대여 및 중고 거래 책은 불가)은 스마트폰 카메라를 이용해 QR 코드를 스캔한 후 "책바세 톡톡" 카카오톡 채널로 접속해 아래와 같이 요청하면 된다.

이름과 직업을 지워지지 않는 펜 도구로 쓴 후 촬영하여 QR 코드 스캔을 통해 접속한 카카오 톡에, 촬영한 이미지와 함께 요청한다. (해당 도서명 알려주기)

목차

01

리더십과 브랜딩

챗GPT를 통해 리더십과 브랜딩을 혁신하는 방법은 매우 흥미로운 일이다. 이 파트에서는 인공지능을 활용하여 리더십 스킬을 향상시키고, 효과적인 프롬프트 사용을 통해 브랜드 아이덴티티를 강화하는 전략을 소개하고, 예술과 기술의 융합 사례를 통해 혁신적 리더십의 실제 적용 방안을 탐구하며, 팀 구성과 관리, 의사결정 지원 등 팀워크와 협업에서의 챗GPT 활용법을 이해하기 쉽게 접근할 수 있도록 소개하고자 한다. 또한, 시장 분석과 경쟁력 강화를 위한 데이터 기반 마케팅 전략을 제시하여, 챗GPT의 다양한 비즈니스 활용 가능성을 경험하는 시간이 될 것이다.

챗GPT와 혁신적 리더십

챗GPT는 인공지능 기술의 발전과 함께 리더십의 새로운 지평을 열어가고 있다. 이 챕터에서는 챗GPT를 활용한 혁신적 리더십의 가능성과 구체적인 사례를 이야기한다. 인공지능을 통해 리더십 스킬을 어떻게 향상시킬 수 있는지, 효과적인 프롬프트 작성법과 한글 및 영문 프롬프트 사용 시의 차이점, 예술과 기술의 융합 사례로 Zaha Hadid Architects의 혁신적인 디자인과 Theaster Gates의 커뮤니티 재생 프로젝트를 통해, 창의적 리더십이 예술과 기술의 경계를 허물며, 어떻게 실현될 수 있는지에 대해 살펴볼 것이다.

인공지능을 통한 리더십 스킬 향상

지금 이 시대는 기술의 발전이 눈부시게 진행되고 있으며, 특히 인공지능(AI)은 우리의 일상과 업무 방식에 혁신적인 변화를 가져오고 있다. 그 중심에는 챗GPT와 같은 고도로 발전된 AI 도구들이 자리 잡고 있다. 이러한 도구들은 리더십의 새로운 지평을 열고 있다. 첫 번째 챕터에서는 바로 AI의 중심에 있는 챗GPT에 대해 초점을 맞춰 이야기해 보고자 한다.

우선, 의사소통은 리더십의 근간을 이룬다. 리더와 팀원 간의 명확하고 효과적인 의사소통 없이는 목표 달성이 어렵다. 여기서 챗GPT의 역할이 매우 중요하다. 이 도구를 활용하여 다양한 커뮤니케이션 시나리오를 연습하면, 리더는 더욱 명확하고 설득력 있는 메시지를 전달하는 방법을 배울 수 있다. 예를 들어, 어려운 피드백을 전달하거나, 조직 내 변화를 공지하는 상황에서 적절한 단어 선택과 문맥 설정이 얼마나 중요한지를 챗GPT와의 대화를 통해 실시간으로 연습하고 피드백을 받을 수 있다.

리더는 또한 복잡한 문제를 해결해야 하는 위치에 있다. 이때, 비판적 사고와 문제 해결 능력은 필수적인데, 챗GPT를 활용하면 이러한 능력을 키울 수 있다. 특정 문제에 대해 챗GPT와 대화를 나누며 다양한 해결책을 모색하고, AI가 제시하는 다양한 관점을 통해 문제를 다각도에서 바라볼 수 있게 된다. 이 과정은 리더가 복잡한 상황에서도 균형 잡힌 결정을 내리는 데 큰 도움이 된다. 예를 들어, 음악과 놀이를 전공한 리더와 팀원들이 있다. 음악과 놀이를 융합한 문화예술 프로젝트를 진행하려는데 주최 측에서 미술적 활동을 통한 음악과 놀이의 연계를 요구해 왔을 경우 리더는 어떠한 결정을 해야 할까?

음악적 재능만을 갖춘 리더와 팀원들간의 의견은 다양할 것이다. 못하겠다고 하는 팀원에서 부터 해보자는 팀원까지... 그렇다면 이런 상황에 리더는 이런 복잡한 문제를 어떻게 해결하는 것이 좋은지 챗GPT와 대화로 해결책을 모색할 수 있을 것이다.

먼저 챗GPT가 무엇인지 알아야 이러한 문제를 해결할 수 있다. GPT는 'Generative pre trained transformer'의 약자로, 머신러닝을 통해 방대한 데이터를 미리 학습해 문장을 생성하는 인공지능 모델로 주어진 텍스트를 바탕으로 다음 텍스트를 예측하여 글을 만들어 내는 기능을 가지고 있다. 챗GPT는 Open AI가 만든 딥러닝 프로그램으로 '언어를 만들도록 만들어진 인공지능', 즉, '대화형 인공지능 챗봇'을 뜻한다.

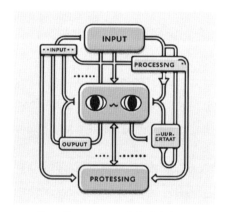

챗GPT구조_DALL-E에서 생성된 그림

그렇다면 챗GPT를 어떻게 활용하여 문제를 해결할 수 있을까? 우선적으로 챗GPT는 어떤 분야라도 대화 상대가 되어 일을 처리하는 방법과 필요한 지식, 질문에 대한 조언을 해준다. 좋은 조언을 받기 위해서는 프롬프트의 구성을 잘 짜야 한다. 챗GPT와 같은 인공지능 모델에 질문을 할 때, 프롬프트의 구성을 잘 짜는 것이 중요한 이유는 챗GPT가 사용자의 의도를 더 정확하게 파악하고, 더 유용하고 정확한 답변을 제공할 수 있기 때문이다.

챗GPT는 기계 학습과 대규모 데이터셋을 활용하여 인간과 같은 텍스트를 생성하지만 맥락 이해와 인간의 감정을 완벽하게 파악하는 데는 한계가 있다. 프롬프트에 명확하고 구체적인 정보를 제공하면, 챗GPT가 더 정확하고 유용한 응답을 제공할 수 있는 것이다.

예를 들어, 사용자는 6W(누가, 무엇을, 언제, 어디서, 왜, 어떻게)를 따르고, 마치 함수에 매 개변수를 입력하듯이 챗GPT에게 매우 명확한 조건을 제공해야 한다. 이렇게 하면 챗GPT가 사용자의 의도를 더 잘 이해하고, 그에 맞는 답변을 생성할 수 있고, 효과적인 프롬프트 작성 방법을 이해하면 챗GPT의 활용도를 높일 수 있다.

챗GPT 회원가입

챗GPT 사용을 위해 신규 사용자를 위한 회원가입, 결제 방법, 그리고 무료 버전(3.5)과 유료 버전(4.0)의 차이에 대해 먼저 알아보자.

1 **GhatGPT(챗GPT)회원가입하기** 구글과 같은 검색엔진을 이용해 ❶챗GPT로 검색한 후 클릭하여 ❷OpenAI 웹사이트로 이동한다.

2 오픈AI 웹사이트가 열리면 메인화면에서 TRY 챗GPT를 클릭하고, 그다음 Sign up(회원 가입) 버튼을 클릭한다.

3 회원가입 방법은 이메일, 구글계정, 마이크로소프트 계정 등 3가지 방법이 있다. 이와 같은 계정이 없을 경우 계정을 만들어 개인이 원하는 방법으로 회원가입 진행(❶❷이메일 주소, ❸비밀번호 등 필요한 정보를 입력)한다. 정보 입력 후 ❹계속 버튼을 누른다.

4 회원가입이 끝나면, 이메일 인증을 통해 계정을 활성화해야 한다. 먼저 앞서 입력한 자신의 이메일로 들어가서 ❶인증 이메일을 확인한 후 Verify email address 버튼을 누른다. 그다음 ❷사용자 이름과 생년월일을 입력한 후 ❸Agree 버튼을 누른다.

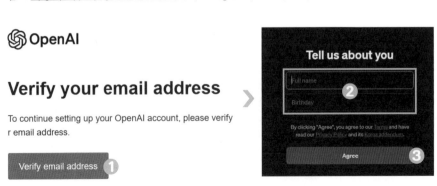

5 마지막으로 가입 확인을 위해 <u>Okay, let's go</u> 버튼을 눌러 오픈 AI의 회원가입을 마친다.

ChatGPT
Tips for getting started

🚩 **Ask away**

ChatGPT can answer questions, help you learn, write code, brainstorm together, and much more.

⬢ **Don't share sensitive info**

Chat history may be reviewed or used to improve our services. Learn more about your choices in our <u>Help Center</u>.

⚠ **Check your facts**

While we have safeguards, ChatGPT may give you inaccurate information. It's not intended to give advice.

클릭

6 **유료 결제하기** 회원가입 후 로그인을 했다면, 유료 서비스를 이용하기 위해 <u>설정 또는</u> <u>구독 메뉴</u>를 선택한다. 그다음 개인 유료 서비스인 <u>Plus의 Upgrade to Plus</u> 버튼을 선택한다.

Upgrade your plan   ✕

Free
USD $0/month

Your current plan

For people just getting started with ChatGPT

✓ Unlimited messages, interactions, and history

✓ Access to our GPT-3.5 model

✓ Access on Web, iOS, and Android

✦ Plus
USD $20/month

클릭 **Upgrade to Plus**

Everything in Free, and:

✓ Access to GPT-4, our most capable model

✓ Browse, create, and use GPTs

✓ Access to additional tools like DALL·E, Browsing, Advanced Data Analysis and more

👥 Team
USD $25 per person/month*

Upgrade to Team

Everything in Plus, and:

✓ Higher message caps on GPT-4 and tools like DALL·E, Browsing, Advanced Data Analysis, and more

✓ Create and share GPTs with your workspace

챗GPT 3.5(무료)와 4 버전(유료)의 차이

챗GPT 3.5와 4는 OpenAI가 개발한 자연어 처리 모델로, 두 버전 사이에는 몇 가지 주요 차이점이 있다. 가장 두드러진 차이는 성능과 정교함이다. 챗GPT 4는 3.5 버전보다 더욱 발전된 언어 이해와 생성 능력을 갖추고 있어, 더욱 복잡하고 다양한 문맥에서의 대화가 가능하다. 대표적으로 향상된 문맥 이해력, 더욱 정교한 대화 관리, 다양한 지식과 정보 활용이다. 최근 출시된 챗GPT4o의 'o'는 하나의 통합된 옴니 모델(Omnimodel)의미하며, 음성 인식, Speech to text, 이미지 인식 기능 등이 통합되어, 자연스러운 인터랙션이 가능하다.

7 유료 서비스를 선택한 후의 결제 방법은 신용 카드와 페이팔 등으로 결제할 수 있다. 자신의 정보를 입력하여 결제를 하면, 유료 서비스를 사용할 수 있다.

챗GPT 사용 방법

챗GPT 사용 방법은 다음과 같이 간단하게 요약할 수 있다.

1. 로그인 챗GPT 웹사이트 또는 애플리케이션에 접속하여 로그인한다.

2. 질문 및 명령 챗GPT에게 특정 질문을 하거나, 정보를 요청하거나, 특정 주제에 대해 설명을 요청할 수 있다. 예를 들어, "뉴욕의 주요 관광지는 어디인가요?" 또는 "초콜릿 케이크 레시피를 알려줘"와 같은 질문을 할 수 있다.

한글과 영문 프롬프트 사용 시의 비교

챗GPT에서 한글로 질문할 경우와 영문으로 질문할 경우, 영문이 한글보다 빠른 응답 시간을 갖는다. 만약 영문에 능숙하다면 영문을 사용하는 것을 권장하지만 그렇지 않다면 한글로 질문해도 크게 문제는 없다. 영문으로 질문을 할 경우 응답 속도와 답변의 질이 높을 수 있기 때문에 영문에 약한 사용자는 번역기를 이용하는 것도 하나의 방법이다. 일반적으로 구글 번역기를 사용하지만, 챗GPT는 프롬프트 지니 또는 딥엘(Deepl)등 다양한 확장 프로그램(앱)을 통해 영어 질문을 구성할 수 있다.

 프롬프트 지니: ChatGPT 자동 번역기

4.2 ★ (평점 257개)

확장 프로그램   워크플로 및 계획   400,000 사용자

그러나 한글과 영어는 언어 구조가 매우 다르기에 질문이나 지시의 표현 방식에서 영향을 준다. 또한, 언어 사용은 문화와 밀접한 연관이 있어 한국어 사용자는 종종 높임말을 사용하여 상대방에 존중을 표현하는 반면, 영어에는 높임말 체계가 없기에 같은 요청이나 질문도 언어에 따라 다르게 표현될 수 있다. 언어의 명령은 주로 어떤 행동을 요구하는 지시적인 표현으로 한글과 영어 모두 이 구분은 비슷하게 적용되지만, 표현의 정도와 방식에 있어서 다를 수 있다.

챗GPT는 사용자의 배경, 연령, 교육 수준 등에 따라 같은 내용도 다르게 표현될 수 있고, 특히 다양한 문화적 배경을 가진 영어 사용자들은 더 다양한 표현을 사용할 수 있다. 그리고 각 언어에 최적화된 특정 표현이나 관용구를 더 잘 이해한다. 예를 들어, 한국어로는 더 정중하거나 격식을 갖춘 요청이 자연스럽게 받아들여질 수 있고, 영어에서는 좀 더 직접적이고 간결한 표현이 흔히 사용된다. 한글과 영어로 작업을 지시했을 때 속도 또한 차이가 나고, 언어와 문화적 맥락, 그리고 사용자의 의도에 따라 다르게 나타난다. 이렇게 간단한 단계로 챗GPT를 사용할 수 있으며, 여러분의 다양한 요구에 맞추어 유용한 도구로 활용될 수 있다.

챗GPT 프롬프트 사용 스킬

챗GPT에게 작업을 지시하기 위해서는 먼저, 프롬프트 구성을 잘해야 한다. 즉, 아이디어 전달을 잘 해야 한다는 것이다. 수행해야 할 작업을 명확하고 구체적으로 작업지시(Input Data)하고, 입력 데이터(Input Data)는 주제나 핵심 키워드로 개념을 명확하게 선택하여 해야 한다. 또한, 질문이나 요청의 배경이 되는 맥락 정보(Context)를 제공해야 결과물이 가져야 하는 형식이나 구조를 효과적으로 도출할 수 있다.

프롬프트 6가지 구성요소 (Prompt component)

구체성, 방향성, 상황 맥락, 질문 형태, 언어와 문체 등의 요소들을 고려하여 프롬프트를 작성하면 프롬프트가 효과적으로 작동하도록 하고, 원하는 정보를 더 정확하고 만족스러운 답변을 제공할 가능성이 높아진다. 프롬프트는 사용자와 AI 간의 커뮤니케이션을 위한 기본적인 도구이며, 효과적인 대화를 위해 중요한 역할을 한다.

프롬프트 실전 구성

01 구체적인 입력 (Specific Input)
- 정의: 사용자가 챗GPT에 제공하는 초기 데이터 또는 요청사항을 명시 합니다.
- 핵심 내용:
사용자는 구체적인 질문이나 명령을 입력 합니다. 예를 들어, "바로크 시대의 음악가 중 하나인 요한 제바스티안 바흐에 대해 알려줘"라는 질문은 "바로크 시대 음악가를 알려줘"보다 더 구체적입니다.
- 설명:
이 입력은 구체적으로 바로크 시대와 그 시대의 대표적인 음악가 중 한 명인 바흐에 초점을 맞추고 있습니다.

02 지시 (instruction)
- 정의: AI에게 원하는 행동이나 과제의 성격을 구체적으로 지시하는 내용입니다.
- 핵심 내용:
사용자는 AI에게 수행하길 바라는 구체적인 행동을 지시해야 합니다. 예를 들어, "바흐의 대표적인 작품들을 나열하고 각 작품의 특징을 설명해주세요."
- 설명:
이 지시는 AI에게 바흐의 주요 작품들을 나열하고, 각 작품의 음악적 특징을 설명하라는 명확한 작업을 제시합니다. 이는 맥락에서 유용한 정보를 제공하게 됩니다.

03 문맥 정보(context)
- 정의: 시가 작업을 수행하는 데 필요한 추가적인 정보나 맥락을 제공합니다.
- 핵심 내용:
제공된 정보는 AI가 보다 정확하고 효과적으로 작업을 수행할 수 있게 돕습니다. 예를 들어, "이 정보는 대학의 음악사 수업을 위한 자료로 사용될 것입니다. 학생들이 이해하기 쉽도록 간단하고 명확한 설명을 사용해주세요."
- 설명:
제공된 정보는 시가 대상 독자와 사용 목적을 이해하는 데 도움을 줍니다. 여기서는 대학교 음악사 수업의 학생들을 위한 자료로, 교육적이고 이해하기 쉬운 언어 사용이 요구됩니다.

04 출력 (Output)
- 정의: AI가 생성해야 할 최종 결과물의 형식과 내용을 명시합니다.
- 핵심 내용:
출력은 사용자가 기대하는 결과의 형태를 구체적으로 설명합니다. 예를 들어, "결과를 PowerPoint 슬라이드로 정리하며 각 작품의 설명 옆에 해당 작품의 악보 예제를 포함시켜 주세요."
- 설명:
이 출력 지시는 결과물의 형식을 구체적으로 명시합니다. PowerPoint 형식으로 제출하고, 각 작품 설명 옆에 악보 예제를 포함시키라는 지시는 발표나 학습 자료로서의 활용도를 높여줍니다.

그렇다면 프롬프트 실전 구성을 활용하여 인공지능을 통한 리더로서 효과적인 커뮤니케이션을 유지하는 데 필요한 전략이 무엇인지, 이러한 전략이 갈등 해결과 팀의 동기 부여에 어떤 긍정적인 영향을 미칠 수 있는지 작성 예시를 통해 자신만의 챗GPT를 구성해 보자.

리더십 스킬 (Leadership skills)

다음과 같이 구성된 프롬프트는 리더십 커뮤니케이션 전략에 대한 효과적인 분석과 적용 방안을 요구하면서, 특정한 문제 상황을 해결하기 위한 구체적인 지침과 출력 형태를 명확하게 정의한다. 이러한 방식으로 프롬프트를 설정하면, 챗GPT는 주어진 정보를 바탕으로 실질적이고 실행 가능한 솔루션을 제공할 수 있다.

프롬프트 요소	프롬프트 예시
구체적인 입력 (Specific Input) 역할(Role)포함	"리더로서 팀 내 의사소통의 효율성을 향상시키기 위한 전략을 마련하고 싶습니다."
지시 (Instruction)	"이러한 커뮤니케이션 전략이 팀 내 신뢰 구축과 효과적인 직업 분배에 어떻게 기여하는지 분석해 주세요."
문맥 정보 (Information)	"팀은 다양한 전문성을 가진 10명의 구성원으로 이루어져 있으며, 최근 몇몇 프로젝트에서 의사소통 문제로 인해 마감 기한을 지키지 못한 사례가 있습니다. 특히, 원격 작업 환경에서 더욱 그러합니다."
출력 (Output)	"500-700단어 분량의 보고서로 커뮤니케이션 전략을 제시하고, 해당 전략이 팀 성과에 미치는 잠재적인 영향을 예시와 함께 설명해 주세요."

위 예시를 바탕으로 인공지능을 통한 리더십 스킬 향상을 위한 실질적이고 실행 가능한 솔루션을 알아보자. 이렇게 혁신적인 아이디어는 리더십의 또 다른 중요한 측면이다. 챗GPT와 같은 AI 도구를 통해 프로젝트의 전략과 협력, 팀원들 간의 참여와 의견 수렴으로 또 다른 목표와 기대치를 설정함으로 새로운 창작의 영역을 두려워하기 보다 리더의 전략을 팀원 모두가 흥미로운 기회로 생각함으로 모두가 함께 성장하며 창의적인 결과물을 만들어 내

는 것은 인공지능을 통한 리더쉽 스킬이 될 수 있다.

챗GPT를 통해 시장 동향, 기술 발전 등에 대한 최신 정보를 수집하고, 이를 바탕으로 새로운 아이디어를 도출하고, 이는 리더가 조직을 혁신의 최전선으로 이끌 수 있도록 하는 원동력이 될 수 있다. 챗GPT를 활용해 신속하게 아이디어를 생성하고, 그 가능성을 평가함으로써 리더는 조직의 전략적 방향 설정에 있어 항상 한 발 앞서갈 수 있는 것이다.

마지막으로, 리더십은 자기 관리와 지속적인 학습에서 시작된다. 챗GPT는 리더십 이론, 성공 사례, 케이스 스터디 등에 대한 방대한 정보를 제공함으로써 리더가 자신의 지식을 지속적으로 확장하고 갱신할 수 있는 기회를 제공한다. 또한, 이 도구와의 상호작용을 통해 시간 관리, 스트레스 관리 등 자기 관리 기술을 향상시키는 데도 큰 도움이 된다.

챗GPT와 같은 AI 도구의 활용은 리더와 조직 모두에게 새로운 기회를 제공하고, 이를 통해 리더는 끊임없이 변화하는 세계에서 자신과 팀의 잠재력을 최대한 발휘할 수 있을 것이다. 여러분, 우리 모두 이 혁신적인 도구를 활용하여 리더십 스킬을 한 단계 업그레이드하고, 더욱 효과적인 리더가 되기 위한 여정을 시작해 보길 바란다.

예술 분야에서의 혁신적 리더십

예술 분야에서 혁신적 리더십은 창의력과 비전을 바탕으로 새로운 경로를 개척하고, 예술과 관련된 다양한 도전을 해결하는 데 중요한 역할을 한다. 그래서 예술 분야에서 혁신적 리더십의 사례를 통해, 효과적인 문화예술경영 해결책을 알아보자.

예술과 기술의 융합: Zaha Hadid Architects (ZHA)

ZHA는 고도로 혁신적인 디자인과 건축 기술을 결합하여 세계적으로 유명한 건축물을 창조했다. 리더십의 핵심은 기술적 한계를 넘어서는 디자인을 추구하며, 건축과 예술, 기술 간의 경계를 허물어 새로운 창작 방식을 탐구한 것이다. 이 사례는 예술교육에서도 학생들에게 다학제적 접근을 장려하고, 기술을 예술 창작 과정에 통합하는 방법을 모색하도록 영감을 주었다.

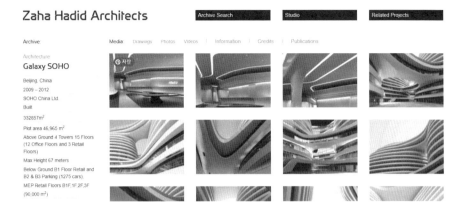

이미지 출처: Zaha Hadid Architects 웹사이트

예술과 기술을 통합하는 창작 과정에서 혁신적인 리더십을 발휘하여 다양한 도전을 해결하는 데 필요한 프롬프트를 작성하는 것은 복잡한 과제를 단순화하고 효과적으로 팀을 이끌수 있는 방법을 제공할 것이다. 다음의 작성 예시를 통해 자신만의 챗GPT를 구성해 보자.

예술과 기술의 통합 (Integration of art and technology)

프롬프트 예시 1: 가상현실 미술 전시회 기획

프롬프트 요소	프롬프트 예시
구체적인 입력 (Specific Input) 역할(Role)포함	"가상현실(VR) 기술을 사용하여 미술 전시회를 아트큐레이터로 기획하고자 합니다. 이 전시회는 전통적인 미술 작품과 디지털 예술을 결합할 것입니다."
지시 (Instruction)	"VR을 통해 관객에게 몰입감 있는 예술 경험을 제공하는 전시회 설계 방법을 제안해 주세요."
문맥 정보 (Information)	"이 프로젝트는 예술과 기술의 융합을 목표로 하고 있으며, 특히 젊은 세대를 대상으로 새로운 형태의 예술 경험을 제공하고자 합니다. 또한, COVID-19로 인해 대면 활동이 제한된 상황을 고려해야 합니다."
출력 (Output)	"1,000~1,500단어 분량의 기획안을 작성하고, 이를 통해 VR 기술을 활용한 예술 전시회의 구체적인 실행 계획 및 예상 효과를 설명해 주세요."

프롬프트 예시 2: AI 기반 음악 작곡 프로젝트

프롬프트 요소	프롬프트 예시
구체적인 입력 (Specific Input) 역할(Role)포함	"인공지능(AI) 기술을 활용하여 새로운 음악 작곡가로 프로젝트를 시작하고자 합니다. 이 프로젝트는 AI와 인간 작곡가의 협업을 통해 이루어질 것입니다."
지시 (Instruction)	"AI를 활용하여 인간 작곡가와 협업하는 과정에서 발생할 수 있는 창의적 및 기술적 도전을 극복하는 전략을 개발해 주세요."
문맥 정보 (Information)	"프로젝트는 다양한 음악 장르와 스타일을 아우르는 작곡을 목표로 하고 있으며, AI의 창의력과 인간의 감성을 조화롭게 결합하는 것이 핵심입니다. 현재 AI 기술에 대한 이해도가 높지 않은 팀원들이 포함되어 있습니다."
출력 (Output)	"프레젠테이션 형식으로 15~20 슬라이드를 준비하여, AI와 인간의 협업을 최적화하는 방안과 이 프로젝트를 통해 예상되는 혁신적인 음악 창작의 가능성에 대해 설명해 주세요."

이 두 프롬프트는 각각 예술과 기술의 결합을 통한 창작 과정에서 리더십을 발휘하여 프로젝트를 성공적으로 이끌어 갈 수 있도록 설계되었다. 각각의 요소는 프로젝트의 명확한 목표 설정, 구체적인 실행 계획, 그리고 예상 결과물을 효과적으로 정의하는 데 중점을 두고 있다.

예술 기반 커뮤니티 재생 프로젝트: Theaster Gates

시카고의 예술가이자 활동가인 'Theaster Gates'는 '삶을 변화시키는 예술가'라고 정의되는 인물이다. 예술을 통해 도움의 손길이 필요한 이웃을 더 나은 삶으로 이끌고, 폐허가 된 지역에 예술로 활력을 불어넣는 실천하는 예술가이다. Theaster Gates는 예술을 통한 커뮤니티 재생의 선구자로, 그의 리더십은 예술과 커뮤니티 개발을 결합하여 지역 사회에 긍정적인 변화를 가져오는 데 중점을 두었다. 또한, 그의 프로젝트는 지역 사회 내에서 문화 및 창조 산업의 인프라를 지원하는 것을 목표로 하여, 예술 기반 커뮤니티 재생 프로젝트의 핵심 요소 중 하나로, 지역 사회의 경제적, 사회적 활력을 증진하는데 기여했다.

버려진 건물을 예술 공간으로 변모시키며, 지역사회 재생에 기여한 그의 리더십은 예술이 사회적, 경제적 가치를 창출할 수 있음을 보여주며, 예술교육 기획에서도 지역사회와의 연계를 강화하고, 사회적 책임을 지닌 예술 프로젝트를 개발할 수 있는 방안을 제시하였다.

이번에는 예술 기반 커뮤니티 재생 프로젝트를 기획하기 위한 프롬프트 작성 예시이다.

예술을 통한 도시 재생 프로젝트 (Urban regeneration project through art)

프롬프트 요소	프롬프트 예시
구체적인 입력 (Specific Input) 역할(Role)포함	"우리는 쇠퇴한 도시 지역의 재생을 위해 예술 기반의 커뮤니티 프로젝트를 기획자로 기획하고자 합니다. 이 프로젝트는 공공 예술, 지역 문화 활성화 및 주민 참여를 통합할 것입니다."
지시 (Instruction)	"예술 활동이 커뮤니티 재생에 어떻게 기여할 수 있는지 구체적인 전략을 개발하고, 주민 참여를 증진시키는 방법을 설계해 주세요."
문맥 정보 (Information)	"해당 지역은 경제적으로 취약하며, 최근 몇 년간 인구 감소와 상업 활동의 축소가 지속되어 왔습니다. 커뮤니티의 역동성을 되찾고, 창조적인 표현을 장려하여 지역 사회의 자긍심을 높이는 것이 프로젝트의 주된 목표입니다."
출력 (Output)	"15~20 페이지 분량의 상세한 기획안을 작성해 주시고, 예술 활동을 통한 커뮤니티 재생의 단계별 실행 계획과 예상되는 사회적, 경제적 영향을 평가해 주세요. 프로젝트의 성공적인 결과를 예측할 수 있는 지표들을 포함시켜 설명해 주시기 바랍니다."

이러한 프롬프트는 예술을 매개로 한 커뮤니티 재생 프로젝트가 실제로 어떤 형태로 구현될 수 있을지에 대한 명확한 방향과 구체적인 실행 계획을 제공한다. 또한, 프로젝트의 잠재적인 영향을 평가하고, 지역 사회 내에서 예술이 어떻게 긍정적인 변화를 이끌어낼 수 있는지에 대한 심도 있는 분석을 요구한다.

디지털 예술과 대중 참여: TeamLab

'TeamLab'은 디지털 기술을 활용하여 대규모 인터랙티브 예술 설치를 제작하고, 이를 통해 예술과 교육의 새로운 방법을 탐구한다. TeamLab은 2001년부터 디지털 기술을 예술에 활용해 현대 예술에 대한 새로운 감성을 창조하였다. 처음에는 일본 예술계에서 인정받기 어려웠으나, 타이페이에서의 데뷔를 통해 글로벌 인지도를 얻었다.

이미지 출처: 시카고 스튜디오의 극장 게이츠 (2013)

TeamLab의 대표적인 전시인 'teamLab: LIFE'는 자연, 문명, 생명의 상호 연결성을 탐구하며, 인간 상호작용에 의해 지속적으로 변화하는 세계를 강조하고 있다. 이들의 작품은 관객이 직접 작품과 접촉함으로써 변화하는 특별한 경험을 통해 창의력을 자극하고 생명의 순환을 공유하는 치유 전시로도 평가 받고 있다. TeamLab의 디지털 아트는 단순히 사전 프로그래밍된 디지털 아트를 반복해서 재생하는 것이 아니라 관객의 움직임을 감지하여 손 위에 작은 새가 착륙하고 갑자기 움직이면 날아가는 등의 상호작용을 하며 경험의 일부가 될 수 있도록 함으로써, 예술의 경계를 확장하고 대중의 예술 참여를 촉진했다. TeamLab의 작업은 디지털 기술과 예술의 결합을 통해 대규모 인터랙티브 예술 설치를 제작하고, 이를 통해 예술과 교육에 대한 새로운 접근 방식을 제시한다. 관객에게 예술 작품과의 직접적인 상호작용을 통해 창의력과 상상력을 자극하는 새로운 경험을 제공함으로 예술교육에서도 학습자의 참여와 상호작용을 중시하고, 디지털 기술을 활용한 새로운 교육 방법을 탐색하는 데 유용한 사례가 된다.

이미지 출처: TeamLab 웹사이트

우리가 맞이한 이 시대는 변화와 혁신의 물결이 예술의 모든 영역을 휩쓸고 있는 때이다. 혁신적 리더십은 이 변화의 중심에서 예술과 기술, 그리고 사회를 잇는 새로운 가교를 구축하는 데 필수적인 역할을 하고, 예술교육을 기획하고 문화예술경영의 해결책을 찾아가는 우리 예술가들에게 이는 한없이 중요한 임무인 것이다.

다음은 위 사례처럼 디지털 아트와 대중 참여 프로젝트를 기획하기 위한 프롬프트 작성 예시이다. 이를 통해 다양한 자신만의 챗GPT를 구성해 보자.

디지털 예술과 대중 참여 프로젝트 (Digital art and public engagement projects)

프롬프트 요소	프롬프트 예시
구체적인 입력 (Specific Input) 역할(Role)포함	"현대 디지털 기술을 활용하여, 대중이 직접 참여하고 경험할 수 있는 대규모 인터랙티브 예술 설치 제작자로 제작하려고 합니다. 이 설치는 교육적 요소를 포함하여 예술을 통한 학습의 새로운 모델을 제시할 것입니다."
지시 (Instruction)	"이 인터랙티브 예술 설치의 설계 및 개발 과정에서 중점을 둬야 할 디지털 기술과 예술적 요소를 결합하는 방법을 개발해 주세요. 또한, 관람객의 참여를 유도하고 교육적 효과를 극대화할 수 있는 전략을 포함시켜야 합니다."
문맥 정보 (Information)	"이 프로젝트는 학교, 박물관, 공공 장소에서의 전시를 목표로 하고 있으며, 특히 젊은 세대를 대상으로 기술을 통한 예술 경험을 제공함으로써 창의력과 학습에 대한 관심을 증진시키고자 합니다. 최신 AR(증강 현실)과 VR(가상 현실) 기술의 활용을 고려하고 있습니다."
출력 (Output)	"2~3 페이지 분량의 포괄적인 기획안을 작성해 주세요. 기획안에는 프로젝트의 목표, 기술적 접근 방식, 예술적 요소, 참여 전략, 교육적 목표 및 예상되는 학습 효과 등을 상세히 기술하고, 예술 설치가 실제 환경에 어떻게 구현될지에 대한 시각적인 렌더링 또는 초기 디자인 스케치를 포함해야 합니다." (페이지 늘여서 지시가능)

프롬프트 요소 중 '구체적인 입력' 내용 (예시)

 현대 디지털 기술을 활용하여, 대중이 직접 참여하고 경험할 수 있는 대규모 인터랙티브 예술 설치를 제작하려고 한다. 이 설치는 교육적 요소를 포함하여 예술을 통한 학습의 새로운 모델을 제시할 것이다. 이를 바탕으로 프로젝트를 기획 구성해 줘.

 이프로젝트를 위해 구체적인 구성 및 기획 방안을 제안하겠습니다. 이는 디지털 기술과 예술을 통합하여 교육적 가치를 제공하는 인터랙티브 예술 설치를 목표로 합니다.

프로젝트 명: 디지털 교감: 예술을 통한 학습 경험

1. 프로젝트 목표

대중이 직접 참여하고 경험할 수 있는 인터랙티브 예술 설치를 통해, 예술과 기술의 융합으로 교육적 경험을 제공한다.

창의적인 학습과 문화적 이해를 촉진하는 현대 디지털 기술의 활용을 탐구한다.

2. 기술적 접근 방식

증강 현실(AR): 관람객이 스마크폰이나 태블릿을 사용하여 예술 작품에 숨겨진 층을 탐색할 수 있게 한다.

가상 현실(VR): 완전히 몰입할 수 있는 환경을 제공하여, 관람객이 예술작품의 일부가 되어 경험할 수 있게 한다.

인터랙티브 디스플레이: 터치스크린, 모션 센서, 음성 인식 등을 활용하여 관람객의 행동에 반응하는 설치물을 제작한다.

3. 예술적 요소

테마 선정: 현대 사회의 중요 이슈들을 반영한 테마를 선택하고, 이를 예술적으로 해석한다.

다양한 매체 사용: 조각, 회화, 디지털미디어, 사운드 설치 등 다양한 예술 매체를 사용한다.

참여형 설계: 관람객이 작품에 직접 참여하고, 예술 작품을 통해 스토리텔링을 경험할 수 있는 구조를 개발한다.

5. 교육적 목표 및 학습 효과

창의력 촉진: 기술과 예술의 융합을 통해 창의적 사고를 촉진한다.

문화 이해 증진: 다양한 문화적 배경을 가진 예술 작품을 통해 문화 간 이해와 공감을 형성한다.

학습 동기 부여: 인터랙티브한 요소를 통해 학습과 탐구의 동기를 부여한다.

6. 실행 계획

단계 1: 프로젝트 팀 구성, 기술 및 예술 전문가와의 협력 구축

단계 2: 초기 디자인 및 프로토타입 개발, 기술 테스트

단계 3: 최종 설치의 제작 및 설치 장소 선정

단계 4: 전시 개막 및 관람객 피드백 수집

단계 5: 수정 및 반복, 지속적인 교육 프로그램 개발

6. 평가 및 피드백

관람객 반응: 설문조사, 인터뷰를 통해 관람객의 경험과 반응을 수집한다.

- 중략 -

프롬프트 요소 중 '지시' 내용 (예시)

 이 인터랙티브 예술 설치의 설계 및 개발 과정에서 중점을 둬야 할 디지털 기술과 예술적 요소를 결합하는 방법을 개발하고 싶어. 또한, 관람객의 참여를 유도하고 교육적 효과를 극대화할 수 있는 전략을 포함시켜야 해.

 인터랙티브 예술 설치를 설계하고 개발하는 과정에서 디지털 기술과 예술적 요소를 효과적으로 결합하고, 관람객의 참여를 유도하는 전략을 포함하는 것은 중요한 작업입니다. 이를 위해 몇 가지 아이디어와 접근 방식을 제안하겠습니다.

1. 디지털 기술과 예술적 요소의 결합

증강현실(AR) 활용: 관람객이 스마트폰이나 태블릿을 사용하여 증강현실을 통해 예술 작품과 상호작용할 수 있도록 합니다. 예를 들어, 벽에 그려진 그림이나 조각상이 AR을 통해 살아 움직이는 듯한 효과를 제공할 수 있습니다.

인터랙티브 디스플레이: 터치스크린, 모션 센서, 음성 인식 같은 기술을 활용해 관람객이 작품에 직접적으로 영향을 미칠 수 있도록 합니다. 관람객의 움직임이나 목소리가 작품의 색, 형태, 소리를 변경시키는 방식입니다.

3D 프로젝션 매핑: 건물 외벽이나 대형 조형물에 비디오를 투사하여 다양한 이미지와 패턴으로 변화시키는 기술입니다. 이를 통해 기존의 공간이 환상적인 예술 작품으로 변모합니다.

2. 관람객 참여 유도 전략

대화형 요소: 설치물에 대화형 요소를 도입하여 관람객이 작품과 대화할 수 있게 합니다. 예를 들어, 관람객의 질문에 작품이 음성이나 텍스트로 반응하는 방식이 있습니다.

감정 반응 시스템: 관람객의 표정이나 몸짓을 인식하여 작품이 반응하는 시스템을 구현합니다. 예를 들어, 관람객이 웃으면 작품의 색상이 밝아지고, 슬픈 표정을 짓는다면 색상이 어두워지는 등의 반응을 보일 수 있습니다.

참여형 워크숍: 설치 공간 내에서 정기적으로 참여형 워크숍을 개최하여 관람객이 직접 예술 작품을 만들어보는 경험을 제공합니다. 이는 특히, 교육적 가치가 높으며 창의력을 촉진합니다.

3. 교육적 효과 극대화 전략

정보 제공: 설치물 각 부분에 대한 정보를 제공하는 디지털 가이드를 마련합니다.

— 중략 —

프롬프트 요소 중 '문맥정보' 내용 (예시)

 이 프로젝트는 학교, 박물관, 공공장소에서의 전시를 목표로 하고 있으며, 특히 젊은 세대를 대상으로 기술을 통한 예술 경험을 제공함으로써 창의력과 학습에 대한 관심을 증진시키고자 해. 최신 AR(증강현실)과 VR(가상현실) 기술의 활용한 구체적 개발과 접근 방식을 이야기해 줘.

 학교, 박물관, 공공 장소에서 전시될 인터랙티브 예술 설치를 위해 최신 AR(증강현실)과 VR(가상현실) 기술을 활용하는 구체적 개발 방식과 접근 방법을 다음과 같이 제안합니다.

AR(증강현실) 기술 활용

1. 모바일 AR 애플리케이션

개발 목표: 관람객이 자신의 스마트폰을 이용해 특정 작품이나 전시 공간에 가상의 콘텐츠를 오버레이할 수 있는 앱을 개발합니다.

기능: 작품 설명, 3D 모델, 애니메이션, 인터랙티브 게임을 포함해, 예술적 내용을 깊이 있게 탐험할 수 있습니다.

기술: Unity 또는 ARKit, ARCore와 같은 플랫폼을 사용하여 iOS 및 Android에서 작동합니다.

2. AR 트리거 포인트

설계: 전시 공간에 QR 코드 또는 이미지 마커를 배치하여, 이를 스캔하면 관련 AR 콘텐츠가 활성화되는 방식입니다.

상호작용: 관람객이 특정 지점에서 스마트폰을 통해 증강현실 요소를 경험할 수 있게 하여, 교육적 내용과 함께 재미있는 요소를 제공합니다.

VR(가상현실) 기술 활용

1. 완전 몰입형 VR 체험

개발 목표: 관람객이 VR 헤드셋을 착용하고 가상의 전시 공간을 자유롭게 탐험할 수 있는 체험을 제공합니다.

내용: 실제로 접근하기 어려운 예술 작품이나 역사적 장소를 재현하여, 교육적인 내용과 함께 흥미로운 탐험을 가능하게 합니다.

— 중략 —

프롬프트 요소 중 '출력' 내용 (예시)

 위 내용들을 바탕으로 2~3페이지 분량의 포괄적인 기획안을 작성해 줘. 기획안에는 프로젝트의 목표, 기술적 접근 방식, 예술적 요소, 참여 전략, 교육적 목표 및 예상되는 학습 효과 등을 상세히 기술하고, 예술 설치가 실제 환경에 어떻게 구현될지에 대한 시각적인 렌더링 또는 초기 디자인 스케치를 포함해야 해. (페이지 늘여서 지시 가능)

 프로젝트 기획안: 디지털 장벽을 넘어서 첨단 기술을 활용한 인터랙티브 예술 설치

프로젝트 개요

이 프로젝트는 학교, 박물관 및 공공 장소에서의 전시를 목표로 하며, 젊은 세대를 대상으로 기술을 통한 예술 경험을 제공함으로써 창의력과 학습에 대한 관심을 증진시키기 위해 기획되었습니다. 이를 통해 기술과 예술의 융합을 통해 새로운 형태의 예술적 표현과 교육적 경험을 탐구합니다.

프로젝트 목표

기술적 접근과 예술적 표현의 통합

관람객의 참여와 상호작용 증진

교육적 가치의 제공과 학습 효과 극대화

기술적 접근 방식

1. 증강현실 (AR)

모바일 앱을 통한 AR 경험 제공

QR 코드 및 이미지 마커를 활용한 상호작용

2. 가상현실 (VR)

완전 몰입형 VR 체험을 위한 헤드셋 사용

가상의 전시 공간 탐험과 역사적 재현

예술적 요소

디지털 아트와 전통 미술의 결합

동적 요소와 정적 요소의 조화

3D 프로젝션과 디지털 스토리텔링

참여 전략

대화형 요소 및 게임화

스토리텔링을 통한 교육적 내용 전달

체험형 워크숍 및 창작 활동

교육적 목표 및 예상되는 학습 효과

기술적 기술과 창의력 증진

문화적 이해와 역사적 지식의 향상

비판적 사고와 문제 해결 능력 개발

구현 계획

1. 시작 단계: 기술적 요구사항과 예술적 내용을 결정하고 초기 디자인을 개발합니다.

2. 개발 단계: AR 및 VR 소프트웨어 개발, 콘텐츠 제작, 하드웨어 설정을 완료합니다.

3. 시험 운영: 학교 및 지역 커뮤니티 센터에서 시범 운영을 통해 사용자 피드백을 수집하고 개선합니다.

4. 정식 론칭: 박물관 및 공공 장소에서 정식으로 전시를 시작합니다.

시각적인 렌더링 및 디자인 스케치

시각적 렌더링은 프로젝트의 기술적 및 예술적 요소를 명확하게 보여주며, 관람객이 기대할 수 있는 상호작용의 예를 제공합니다.

첨부: 초기 디자인 스케치

이제, 이 기획안을 기반으로 프로젝트의 시각적 렌더링 또는 초기 디자인 스케치를 생성하여 첨부하겠습니다.

DALL-E의 이미지 구현

앞서 생성된 시각적 렌더링은 제안한 인터랙티브 예술 설치 프로젝트의 구현 방식을 보여준다. 이 이미지는 박물관 환경에서 AR(증강현실)과 VR(가상현실) 기술을 통합한 인터랙티브 설치를 나타내며, 젊은 관람객들이 모바일 장치를 사용하여 전통 예술 작품에 오버레이 된 증강현실을 경험하고, 다른 그룹이 VR 헤드셋을 착용하고 가상현실 환경을 체험하는 모습을 포함하고 있다. 이 이미지는 프로젝트의 기술적 및 예술적 요소가 어떻게 통합될 수 있는지를 명확하게 보여주며, 창의력과 학습을 증진시키기 위해 설계된 매력적인 공간을 제공한다.

우리의 사명은 단순히 예술을 가르치고 전달하는 것을 넘어, 예술이 사회와 어떻게 소통하고 영향을 미칠 수 있는지를 재정의하는 것이다. 다학제적 접근을 채택함으로써, 예술은 과학, 기술, 인문학과 같은 다른 영역과 만나 새로운 차원의 교육 커리큘럼을 만들어 내야 한다. 이 융합은 예술의 경계를 확장하고, 학습자들에게 더 넓은 시각을 제공하는 방법이 될 것이다.

지역사회와의 협력을 강화하는 것은 우리가 예술을 통해 사회적 가치를 창출하고, 예술의 사회적 역할을 강화하는 데 중요하다. 예술 프로젝트를 통해 지역사회와 연계함으로써 우리는 더 큰 영향력을 발휘하고, 예술이 사회 변화의 촉매가 될 수 있음을 보여줄 수 있다. 그것으로 디지털 기술을 활용하여 대중 참여와 상호작용을 촉진하는 것은 예술 경험을 더욱 풍부하게 만들고, 예술에 대한 접근성을 향상시키므로 단순히 감상의 대상에서 벗어나 참여와 경험의 주체로 전환됨으로써, 대중은 예술과 더 깊이 연결될 수 있다.

마지막으로, 지속 가능한 예술 경영 모델의 개발은 예술 분야에서 우리가 직면한 경제적 도전을 극복하고, 예술이 장기적으로 번성할 수 있는 기반을 마련하는 데 중요한 역할을 한다. 예술과 비즈니스 모델의 혁신을 통해, 우리는 예술 활동이 지속 가능하며 사회적으로도 가치 있는 일임을 증명할 수 있다.

이 모든 것은 혁신적 리더십 없이는 불가능하다. 예술가들이 이끄는 리더십은 예술 분야에서 새로운 경로를 개척하고, 문화예술의 미래를 혁신적으로 이끌어갈 수 있는 힘을 갖추고 있다. 우리의 노력과 창의력이 모여 문화예술의 미래를 밝게 비추어 줄 것이다. 예술교육을 기획하는 우리 모두가 이러한 리더십 사례에서 영감을 받아, 문화예술의 미래를 혁신적으로 이끌어갈 수 있기를 진심으로 바란다.

챗GPT는 브랜딩의 세계에서 혁신적인 도구로 자리매김하고 있다. 이 챕터에서는 챗GPT를 활용하여 인공지능을 통해 브랜드의 고유한 스토리를 창의적으로 구성하고, 이를 통해 고객과의 감성적인 연결을 강화하는 전략을 소개하고, 브랜드 아이덴티티 강화 방법에 대해 구체적으로 살펴볼 것이다.

브랜드 스토리텔링과 AI

현대 사회에서 브랜드 스토리텔링은 단순한 마케팅 전략을 넘어 브랜드와 소비자 사이의 깊은 관계를 형성하는 핵심 요소로 자리 잡았다. 인공지능(AI) 기술, 특히 챗GPT와 같은 대화형 AI가 브랜드 스토리텔링에 어떤 새로운 가능성을 열고 있을까?

브랜드 스토리텔링의 역사는 광고와 마케팅의 역사와 깊이 연결되어 있다. 초기에는 제품의 기능과 특징을 전달하는 데 초점이 맞춰져 있었지만, 시간이 흐르며 소비자의 감정과 경험을 자극하는 이야기가 중심이 되기 시작했다. 브랜드 스토리텔링과 인공지능(AI)의 활용은 광고와 마케팅 분야에서 중요한 역할을 하게 되었다.

브랜드 스토리텔링은 기업이나 제품의 이야기를 통해 소비자와 감정적 연결을 구축하는 전략이다. 이 방식은 소비자가 브랜드를 인지하고, 기억하며, 충성도를 높이는 데 도움을 준다. 1920년대 초기 광고에서의 스토리텔링은 Betty Crocker와 같은 브랜드가 제품을 인간화하고 친근감을 주는 캐릭터를 사용하여 스토리텔링을 시작했고, 1950년대 TV 광고의 등장으로 더 많은 시각적 이야기가 소비자에게 전달되기 시작했다.

이미지 출처: 위키피디아

예로, 'Marlboro'는 'Marlboro Man' 캠페인을 통해 남성적 이미지와 자유로움의 이야기를 효과적으로 전달하기도 했다. 2000년대 디지털 시대를 맞이하며 광고의 스토리텔링은 인터넷과 소셜 미디어의 발전으로 브랜드는 이야기를 더욱 독창적이고 상호적으로 전달할 수 있게 되었다. 그리고 'Dove'는 'Real Beauty' 캠페인을 통해 여성의 다양한 아름다움을 조명하며 사회적 메시지를 전달했다. 이 캠페인은 올해로 19년간 '리얼 뷰티'의 가치를 담은 퍼포즈 마케팅(Purpose marketing)으로 개인의 아름다움을 응원하는 메시지와 제품 커뮤니케이션으로 글로벌 캠페인보다 로컬 캠페인을 더 많이 전개하고 있다.

이미지 출처: 더 브랜드 호퍼 https://thebrandhopper.com

그렇다면 AI의 광고와 마케팅에서의 역할은 무엇일까? AI 기술은 데이터 분석, 소비자 행동 예측, 개인화된 광고 제작 등 다양한 방면에서 광고 및 마케팅 분야에서의 혁신이 되었다. 그것은 오늘날 소비자들에게 디지털 환경에서 매우 흥미로운 현상으로 경험하게 한다. 이는 바로 '맞춤형 광고'의 등장이다. 우리가 어떤 상품이나 서비스에 대해 온라인에서 검색을 한 번 할 때, 그 정보는 단순히 사라지는 것이 아니다. 대신, 이 정보는 고도로 발달된 알고리즘에 의해 수집되고 분석된다. 이러한 과정을 통해 생성된 데이터는 광고 캠페인을 최적화하는 데 사용되며, 우리가 일상적으로 사용하는 다양한 플랫폼에서 맞춤형 광고를 만나게 하는 원동력이 된다.

예를 들어, 소비자가 최신 스마트폰 모델을 검색한 후에는, 이 소비자가 방문하는 웹사이트

마다, 이메일 광고, 소셜 미디어 피드 등에서 그 스마트폰의 광고를 보게 되는 것이다. 이러한 맞춤형 광고는 구글, 페이스북, 인스타그램과 같은 플랫폼들이 제공하는 타겟팅 광고 기술 덕분에 가능해진 것이다.

이 기술들은 쿠키, 픽셀 추적기, IP 추적과 같은 도구를 사용하여 사용자의 온라인 행동을 파악하고, 이 데이터를 기반으로 가장 관련성 높고 매력적인 광고를 사용자에게 제공한다. 이 과정에서 AI는 행동 패턴, 관심사, 구매 이력과 같은 다양한 데이터 포인트를 분석하여, 각 사용자에게 최적화된 광고 경험을 제공하도록 돕는 것이다.

이미지 출처: 'Share a Coke' 이벤트 페이지

여기 우리가 소화제로 착각하는 최애 탄산인 코카콜라가 있다. 코카콜라가 2011년 호주에서 처음 시작한 'Share a Coke' 캠페인은 소비자의 이름을 병에 인쇄하여 개인화된 마케팅을 실시했다. 우리나라에서는 2014년 '내마음, 이제 코카-콜라로 전해요!'라는 스토리텔링으로 시작했다. 이는 감정적 연결을 강화하고 소셜 미디어에서의 공유를 유도해 브랜드 인지도를 높이고, 소비자들과 더 강력한 정서적 연결의 형성과 젊은 세대와의 매력을 높이고, 이들과의 소통을 강화하려는 목표를 가지고 있었다.

또한, 스타벅스는 AI를 활용하여 개인화된 마케팅 전략을 선도하는 대표적인 예이다. 이 기업은 고객의 이전 구매 내역을 분석하여 각 개인의 취향과 선호도에 맞는 제품을 추천하는 맞춤형 메일을 보낸다. 예를 들어, 한 고객이 주로 아이스 아메리카노를 구매하는 경향이 있을 때, 스타벅스의 AI 시스템은 이 정보를 활용하여 비슷한 콜드 브루 커피 제품이나 새로 출시된 아이스 커피에 대한 추천을 메일로 보낸다. 더 나아가, 계절 변화나 특별 이벤트 등이 고려될 때, 스타벅스는 AI를 이용해 특정 계절에 인기 있는 음료나 한정판 제품을 해당 고객에게 제안한다. 예를 들어, 봄 시즌에는 벚꽃과 관련된 음료의 프로모션을 받는 식이다. 이러한 추천은 고객의 이전 구매 패턴과 시간대, 구매 빈도 등 복합적인 데이터 분석을 통해 이루어진다. 이 메일은 단순히 제품 정보를 나열하는 것이 아니라, 고객이 스타벅스와의 경험을 개인적으로 느끼고, 매장 방문을 재촉하는 트리거로 작용한다. 또한, 이런 개인화된 접근 방식은 고객 충성도를 높이고, 매출 증대에도 긍정적인 영향을 미친다.

이처럼 스타벅스는 AI를 활용하여 개인화된 마케팅을 통해 고객 맞춤형 경험을 제공하고, 브랜드와 소비자 간의 관계를 강화하는 데 성공하였다. 이는 디지털 마케팅이 얼마나 발전했는지를 보여주는 훌륭한 예시이다. 이렇게 브랜드 스토리텔링과 AI는 계속해서 진화하며, 광고와 마케팅 전략에 중요한 역할을 하고 있다. 이러한 전략은 브랜드가 더욱 돋보이고 경쟁에서 우위를 차지하게 하는 데 중요한 요소이다. 교육적 관점에서 보면, 이러한 사례들은 학생들에게 브랜드가 어떻게 소비자와의 관계를 구축하고 시장에서 성공할 수 있는지를 보여주는 좋은 예시가 된다.

결과적으로, 이러한 맞춤형 광고 전략은 브랜드에게 높은 전환율을 가져다주며, 소비자에게는 그들의 선호와 요구에 더욱 부합하는 쇼핑 경험을 제공하고, 디지털 마케팅의 이러한 전략은 브랜드와 소비자 모두에게 이득이 되는 승자 독식의 게임이라 할 수 있다. 또한, 챗GPT와 같은 AI는 사용자의 입력을 바탕으로 광고 콘텐츠를 자동으로 생성할 수 있고, 이는 브랜드가 더 빠르고 효율적으로 콘텐츠를 생산하는 데 도움을 주기도 한다. 이러한 변화는 소비자와의 깊은 정서적 연결을 통해 브랜드 충성도를 높이는 데 기여한다.

최근 AI 기술, 특히 자연어 처리 능력을 갖춘 챗GPT의 등장은 브랜드 스토리텔링의 새로운 장을 열고 있고, 이 기술은 브랜드가 소비자와의 대화를 통해 개인화된 이야기를 만들고, 실시간으로 소통할 수 있게 해준다. 챗GPT는 소비자의 질문에 답하고, 관심사에 맞는 콘텐츠를 제공함으로써 브랜드와 소비자 사이의 상호작용을 한층 더 깊고 의미 있는 것으로 만든다.

챗GPT를 활용한 브랜드 스토리텔링의 가장 큰 장점은 바로 개인화이다. 소비자 한 명, 한 명의 선호도와 행동 패턴을 분석하여 맞춤형 이야기를 제공함으로써, 브랜드는 각 소비자에게 특별한 경험을 선사할 수 있다는 것이다. 예를 들어, 챗GPT는 소비자가 최근 관심을 보인 제품과 관련된 스토리를 만들거나, 특별한 날에 맞춘 축하 메시지를 전달할 수 있다.

챗GPT와 같은 AI 도구를 브랜드 스토리텔링에 통합하는 것은 기술과 창의성의 결합을 요구한다. 마케터와 스토리텔러는 AI의 능력을 최대한 활용하여 소비자에게 감동을 줄 수 있는 이야기를 구상해야 하고, 이 과정에서 AI는 단순히 도구를 넘어 창의적인 파트너로서의 역할을 하게 되는 것이다. 스토리텔링의 만남은 우리에게 무한한 가능성을 열어주고 있다. 하지만 이 새로운 영역을 탐험하면서 윤리적 고려와 소비자의 신뢰를 유지하는 것이 중요하다. 챗GPT와 같은 기술을 적극적으로 활용하되, 소비자와의 관계를 더욱 깊고 진정성 있는 것으로 만들기 위한 노력도 함께 이루어져야 할 것이다.

여기서 AI 기술이 브랜드 스토리텔링을 어떻게 혁신하고 있는지에 대한 이야기와 앞으로의 장들에서는 이러한 변화가 실제로 어떤 형태로 나타나고 있는지, 그리고 브랜드가 이를 어떻게 활용하여 성공적인 마케팅 전략을 구현할 수 있는지에 대해 더 깊이 생각해 볼 것이다.

그렇다면 브랜드 스토리텔링을 바탕으로 챗GPT 작성 예시를 통해 자신만의 챗GPT 프롬프트를 만들어 보자.

디지털 예술과 대중 참여 프로젝트 (Digital art and public engagement projects)

프롬프트 요소	프롬프트 예시
구체적인 입력 (Specific Input) 역할(Role)포함	"[ArtEcho 기획사]로 모든 시민이 예술을 통해 자신의 창의력을 발견하고, 문화적 이해를 깊게 하는 것입니다. 시민들이 예술을 통해 자신만의 이야기를 발견하고 창조할 수 있는 기회를 제공하는 동시에, 교육적 가치를 체험할 수 있도록 합니다."
지시 (Instruction)	"각 지역의 문화적 배경과 역사를 통합하는 다양한 예술 작품을 소개하고, 그 안에서 개인적이고 사회적인 이야기를 발굴하여 관객이 직접 참여하고 공감할 수 있는 내용을 개발합니다. AI를 활용하여 관심있는 타겟 오디언스를 식별하고, 개인화된 광고 캠페인을 실행하여 관객의 참여를 촉진합니다."
문맥 정보 (Information)	"공공 장소, 학교, 박물관 등에서 진행되며, 특히 교육적 가치를 중시하는 기관과 협력을 목표로 합니다. 타겟 오디언스: 모든 연령층의 시민들, 특히 학생들과 교육자, 가족 단위 방문객입니다. AI를 통한 데이

	터 분석과 사용자 행동 패턴 이해를 기반으로 한 타겟팅 광고 및 콘텐츠 최적화하도록 합니다."
출력 (Output)	"디지털 플랫폼(소셜 미디어, 검색 엔진, 교육 관련 웹사이트)을 통해 실행되는 광고 시리즈. 각 광고는 'ArtEcho' 프로젝트의 핵심 스토리와 예술 작품을 소개하며, 사용자 참여를 유도하는 인터랙티브 요소 를 포함합니다. 프로젝트의 주요 테마와 스토리를 반영한 시각적 자료 제작, 예를 들어, AR을 활용한 인터랙티브 전시의 모습이나 VR 경험의 예시를 보여주는 비디오 및 이미지. 'ArtEcho'의 목표와 예상되는 교육적 효과, 참여 방법 등을 설명하는 보도 자료를 배포합니다."

이를 기반하여, 'ArtEcho'는 고유한 문화적 특성과 역사를 살린 예술 작품들을 통해 깊이 있는 교육적 메시지를 전달하고자 한다. 이러한 예술적 경험을 통해 참여자들은 자신만의 창의력을 발견하고 문화적 이해를 깊게 함으로써, 예술이 단순히 감상의 대상이 아니라 적극적인 참여와 교류의 매개체가 될 수 있음을 경험하게 될 것이다.

이 광대한 비전을 현실로 옮기기 위해, 우리는 최첨단 AI 기술을 활용하여 타겟 오디언스에게 최적화된 마케팅 전략을 구사하고, AI 기반 데이터 분석을 통해 각 사용자의 선호와 행동 패턴을 파악하고, 이를 바탕으로 개인화된 광고 콘텐츠를 제작하여 각 사용자가 가장 관심을 가질 만한 예술 작품과 이벤트 정보를 제공할 수 있다. 이는 디지털 광고뿐만 아니라 소셜 미디어, 교육 관련 웹사이트, 그리고 기타 온라인 플랫폼을 통해 실행될 예정이며, 각 광고는 'ArtEcho'의 핵심 스토리를 담아 관람객의 참여를 유도하는 인터랙티브 요소를 포함할 수 있다.

이와 같은 방식으로 ArtEcho는 단순히 예술을 전시하는 것을 넘어, 예술을 통해 교육과 사회적 참여를 활성화하는 새로운 경험을 제공하며, 모든 시민이 예술을 통해 자신의 창의적 잠재력을 발견하고 문화적 경계를 넘어서는 교류를 경험할 수 있게 하는 것이 목표가 될 수 있도록 하는 것이 중요하다.

챗GPT를 활용한 브랜드 아이덴티티 강화 전략

챗GPT와 같은 인공지능 기술의 등장은 브랜드 아이덴티티를 강화하는 새로운 전략의 문을 열었다고 해도 과언이 아니다. 이 기술을 활용함으로써, 브랜드는 소비자와의 교감을 더욱 깊게 하고, 그들의 충성도를 높일 수 있는 방법을 찾을 수 있다.

몇 가지 주요 전략과 구체적인 사례를 이야기해 보면 앞에서 이야기한 것 처럼 <u>개인화된 고객 경험의 제공과 고객서비스의 혁신</u>이 첫 번째로 꼽는다. 챗GPT를 활용한 개인화는 브랜드가 고객 한 명 한 명과의 관계를 깊게 하는 가장 효과적인 방법 중 하나이다. 소비자의 선호도, 구매 이력, 그리고 대화 내용을 분석하여, 맞춤형 제품 추천, 개인화된 할인 정보, 생일 축하 메시지 등을 제공할 수 있다.

이미지 출처: 스타벅스 (픽사베이)

대표적으로 스타벅스를 생각할 수 있다. 스타벅스는 자체 앱을 통해 고객의 선호도와 구매 이력을 분석하여 개인화된 음료 추천을 제공한다. 매장 정보, 주문 시간대, 기온과 같은 빅데이터를 수집하고 분석해 맞춤형 상품을 추천하는 방식이다. 이러한 전략은 챗GPT와 유사한 기술을 활용해 더욱 발전될 수 있으며, 고객과의 상호작용을 통해 브랜드 아이덴티티를 강화할 수 있다는 것이 개인화된 고객 경험 제공인 것이다. 또한, 챗GPT를 활용한 고객 서비스는 소비자의 질문에 실시간으로 대응할 수 있으며, 문제 해결을 위한 효율적인 소통 채널을 제공한다. 이를 통해 브랜드는 고객 만족도를 높이고, 신뢰를 구축할 수 있다는 점은 고객 서비스의 혁신인 것이다.

이미지 출처: 세포라 [챗봇을 활용한 페이스북 메신저 플랫폼]

뷰티 및 화장품 산업의 선두주자인 '세포라'는 고객과의 상호작용을 강화하기 위해 챗봇 서비스를 도입해 고객에게 개인 맞춤형 메이크업, 스킨케어 제품 추천은 물론, 색상 매칭, 제품 리뷰, 가까운 매장 찾기와 같은 다양한 서비스를 제공한다. 이 챗봇은 고객이 제품 선택에 있어 보다 정보에 기반한 결정을 내릴 수 있도록 돕는 동시에, 편리한 쇼핑 경험을 주는 것이다.

패션 소매업체 'H&M'도 고객에게 더 나은 쇼핑 경험을 제공하기 위해 챗봇 서비스를 사용한다. 고객의 스타일 선호도와 구매 이력을 분석하여 개인화된 의류 추천을 제공하고, 코디 제안, 최신 패션 트렌드 정보 제공, 온라인 및 오프라인 매장 재고 확인 등 다양한 기능을 통해 고객의 쇼핑 경험을 개선한다.

주말이면 아이들과 함께 먹는 도미노 피자의 챗봇 '도미'는 고객이 텍스트 메시지나 음성 명령을 사용해 피자를 쉽게 주문할 수 있도록 한다. 이 챗봇은 주문 과정을 간단하고 직관적으로 만들어, 바쁜 현대인들에게 시간을 절약해 주며 편리한 주문 경험을 제공한다.

이러한 챗봇 서비스 사례들은 고객의 쇼핑 경험을 혁신적으로 개선하고, 브랜드와 고객 간의 상호작용을 강화하는 방법을 보여준다. 이렇듯 챗GPT와 같은 고급 AI 기술을 활용함으로써, 브랜드는 고객 서비스의 새로운 장을 열고, 고객 만족도를 높이며 브랜드 충성도를 강화할 수 있는 것이다. 최근 몇 년간 챗봇 서비스의 도입은 고객 서비스 분야에서 주목할 만한 변화를 가져다 준 듯 하다. 특히, 챗GPT와 같은 고급 인공지능 기술을 활용한 챗봇은 고객의 쇼핑 경험을 대폭 개선하는 데 기여하고 있다.

두 번째로는 커뮤니티 구축과 참여 증진이다. 챗GPT는 브랜드와 소비자 사이의 대화를 촉진하고, 커뮤니티 내에서의 상호작용을 강화할 수 있다. 이를 통해 브랜드는 소비자의 참여를 유도하고, 충성도 높은 커뮤니티를 구축할 수 있다.

이미지 출처: LEGO Ideas 웹사이트 (픽사베이)

'LEGO'는 소비자가 직접 제품 아이디어를 제안하고 투표할 수 있는 플랫폼인 "LEGO Ideas"를 운영한다. 챗GPT와 같은 AI 기술을 이 플랫폼에 통합한다면, 사용자 제안을 분석하고, 참여를 독려하는 대화형 콘텐츠를 생성하여 커뮤니티 참여를 더욱 증진시킬 수 있다. 이렇게 챗GPT는 브랜드의 고유한 이야기를 창의적으로 전달하고, 소비자와의 감정적 연결을 강화하는 데 활용되며, 이야기 전달 방식의 혁신을 통해 브랜드는 자신들의 정체성과 가치를 더욱 효과적으로 전달할 수 있다.

이외 스트리밍 서비스 '넷플릭스'는 사용자의 시청 이력과 선호도를 분석하여 개인화된 콘텐츠 추천을 제공한다. 이는 추천 알고리즘을 두 가지 방법을 조합해서 사용자에게 콘텐츠를 제공한다고 한다. 예를 들어, 사용자들로 얻은 데이터를 기반으로 취향을 예측하고 취향이 비슷한 사용자들을 같은 그룹에 놓고 사용자들에게 비슷한 상품을 추천하는 방식, 즉 히어로물을 좋아하는 이용자들을 하나의 그룹으로 묶어놓고 'A'라는 사용자가 '어벤져스'를 보고 추천을 눌렀다면 같은 취향의 'B'에게 추천해 주는 방식이다. 그것이 바로 아래 그림에서 볼 수 있는 협업 필터링 (Collabarative filtering)이다.

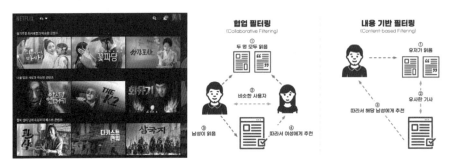

마음을 읽는 개인화 마케팅의 시대_이미지 출처: 넷플릭스

또 하나는 콘텐츠 기반 필터링(Content based filtering)으로 콘텐츠 자체를 분석하여 프로필을 작성한 뒤 사용자 기호와 유사성을 비교하여 추천하는 방식으로 예를 들면 배우, 장르, 감독, 스토리 특징 등을 데이터베이스화하고 사용자가 소비한 콘텐츠를 기준으로 유사한 특성을 가진 콘텐츠를 추천하는 방식이다.

챗GPT와 같은 기술을 활용하여 사용자와의 대화를 통해 콘텐츠를 추천한다면, 넷플릭스는 자신의 브랜드 스토리를 더욱 창의적이고 개인화된 방식으로 전달할 수 있을 것이다. 이러한 전략들은 챗GPT와 같은 인공지능 기술을 활용하여 브랜드 아이덴티티를 강화하고, 소비자와의 관계를 더욱 깊게 하는 방법을 제시한다.

이 책을 통해 여러분이 자신의 브랜드와 고객 사이의 연결을 강화하고, 브랜드 아이덴티티를 혁신적으로 전달하는 데 필요한 영감과 아이디어를 얻을 수 있기를 바란다.

그렇다면 챗GPT를 활용한 브랜드 아이덴티티 강화 전략을 문화예술교육 브랜드를 바탕으로 챗GPT 작성 예시를 통해 자신만의 챗GPT를 만들어 보자.

챗GPT를 활용한 브랜드 아이덴티티 강화 전략 (Brand identity strengthening strategy using 챗GPT)

프롬프트 예시 1: 문화예술교육을 위한 개인화된 학습 모듈 개발

프롬프트 요소	프롬프트 예시
구체적인 입력 (Specific Input) 역할(Role)포함	"챗GPT를 활용하여 다양한 예술 장르와 기술 수준에 맞춘 개인화된 학습 모듈 개발자로 개발하고자 합니다. 초보자를 위한 기본 기술 학습부터 전문가를 위한 고급 창작 기법까지 포함해야 합니다."
지시 (Instruction)	"각 예술 장르와 기술을 수준별로 맞춤형 학습 컨텐츠를 설계해 주세요."
문맥 정보 (Information)	"이 프로젝트는 전 세계 다양한 문화 배경을 가진 사용자를 대상으로 하며, 다양한 언어로 제공될 예정입니다."
출력 (Output)	"안녕하세요. 오늘은 초보자를 위한 수채화 기초 기법을 배워볼 예정입니다. 먼저, 기본적인 물감 사용법부터 시작해 보겠습니다."

프롬프트 예시 2: 온라인 커뮤니티 포럼 설립

프롬프트 요소	프롬프트 예시
구체적인 입력 (Specific Input) 역할(Role)포함	"[온라인 플랫폼 전문 운영자]로 사용자들이 자유롭게 소통하고 서로의 작품을 공유할 수 있는 커뮤니티 포럼을 만들고 싶습니다."
지시 (Instruction)	"포럼의 구조와 필요한 기능들을 설계해 주세요."
문맥 정보 (Information)	"포럼은 사용자 친화적이어야 하며, 쉬운 작품 업로드 및 피드백 기능을 포함해야 합니다."
출력 (Output)	"문화예술교육 커뮤니티 포럼에 오신 것을 환영합니다. 여기에서는 여러분의 작품을 업로드하고 다른 창작자들로부터 직접 피드백을 받을 수 있습니다. 또한, 매주 특별한 주제에 대해 토론할 수 있는 기회도 제공됩니다."

프롬프트 예시 3: 참여 유도를 위한 게임화(Gamification) 전략

프롬프트 요소	프롬프트 예시
구체적인 입력 (Specific Input) 역할(Role)포함	"[프로게이머]로 학습 과정에 게임 요소를 도입하여 사용자의 참여를 유도하고 싶습니다."
지시 (Instruction)	"게임화 요소를 포함한 학습 경로를 개발해 주세요."
문맥 정보 (Information)	"포인트 시스템, 뱃지, 레벨업이 포함되어야 하며, 사용자의 학습 진행 상황을 시각적으로 표현할 수 있어야 합니다."
출력 (Output)	"축하합니다. 초급 수채화 기술' 코스를 완료하셨습니다. 이제 다음 레벨인 중급 수채화 기술'로 이동하실 수 있습니다. 새로운 레벨에서는 더 많은 도전 과제와 함께 더 높은 포인트를 획득할 수 있습니다."

프롬프트 예시 4: 소셜 미디어를 통한 홍보 전략

프롬프트 요소	프롬프트 예시
구체적인 입력 (Specific Input) 역할(Role)포함	"[문화예술교육 기획자]로 새로운 문화예술교육 브랜드를 소셜 미디어를 통해 홍보하고 싶습니다."
지시 (Instruction)	"효과적인 소셜 미디어 마케팅 캠페인을 설계해 주세요."
문맥 정보 (Information)	"타겟 오디언스는 18~35세의 젊은 예술가들이며, 주로 Instagram과 Facebook을 사용합니다."
출력 (Output)	"새로운 문화예술교육 플랫폼 'ArtiVerse'를 만나보세요. 저희의 인스타그램 피드를 팔로우하고 최신 예술 트렌드와 창작 팁을 확인해 보세요. 이번 주의 주제는 '디지털 아트 기초'입니다. 참여 방법은 프로필 링크를 확인하세요."

위 작성 예시들을 작성해 프롬프트로 출력해 보자.

참여 유도를 위한 게임화(Gamification) 전략을 활용한 프롬프트 예시

 참여 유도를 위한 게이미피케이션 전략 "학습 과정에 게임 요소를 도입하여 사용자의 참여를 유도하고 싶어." "게임화 요소를 포함한 학습 경로를 개발해 줘." "포인트 시스템, 뱃지, 레벨업이 포함되어야 하며, 사용자의 학습 진행 상황을 시각적으로 표현할수 있어야 해." 구체적 전략 방안을 계획해 줘.

 참여 유도를 위해 학습 과정에 게임 요소를 도입하는 전략은 학습자의 동기를 유발하고 재미있는 학습 환경을 조성하여 참여를 늘리는 데 중요합니다. 다음은 게이미피케이션 전략을 구체적으로 구현하는 방안입니다.

1. 포인트 시스템 설계

포인트 획득: 학습자는 각각의 학습 모듈 완료, 퀴즈나 과제 제출, 포럼에서의 활동 등을 통해 포인트를 획득합니다.

포인트 사용: 획득한 포인트는 특정 콘텐츠의 잠금 해제, 심화 워크숍 참여, 또는 실제 상품 구매 등에 사용할 수 있습니다.

2. 뱃지와 업적 시스템

뱃지 부여: 특정 목표 달성 시, 예를 들어 모든 초급 모듈을 마친 경우 '초급 완료' 뱃지를 부여합니다. 뱃지는 창의적인 디자인으로 구성하여 수집 가치를 높입니다.

업적 트래킹: 사용자 프로필에서 얻은 뱃지와 업적을 한눈에 볼 수 있도록 하여, 다른 사용자와 비교하거나 자신의 진행 상황을 확인할 수 있도록 합니다.

3. 레벨업 시스템

레벨 설계: 사용자의 학습 진행에 따라 레벨업이 이루어지며, 각 레벨에 도달할 때마다 새로운 학습 자료와 기능이 해금됩니다.

시각적 진행 표시: 학습자의 진행 상황을 시각적으로 표현하기 위해 진행 바, 레벨 숫자, 캐릭터 개발 등을 활용합니다.

4. 경쟁 요소 도입

리더보드: 주간, 월간, 전체 기간 동안 가장 많은 포인트를 획득한 사용자 목록을 게시하여 경쟁을 유도합니다.

– 중략 –

이러한 게이미피케이션 전략은 학습자의 참여를 유도하고, 학습 과정을 더욱 재미있고 동기 부여가 되도록 설계함으로써 문화예술교육의 효과를 최대화할 수 있습니다.

01-3 팀워크와 협업에서의 챗GPT 활용

챗GPT는 팀워크와 협업의 방식에 혁신을 가져오고 있다. 이 챕터에서는 챗GPT를 활용하여 팀 구성과 관리 전략을 최적화하고, 창의적인 프로젝트 아이디어를 도출하는 방법을 모색하며, 효과적인 커뮤니케이션과 의사결정, 그리고 팀워크를 강화하는 다양한 방안을 소개한다.

인공지능을 활용한 팀 구성과 관리 전략

챗GPT는 팀워크와 협업을 강화하기 위한 여러 방법으로 활용될 수 있다. 팀워크와 협업에 챗GPT를 활용하고 인공지능을 이용한 팀 구성과 관리 전략은 매우 중요한 내용이다. 구체적인 예시와 실행 가능한 전략을 주제별로 어떻게 구성하고 서술할 수 있는지에 대한 가이드라인에 대해 알아보자.

챗GPT의 팀워크 및 협업에서의 활용 첫 번째는 커뮤니케이션 증진이다. 챗GPT를 사용하여 팀 내외의 커뮤니케이션을 향상시키는 방법으로 자주 묻는 질문에 대한 답변을 자동화하거나, 팀원 간의 이해를 돕기 위해 복잡한 프로젝트 정보를 쉽게 설명하는 방법 등을 제시할 수 있다. 예를 들어, 한 기술 회사에서 여러 부서가 협력하여 새로운 소프트웨어를 개발하고 있다고 가정해 보면, 프로젝트 관련 질문이 빈번하게 발생하고, 이로 인해 팀원들이 반복적인 답변을 제공하는 데 많은 시간을 소비하게 된다. 프로젝트 매니저는 이 문제를 해결하기 위해 챗GPT를 도입하여 자동화된 FAQ 시스템을 구축한다. 이 시스템은 프로젝트와 관련된 자주 묻는 질문들을 수집하고, 챗GPT가 이에 대한 답변을 학습하여 제공하도록 설정된다.

결과적으로, 반복적인 질문에 대한 답변 작업이 줄어들어, 팀원들이 더 복잡하고 창의적인 작업에 집중할 수 있게 되고, 필요한 정보에 대한 접근이 용이해져, 프로젝트의 효율성이 크게 향상될 것이다. 또한, 일관된 답변을 통해 정보의 오류나 혼란을 줄일 수 있다. 이와 같이 챗GPT를 통해 생성된 데이터는 프로젝트 관련 지식 베이스로 활용될 수 있으며, 새로운 팀원 교육 시 자료로 사용될 수 있다.

챗GPT를 활용하는 것은 단순히 반복 작업을 줄이는 것 이상의 가치를 제공한다. 팀의 커뮤니케이션을 효율적으로 만들고, 프로젝트의 전반적인 관리 및 실행에 긍정적인 영향을 미친다.

두 번째로, 회의 및 브레인스토밍이다. 챗GPT를 활용해 회의를 보다 효율적으로 진행하는 방법과 아이디어 브레인스토밍 세션에서 창의적인 제안을 도출하는 전략을 설명한다. 회의 요약, 키 포인트의 자동 기록, 창의적 아이디어 제안 등이 가능하다.

예를 들어, 문화예술교육 기획사에서는 주간 회의와 프로젝트 브레인스토밍 세션을 진행할 때, 챗GPT를 활용하여 회의의 중요한 내용과 결정사항을 자동으로 기록한다. 회의가 시작되기 전에 챗GPT를 활성화하고, 회의 진행 내용을 실시간으로 기록하게 하고, 회의 중에 중요한 결정, 아이디어, 할당된 태스크 등을 특별히 강조하여 기록하도록 설정한다. 그리고 회의 종료 후, 챗GPT는 자동으로 회의록을 요약하여 모든 팀원에게 공유하여 이를 통해 팀원들은 회의 내용을 빠르게 복습하고, 중요한 정보를 놓치지 않도록 한다. 또한, 회의 후 곧바로 다음 단계의 작업에 착수할 수 있도록 도와준다.

창의적인 프로젝트 아이디어를 도출하는 브레인스토밍 세션에서는 챗GPT를 활용하여 다양한 아이디어와 관점을 제시할 수 있다. 브레인스토밍 주제에 대해 챗GPT에 입력하면, 관련된 다양한 아이디어, 사례, 가능한 접근 방식을 제시받을 수 있다. 예를 들어, "도시 환경에서 진행되는 대규모 야외 미술 전시 기획"이라는 주제에 대해 챗GPT로부터 혁신적인 전시 아이디어나 최근 유사한 이벤트의 사례를 제안받을 수 있다.

창의적인 프로젝트 아이디어 도출을 위한 프롬프트 (예시)

 창의적인 프로젝트 아이디어를 도출하는 브레인스토밍 세션에서 "도시 환경에서 진행되는 대규모 야외 미술 전시 기획"이라는 주제에 대해 혁신적인 전시 아이디어나 최근 유사한 이벤트의 사례를 제안해 줘.

 "도시 환경에서 진행되는 대규모 야외 미술 전시"라는 주제에 대해 창의적이고 혁신적인 전시 아이디어를 도출하기 위해, 여러 가지 독특한 컨셉과 최근의 유사 이벤트 사례를 살펴보겠습니다. 이러한 아이디어들은 도시 공간을 활용하면서 공공의 참여를 유도하고, 예술을 통해 도시의 문화적 에너지를 활성화하는 데 중점을 둘 수 있습니다.

창의적 전시 아이디어

1. 도시의 숨결 – 인터랙티브 라이트 및 사운드 설치

컨셉: 도시의 다양한 소리(교통, 자연, 사람들의 목소리 등)를 수집하여, 이를 기반으로 한 인터랙티브 라이트와 사운드 설치를 제공합니다. 관람객의 위치와 움직임에 따라 설치된 라이트와 사운드가 변화하며, 도시의 생동감을 예술적으로 표현합니다.

기술 활용: 위치 인식 기술, 모션 센서, 사운드 엔지니어링을 통한 상호작용 강화

2. 고층 건물의 화폭 – 스카이라인을 이용한 대형 프로젝션 맵핑

컨셉: 도시의 고층 건물을 캔버스로 사용하여 야간에 프로젝션 맵핑을 통해 다양한 미술 작품을 보여줍니다. 이벤트는 각 건물의 아키텍처를 강조하며, 시각적으로 인상적인 예술 경험을 제공합니다.

특별 행사: 특정 밤에는 라이브 아트 퍼포먼스와 함께, 미리 녹화된 아티스트 인터뷰를 상영하여 작품에 대한 깊이 있는 이해를 돕습니다.

3. 예술의 길 – 도시 거리를 따라 설치된 야외 갤러리

컨셉: 주요 보행자 도로를 따라 시각 예술, 조각, 설치미술 등 다양한 작품을 전시합니다. 이 거리는 일종의 예술적 여정이 되며, 도시 곳곳의 숨은 예술적 가치를 탐험할 수 있게 합니다.

참여 유도: QR 코드를 작품 옆에 설치하여 관람객이 스마트폰으로 스캔하면 해당 작품에 대한 상세 정보와 아티스트 인터뷰를 제공합니다.

최근 유사 이벤트 사례

1. 루미노시티 페스티벌 (Luminocity Festival)

이벤트는 뉴욕의 루즈벨트 아일랜드에서 개최되었으며, 다양한 라이트 인스톨레이션과 함께 디지털 아트와 음악이 결합된 혁신적인 야외 전시였습니다. 이 페스티벌은 방문객들에게 인터랙티브한 예술 체험을 제공했습니다.

2. 비비드 시드니 (Vivid Sydney)

호주 시드니에서 열리는 이 행사는 도시 전체를 대형 캔버스로 변모시키는 야간 행사입니다. 건물, 다리, 공공장소에 대규모 라이트 쇼와 프로젝션 맵핑이 특징이며, 시드니의 야경과 함께 예술적인 경험을 선사합니다.

이러한 아이디어와 사례들은 "도시 환경에서 진행되는 대규모 야외 미술 전시 기획"이라는 주제에 창의적인 접근을 제공할 수 있으며...

– 중략 –

이렇게 챗GPT를 활용하면 문화예술교육 기획에서의 회의와 브레인스토밍 세션을 보다 효율적이고 생산적으로 만들 수 있으며, 최종적으로 더 독창적이고 성공적인 예술 프로젝트를 창출하는 데 기여할 수 있습니다.

세 번째로는 문서 작성 및 검토이다. 문화예술교육 기획사에서는 다양한 교육 기관이나 후원 자에게 제안서를 제출해야 할 때가 많다. 이러한 제안서는 프로젝트의 목표, 필요성, 예상 결 과 및 예산 계획을 포함해야 하며, 매우 세밀하고 정확해야 한다.

챗GPT를 활용하여 이전에 성공한 프로젝트의 데이터와 구조를 기반으로 새로운 제안서의 초안을 생성하고, 챗GPT는 주어진 키워드와 기본 정보를 사용하여 제안서의 핵심 구성 요소 들을 자동으로 작성하며, 이를 통해 시간을 절약하고 일관성을 유지할 수 있다. 그리고 프로 젝트의 진행 상황이나 결과를 관계자나 후원자에게 정기적으로 보고해야 하는 경우가 많다. 정확하고 간결한 보고서는 프로젝트의 성공적인 평가와 지속적인 지원을 확보하는 데 필수 적이다.

프로젝트 매니저는 프로젝트의 진행 상황을 간단한 형태로 입력하고, 챗GPT는 이를 자세한 보고서로 확장한다. 예를 들어, "참여 학생 수 증가, 워크숍 반응 긍정적"과 같은 요약 정보를 챗GPT에 입력하면, 보다 상세한 내용과 함께 전문적인 보고서 형식으로 확장된 문서를 생성 한다. 또한, 기술적인 설명이 필요한 교육 콘텐츠 개발의 경우, 문서의 정확성과 전문성이 요 구되기에 문서 검토는 종종 시간이 많이 걸리는 작업이다. 기술 문서나 교육 자료의 초안을 준비한 후, 챗GPT를 사용하여 문서의 정확성을 검토하고 언어를 표준화한다. 챗GPT는 문서 내용을 분석하여 논리적 오류나 불명확한 표현을 지적하고, 보다 명확하고 전문적인 언어로 수정 제안을 도와준다.

이러한 방식으로 챗GPT를 문서 작성 및 검토 과정에 통합함으로써, 문화예술교육 기획에서 팀 프로젝트의 문서 작성과 검토에 챗GPT를 효과적으로 활용하는 방법에 대해 구체적인 사 례를 제공한다. 이와 같은 활용은 문서 작성 과정을 자동화하고 최적화하는 데 큰 도움을 줄 수 있다.

챗GPT와 인공지능을 활용한 팀워크 및 협업 강화와 팀 구성 및 관리 전략은 디지털 시대의 혁신을 주도하는 결정적인 요소이다. 이러한 전략을 실현하기 위해서는 다양한 방식으로 팀 협업과 업무 효율성을 강화할 수 있다. 예를 들어, 한 IT 회사에서는 주간 회의 중에 챗GPT를 사용하여 실시간으로 회의 내용을 요약하고 중요한 결정사항을 기록하도록 하여 회의의 효 율성을 크게 높인다. 또한, 마케팅 팀에서는 챗GPT를 활용하여 새로운 광고 캠페인의 프레젠테이션과 제안서를 초안하는 작업을 가속화하였고, 이를 통해 프로젝트 제출 기한을 단축시킬 수 있다. 이러한 전략은 팀의 효율성과 협업을 극대화하며, 프로젝트의 성공적인 수행과 조직의 전반적인 생산성 향상에 기여할 것이다. 챗GPT와 인공지능 기술을 효과적으로 통합함으로써, 기술과 인간의 장점을 결합한 미래 지향적인 작업 환경을 조성할 수 있다.

챗GPT를 이용한 효과적인 커뮤니케이션 및 의사결정 지원

챗GPT를 활용한 효과적인 커뮤니케이션 및 의사결정 지원 방안은 조직 내에서 의사소통의 효율성을 극대화하고, 보다 명확하고 정보에 기반한 결정을 내리는 데 중요한 역할을 한다. 이러한 활용은 주로 대화형 인공지능의 능력을 통해 구체화되며, 이는 텍스트 기반의 데이터를 분석하고 처리하여 인간의 언어로 의미 있는 대화와 정보 제공을 가능하게 한다.

첫째, 챗GPT는 회의나 토론 중에 중요한 내용을 실시간으로 기록하고 요약하는 역할을 수행한다. 이는 참여자들이 회의의 핵심 내용을 놓치지 않고, 회의 후에도 주요 결정 사항과 논의된 내용을 쉽게 참조할 수 있도록 하여 의사소통의 질을 향상시킨다. 또한, 이러한 요약은 문서화되어 조직의 지식 관리 시스템에 저장되어 장기적인 참조 자료로 활용될 수 있다. 예를 들어, 한 IT 회사의 프로젝트 회의 중에, 팀은 새로운 제품 런칭 전략을 논의하고 있을 때, 챗GPT를 사용하여 회의 내용을 실시간으로 기록하고 중요한 주제와 결정 사항을 요약하였다. 내용 중 "다음 달까지 캠페인 마케팅 전략을 마무리해야 한다."라는 발언은 "캠페인 마케팅 전략의 마무리 기한은 다음 달까지로 결정되었습니다."라는 형태로 요약될 수 있다. 이렇게 요약된 내용은 모든 참석자들에게 즉시 공유되고, 회의 후에도 회의록으로 활용될 수 있다. 또한, 요약 내용은 조직의 지식 관리 시스템에 저장되어 프로젝트 진행 상황을 추적하고, 장기적인 참조 자료로 활용될 수 있다. 이를 통해 팀은 의사소통의 효율성을 높이고, 프로젝트의 일관된 진행을 보장할 수 있다.

둘째, 다양한 언어 지원을 통해 글로벌 환경에서 일하는 조직의 의사소통 장벽을 허물어 준다. 챗GPT는 여러 언어로의 번역을 지원함으로써 다국적 팀원들 사이의 원활한 의사소통을 보장하고, 문화적 차이나 언어적 오해로 인한 문제를 최소화할 수 있다. 예를 들어, 한 글로벌 기업의 프로젝트 팀은 다양한 국적의 팀원들로 구성되어 있다고 가정하자. 회의 중에는 영어를 사용하는 팀원들과 일본어를 사용하는 팀원들 간의 의사소통이 필요할 것이다. 이때,

챗GPT를 활용하여 실시간으로 번역된 대화를 제공하여 언어 장벽을 극복할 수 있다. 또한, 영어로 발언된 내용은 즉시 일본어로 번역되어 일본어를 사용하는 팀원들에게 제공되고, 이를 통해 다국적 팀원들 사이의 원활한 의사소통이 보장되고, 언어적 오해나 문화적 차이로 인한 혼란을 최소화할 수 있을 것이다.

위와 같은 사례들을 통해 챗GPT를 활용한 다국어 지원은 다양한 언어와 문화를 가진 팀원들 간의 의사소통을 원활하게 하고, 문화적인 차이로 인한 오해나 혼란을 최소화하는 데 큰 도움이 될수 있을 것이다.

셋째, 챗GPT는 조직의 데이터베이스에 접근하여 필요한 정보를 검색하고 분석할 수 있다. 이를 통해 의사결정 과정에서 필요한 데이터를 신속하게 제공받을 수 있으며, 이 데이터는 특정 상황에 대한 시나리오 분석이나 위험 평가에 활용된다. 예를 들어, 한 소비재 기업의 경영진은 새로운 시장 진입 전략을 논의하고 있을때, 챗GPT를 활용하여 경쟁사의 제품 라인업, 가격 전략, 마케팅 전략 등을 분석할 수 있다. 챗GPT는 경쟁사의 온라인 및 오프라인 활동을 모니터링하고, 이를 바탕으로 경쟁사의 강점과 약점을 식별하여 조직의 전략에 반영하는 데 도움을 줄 수 있고, 경쟁사가 특정 시장 세그먼트에서 채널 파트너십을 강화하고 있을 경우, 이를 고려하여 조직의 제품 배포 전략을 조정할 수 있다. 이렇게 시장 조사 데이터를 분석하여 잠재적인 비즈니스 기회를 식별하거나, 경쟁사 분석을 통해 전략적 결정을 내리는 데 기여할 수 있다.

위와 같은 사례들을 통해 챗GPT를 활용한 데이터베이스 접근과 분석은 의사결정 과정에서 필요한 정보를 빠르게 제공받고, 이를 통해 전략적인 결정을 내리는 데 중요한 도구로 활용될 수 있음을 보여준다.

넷째, 자동화된 커뮤니케이션 기능은 정기적인 업데이트나 공지 사항을 전 직원에게 신속하게 전달하는 데 사용된다. 이는 모든 팀원이 조직 내 변화나 중요한 사항에 대해 즉시 인지할 수 있도록 하며, 정보의 일관성과 시기적절함을 보장한다. 예를 들어, 프로젝트 관리팀이 프로젝트 진행 상황을 모니터링하고, 중요한 마일스톤이 달성되거나 문제가 발생했을 때 팀원들에게 알리는 것은 중요하다. 이때, 챗GPT를 활용하여 프로젝트 관련 데이터베이스를 모니터링하고, 특정 조건이 충족되면 자동으로 팀원들에게 알림을 보낸다. 또한, 특정 작업이 지연되었을 때 또는 특정 리소스가 부족할 때 등의 상황에 대해 챗GPT가 실시간으로 알림을 전송한다. 이를 통해 팀원들은 프로젝트의 진행 상황을 실시간으로 파악하고, 필요한 조치를 취할 수 있다.

위와 같은 사례들을 통해 자동화된 커뮤니케이션 기능은 조직 내 변화나 중요한 사항에 대해 모든 팀원이 즉시 인지할 수 있도록 하고, 정보의 일관성과 시기적절함을 보장하는 데 효과적으로 활용될 수 있음을 보여준다.

이처럼 챗GPT를 활용하면 조직 내 커뮤니케이션의 효율성을 증진시키고, 데이터에 기반한 의사결정을 강화함으로써 조직의 전반적인 성능과 경쟁력을 향상시킬 수 있다. 이러한 방법을 통해 챗GPT는 조직 내 커뮤니케이션의 질을 향상시키고, 데이터에 기반한 강력한 의사결정 프로세스를 지원한다. 이로써 조직의 전반적인 효율성과 성과를 크게 향상시킬 수 있을 것이다.

챗GPT는 시장 분석과 경쟁력 강화를 위한 강력한 도구로 자리잡고 있다. 이 챕터에서는 챗GPT를 활용하여 시장 동향을 분석하고, 경쟁력 있는 마케팅 전략을 수립하는 방법을 이야기한다. 인공지능을 통해 방대한 데이터를 효율적으로 처리하고, 이를 기반으로 한 의사결정 과정을 지원하는 방법을 구체적으로 설명하며, 대한민국 예술시장을 모니터링하는 구체적인 프롬프트 예시와 음악학원 교육시장의 경쟁력 있는 마케팅 전략을 수립하는 방법 등을 통해, 챗GPT의 실질적인 활용 방안을 제시한다.

시장 분석과 경쟁력 강화를 위한 챗GPT의 역할

시장 분석과 경쟁력 강화를 위한 챗GPT의 역할은 다양한 측면에서 활용될 수 있다. 그중에서도 다음과 같은 구체적인 역할들이 있다.

첫 번째로, 챗GPT를 활용하여 다양한 소스에서 관련 데이터를 수집하고 처리할 수 있다. 이는 시장 동향 분석을 위한 기초 자료 수집에서부터 경쟁사의 활동 모니터링에 이르는 다양한 데이터를 확보하는 데 도움이 된다. 예를 들어, 챗GPT를 활용하여 예술 관련 웹사이트나 블로그, 전문 매체에서 작품 리뷰와 평가를 수집하고, 이를 통해 현재 예술 시장에서 높은 평가를 받고 있는 작품이나 아티스트에 대한 인식을 파악할 수 있다. 챗GPT는 소셜 미디어 플랫폼에서의 고객 피드백과 반응을 수집하고 분석한다. 예를 들어, 인스타그램이나 트위터에서 특정 전시회나 공연에 대한 사용자의 의견을 분석하여 인기 있는 작품이나 프로그램을 식별할 수 있다는 것이다.

챗GPT를 활용하여 예술과 문화 분야에 대한 다양한 뉴스 기사와 보고서를 수집한다. 이를 통해 현재의 시장 동향이나 예술 산업의 전반적인 상황을 파악할 수 있다. 이렇게 다양한 소스에서 수집된 데이터를 챗GPT가 처리하고 분석함으로써, 예술 기관은 다음 시즌에 전시할 작품이나 공연 프로그램을 결정하는 데 도움을 받을 수 있다. 예를 들어, 고객들의 관심이 집중된 작품이나 특정 장르의 예술 작품을 식별하여 다음 시즌에 포함시킬 수 있다. 또한, 경쟁사의 활동을 모니터링하면, 예술시장에서의 경쟁력을 강화하는 데도 도움이 될 것이다.

대한민국 예술시장 모니터링을 위한 프롬프트 1 (예시)

 현재 대한민국 예술시장에서 높은 평가를 받고 있는 작품이나 아티스트에 대한 정보를 파악해 줘.

 현재 대한민국 예술시장에서 높은 평가를 받고 있는 작품이나 아티스트에 대한 정보는 계속해서 변화하고 있기 때문에 정확한 정보를 제공하기에는 시간이 필요합니다. 하지만 최근 대한민국 예술시장에서 주목받는 작품이나 아티스트 중 일부를 아래와 같이 나열해 드릴 수 있습니다.

1. 미술

김환기의 작품: 대표적인 한국의 현대 미술가인 김환기의 작품들은 국내외에서 높은 평가를 받고 있습니다.

최희중의 회화: 최희중은 독특한 표현과 기법으로 한국의 전통과 현대를 융합한 회화 작품을 선보이며 관심을 받고 있습니다.

2. 음악

방탄소년단(BTS): 대한민국을 넘어 글로벌에서 큰 인기를 얻고 있는 방탄소년단은 음악뿐만 아니라 예술적인 표현과 메시지 전달로도 높은 평가를 받고 있습니다.

아이유: 아이유는 꾸준한 활동과 음악적인 실험으로 국내외에서 많은 사랑을 받고 있는 가수이자 송라이터입니다.

3. 연극과 영화

배우 이병헌: 이병헌은 연기력과 연기 범위의 다양성으로 꾸준한 인기를 얻고 있으며, 최근 출연한 작품들이 높은 평가를 받고 있습니다.

영화 "기생충" 및 감독 봉준호: "기생충"은 2019년 국제적으로 큰 주목을 받으며, 아카데미 작품상을 수상했습니다. 이는 대한민국 영화의 위상을 높였으며, 감독 봉준호 역시 꾸준한 작품과 실험을 통해 높은 평가를 받고 있습니다.

위에서 언급된 작품이나 아티스트들은 현재 대한민국 예술 시장에서 높은 평가를 받고 있는 대표적인 예시들 중 일부입니다. 그러나 시장의 변화에 따라 인기와 평가가 변동될 수 있으므로 최신 정보를 확인하는 것이 중요합니다.

챗GPT는 다양한 언론사의 뉴스 기사나 블로그 포스트를 분석하여 시장 동향을 파악하는 데도 활용될 수도 있다. 이를 통해 기업은 산업 내 변화와 경쟁사의 전략을 파악하고 이에 대응하는 전략을 수립할 수 있다. 이러한 방식으로 챗GPT를 활용하면, 다양한 소스에서의 데이터를 효율적으로 수집하고 처리하여 시장 동향 분석과 경쟁력 강화에 활용할 수 있다.

두 번째로, 챗GPT는 자연어 처리 기술을 기반으로 텍스트 데이터를 분석하고 이해할 수 있다. 이를 통해 시장 동향 분석과 예측을 위해 관련된 뉴스 기사, 보고서, 소셜 미디어 게시물 등의 텍스트를 분석하여 중요한 정보를 추출할 수 있다. 한 예술 기관은 다음 시즌에 전시할 작품이나 공연 프로그램을 결정하기 위해 시장 동향을 분석하고자 한다. 이를 위해 챗GPT를 활용하여 관련된 뉴스 기사, 보고서, 소셜 미디어 게시물 등의 텍스트 데이터를 수집하고 분석할 수 있다.

챗GPT는 예술 관련 키워드를 기반으로 문화예술에 대한 텍스트 데이터를 수집하고 이해한다. 예를 들어, 미술 전시, 공연, 영화 등과 관련된 뉴스 기사나 소셜 미디어 게시물을 분석하여 최신 트렌드와 인기 있는 작품, 아티스트에 대한 정보를 추출한다. 또한, 챗GPT는 문화예술 관련 이벤트나 전시에 대한 고객의 의견과 감정을 파악하여 감성 분석을 수행한다. 이를 통해 특정 작품이나 프로그램에 대한 인기도나 반응을 예측할 수 있다.

예를 들어, 특정 작가의 전시가 소셜 미디어에서 화제가 되고 있는지, 현재 각광받고 있는 예술 현상이 무엇인지 등을 챗GPT를 통해 분석할 수 있다. 이를 토대로 예술 기관은 다음 시즌에 전시할 작품이나 프로그램을 선정하고 관객들에게 맞춤형으로 제공할 수 있다. 이렇게 챗GPT를 활용하여 문화예술 분야에서의 텍스트 데이터를 분석하고 이해함으로써 시장 동향을 파악하고 예측하는 것이 가능하다.

세 번째로, 챗GPT는 감성 분석 기능을 활용하여 시장에서의 감정 변화를 추적하고 이를 기반으로 트렌드를 예측할 수 있다. 예를 들어, 소셜 미디어 피드나 고객 리뷰를 분석하여 제품 또는 브랜드에 대한 긍정적 또는 부정적인 감정을 파악하고, 이를 통해 제품의 성공 가능성을 예측할 수 있다.

챗GPT는 주어진 데이터를 기반으로 시뮬레이션을 수행하고 다양한 시나리오를 분석하여 시장에서의 가능한 결과를 예측할 수 있다. 이를 통해 기업은 다양한 전략을 시뮬레이션하고 경쟁사의 응답을 예측하여 최적의 전략을 도출할 수 있다.

대한민국 예술시장 모니터링을 위한 프롬프트 2 (예시)

 우리나라 최고 문인인 남정 최정균 탄생 100주년 기념전인 "싹" 전시회의 다양한 소셜 미디어 피드나 고객 리뷰를 분석해 줘. 전시 브랜드에 대한 긍정적 또는 부정적인 감정도 파악해 주고 이 전시를 통해 서예 전시회의 앞으로 성공 가능성에 대해서도 언급해 줘.

 남정 최정균 탄생 100주년 기념전 '싹' 전시회에 대한 다양한 소셜 미디어 피드 및 고객 리뷰를 분석하여 전시 브랜드에 대한 감정을 파악하고 성공 가능성을 예측해 보겠습니다.

1. 소셜 미디어 피드백 분석

페이스북, 인스타그램, 트위터 등의 소셜 미디어 플랫폼에서 '싹' 전시회에 대한 해시태그를 포함한 게시물을 수집합니다.

게시물들을 감정 분석 도구를 사용하여 긍정적인 표현과 부정적인 표현을 분석합니다.

예를 들어, "남정 최정균 전시회를 방문했습니다. 감동적인 작품들이 많아서 좋았어요."와 같은 긍정적인 리뷰를 식별할 수 있습니다.

2. 고객 리뷰 분석

전시회를 방문한 고객들의 온라인 리뷰를 수집하여 분석합니다. 이 리뷰들은 전시회 웹사이트나 전시 관련 커뮤니티 등에서 확인할 수 있습니다.

리뷰들을 통해 고객들이 전시회에 대한 만족도, 관람 후기, 작품 평가 등을 파악합니다.

3. 감정 파악 및 성공 가능성 예측

수집된 데이터를 종합하여 '싹' 전시회에 대한 고객의 감정을 파악합니다. 대다수의 긍정적인 피드백과 리뷰가 있다면, 전시 브랜드에 대한 긍정적인 감정을 확인할 수 있습니다.

이러한 긍정적인 반응이 서예 전시회의 앞으로의 성공 가능성을 높일 것으로 예상됩니다. 고객들의 긍정적인 평가와 리뷰가 더 많은 관람객들을 유도하고, 전시회의 인지도와 평판을 높일 것으로 기대됩니다.

따라서 '싹' 전시회는 남정 최정균 탄생 100주년을 기념하는 중요한 행사로서 성공적인 전시를 통해 서예 전시회의 앞으로의 성공 가능성을 높일 수 있을 것으로 전망됩니다.

- 중략 -

데이터 기반 결정 지원은 기업이 마케팅 전략을 수립할 때 데이터를 활용하여 더 효과적인 결정을 내리는 과정을 말한다. 데이터 기반 결정 지원은 다음과 같은 요소들을 포함한다.

첫 번째, 고객 설문 조사, 소셜 미디어 피드백, 시장 조사 데이터 등 다양한 소스에서 관련 데이터를 수집한다. 예를 들어, 음악학원을 기준으로 생각했을 때 학생들의 수강 신청 내역, 수업 출결 기록, 교육 성취도 등과 같은 다양한 데이터를 수집한다.

두 번째, 수집한 데이터를 분석하여 패턴이나 트렌드를 발견하고, 학생들의 행동 패턴이나 성과를 이해한다. 예를 들어, 어떤 과정이 가장 많은 수강생을 유치했는지, 어떤 수업이 학생들의 실력 향상에 가장 효과적인지 등을 파악한다.

세 번째, 데이터 분석을 통해 얻은 인사이트를 바탕으로 학원의 강의 방식이나 교육 프로그램을 개선하거나 새로운 마케팅 전략을 수립한다. 예를 들어, 특정 과목의 인기가 높을 경우 그에 맞는 새로운 강의를 개설하거나, 실력이 향상된 학생들의 성공 사례를 활용하여 마케팅 캠페인을 진행할 수 있다.

네 번째, 도출된 인사이트를 바탕으로 피아노 학원은 수업 내용, 강사 배치, 광고 캠페인 등을 조정하고 개선하여 효과적인 마케팅 전략을 수립한다. 예를 들어, 학생들의 실력 향상을 위해 보다 개인별 맞춤형 수업을 제공하거나, 수업 내용을 업데이트하여 학생들의 흥미를 유지할 수 있다. 이러한 데이터 기반 결정 지원을 통해 음악학원은 더욱 효과적인 마케팅 전략을 수립하고, 학생들의 만족도와 실력 향상을 위한 성과를 높일 수 있다.

음악교육의 사교육 시장은 현재 저출산과 고령화 현상에 따른 인구 감소와 함께, 공교육 시스템에서도 예술 프로그램의 다양성이 증가하고 있어, 학원생의 수가 감소하는 추세를 보인다. 이러한 환경에서는 다른 교육기관과 유사한 방식으로 운영하는 것보다 창의적인 경영 마인드가 필수적이다. 단순히 모방하는 학원은 경쟁에서 살아남기 어렵기 때문이다.

따라서, 교육기관의 데이터를 철저히 수집하고 분석하여 시장의 패턴과 트렌드를 발견하는 것이 중요하다. 이를 통해 음악 교육 프로그램을 개선하고 새로운 마케팅 전략을 수립할 수 있다. 이러한 결정을 내릴 때 챗GPT와 같은 인공지능 기술을 활용하면 효과적인 결과를 얻을 수 있다. 인공지능은 많은 양의 데이터를 신속하게 분석하고 패턴을 식별하는 데 뛰어난 능력을 발휘하기 때문에 챗GPT를 활용하여 데이터 기반의 전략 수립을 통해 학원의 경쟁력을 높이고, 변화하는 시장에 적응할 수 있다.

음악학원 교육시장이 경쟁력있는 마케팅을 위해 어떤 구체적 전략 수립을 하면 좋을지 챗GPT를 활용해 고려한 작성 예시를 보고, 자신의 교육기관에 맞는 결정적인 마케팅 전략 수립을 결정하는데 도움이 되길 바란다.

음악학원 교육시장 경쟁력있는 마케팅 전략을 위한 프롬프트 (예시)

 대한민국에서는 인구감소와 학교수업 시간의 증가, 학교에서의 다양한 예술교육의 유입으로 일반 음악교육을 하는 피아노 학원생이 감소하고 있다. 피아노 학원장으로 위 도출된 인사이트를 바탕으로 경쟁력있는 마케팅 전략 수립을 위한 전략이 무엇이 있을까? 구체적인 전략과 성공 사례를 들어 이야기해 줘.

 위 도출된 인사이트를 바탕으로 경쟁력있는 마케팅 전략을 수립하기 위해서는 다음과 같은 전략들이 고려될 수 있습니다.

1. 커스터마이즈된 교육 프로그램 제공

학생들의 다양한 요구와 수준에 맞춰 개인별 맞춤형 교육 프로그램을 제공합니다. 이를 통해 학생들이 자신만의 음악적 스타일을 발견하고 자신의 성장에 집중할 수 있도록 도와줍니다.

2. 창의성과 예술성 강조

음악 학원의 교육 프로그램에 창의성과 예술성을 강조하는 내용을 추가하여 학생들의 창의적인 사고와 예술적 감성을 발전시킬 수 있도록 합니다.

3. 디지털 마케팅 강화

소셜 미디어를 활용한 디지털 마케팅을 강화하여 젊은 세대를 중심으로 더 많은 관심을 끌어냅니다. 예를 들어, 인스타그램이나 유튜브를 활용한 광고 캠페인을 전개할 수 있습니다.

4. 커뮤니티 활동 및 협력 강화

지역사회와의 협력을 강화하여 지역 예술문화를 활성화하는 데 기여합니다. 지역 예술 행사나 문화 축제에 참여하거나 지역 커뮤니티와의 연계를 통해 학원의 인지도를 높이고 학생들의 유입을 증가시킵니다.

5. 학부모를 대상으로한 마케팅 강화

부모들이 자녀의 음악 교육에 대한 중요성을 인식하도록 하고, 학부모들의 관심을 유도합니다. 학부모를 대상으로 한 워크숍이나 세미나를 개최하여 학생들의 음악 교육에 대한 인식을 높입니다.

성공 사례

한 피아노 학원은 커스터마이즈된 교육 프로그램을 제공하여 학생들의 흥미와 수준에 맞게 수업을 진행했습니다. 또한, 디지털 마케팅을 강화하여 인스타그램과 유튜브를 활용하여 캠페인을 전개했습니다. 이를 통해 젊은 세대를 중심으로 학원에 대한 인지도를 높였고, 학생들의 유입이 증가했습니다. 또한, 지역사회와의 협력을 강화하여 지역 문화 활동에 적극적으로 참여하였고, 이를 통해 지역 커뮤니티의 지지를 받아 학원의 경쟁력을 높였습니다.

작성 예시처럼 커스터마이즈된 교육 프로그램을 제공하여 학생들의 흥미와 수준에 맞게 수업을 진행하고, 디지털 마케팅을 강화하여 인스타그램과 유튜브를 활용하여 캠페인을 전개해 보자. 이를 통해 젊은 세대를 중심으로 학원에 대한 인지도를 높일 수 있고, 학생들의 유입이 증가하는 결과를 얻을 수 있다. 또한, 지역사회와의 협력을 강화하여 지역 문화 활동에 적극적으로 참여하고, 이를 통해 지역 커뮤니티의 지지를 받아 학원의 경쟁력을 높여야 한다. 이것은 전체적인 방향이기에 더욱 구체적인 교육기관의 데이터를 지시할 경우 더욱 구체적인 경쟁력있는 전략을 도출해 줄 것이다.

02

예술 분야에서의 챗GPT 활용

예술 분야에서 챗GPT의 다양한 활용법은 매우 흥미로운 부분이다. 이 파트에서는 음악, 미술, 문학, 과학 등 각 예술 영역에서 인공지능을 통한 창작과 분석 방법을 구체적으로 설명한다. AI를 활용한 작사, 작곡, 미술 작품 창작 및 비평의 새로운 지평을 열며, 예시 프롬프트를 통해 실질적인 활용 방법을 제시하고, 과학과 예술의 융합을 통한 창의적 아이디어 생성, 전래놀이의 현대적 재해석 등 다양한 주제를 다루어, 문화예술 기획자들에게 챗GPT를 통해 예술적 표현을 확장하고 혁신할 수 있도록 도울 수 있다. 이를 통해 챗GPT를 활용한 예술 창작의 가능성을 구체적으로 이해하고, 이를 실질적으로 적용할 수 있는 방법을 배울 수 있는 시간이 될 것이다.

이번 챕터에서는 챗GPT를 활용하여 음악 창작과 분석의 새로운 가능성을 AI를 통해 작사, 작곡, 음악 분석의 전 과정을 혁신적으로 변화시키는 방법을 소개한다. 고흐의 '별이 빛나는 밤에'를 모티브로 한 음악 창작 예시를 통해 가사, 코드, 음정, 리듬 패턴을 만드는 과정을 구체적으로 설명할 것이다.

AI 작사, 작곡의 새로운 지평

음악 분야에서 챗GPT와 같은 AI 도구를 활용하는 것은 학습자의 창의성과 음악적 이해를 극대화하는 데 큰 도움이 될 수 있다. 작곡에서 분석까지, 다양한 단계에서 챗GPT를 활용하는 방법을 알아보자.

챗GPT는 작곡의 초기 단계에서 아이디어 생성을 도울 수 있다. 예를 들어, 특정 테마나 감정에 맞는 가사나 멜로디 아이디어를 요청할 수 있다. 챗GPT에게 "슬픔을 표현하는 가사 아이디어를 제공해 줘." 또는 "희망을 주제로 한 멜로디 라인에 대한 아이디어를 줘."와 같이 요청함으로써, 창작의 첫걸음을 내딛는 데 도움을 받을 수 있다.

챗GPT의 무한한 가능성을 활용하여, 음악적 언어를 통한 가사 창작이라는 예술적 여정에 몰입해 보자. 이것을 매개로 하여, 우리는 음악의 본질을 새롭게 해석하고, 가사에 숨겨진 깊은 감정과 이야기를 드러내는 데 있어 새로운 차원의 창조적 능력을 발휘해 보고, 이를 통해, 음악 가사 창작의 전통적 경계를 넘어서는 AI를 활용한 음악 작업을 시도할 수 있다.

이 책은 단순히 상업적인 작품을 창작하는 것을 목표로 하지 않는다. 대신, 문화예술 프로그램을 교육하고 기획하는 전문가들에게 인공지능(AI)을 활용한 새로운 방법을 제시함으로써, 더욱 풍성하고 즐거운 교육 경험을 설계할 수 있도록 돕고자 함이 목적이다. 하여 본서는 AI 기술을 활용하여 어린이부터 성인까지 모든 사람들이 즐길 수 있는 문화예술 프로젝트를 창의적으로 기획하는 방법을 안내하는 것이다.

안내의 목적은 참여자들이 AI와 문화예술의 교차점에서 예술적 감성과 기술적 능력을 동시에 키울 수 있는 플랫폼을 제공하고, 이를 통해 기술이 인간의 창의적 표현을 어떻게 확장하고 강화할 수 있는지를 보여주고자 한다. 또한, 교육자들이 AI를 이해하고, 이를 활용하여 다양한 연령층과 배경을 가진 사람들을 위한 접근 가능하고 참여적인 문화예술 프로그램을 만들 수 있도록 지침을 제공하고자 한다.

따라서, 문화예술 교육의 미래를 모색하는 이들에게 소중한 자원이 되길 희망하고, AI의 도움으로 문화예술 프로젝트를 더욱 생동감 있고 포괄적으로 만들어, 모든 시민이 예술을 향유하고 그 속에서 성장할 수 있는 기회를 제공하는 것이 목표이기에 단순하게 실행해 볼 바라는 마음이다.

고흐의 '별이 빛나는 밤에' 작품을 모티브로 음악을 만들기 1. '가사 만들기' (예시)

 [작사가 역할] 고흐의 "별이 빛나는 밤에" 작품에서 영감을 받아, 밤하늘의 별을 바라보는 고흐의 마음으로 150자 이내 노래 가사를 만들어 줘.

 밤하늘 깊숙이, 별이 빛나

고흐의 눈에 비친 꿈의 화려함

바람 속에 숨 쉬는 색의 노래

한 조각의 밤, 영원히 담아내리

속삭임은 별빛 되어

그림 속에 살아 숨 쉬네

밤의 정적 속, 빛나는 영혼

별빛 아래, 고흐는 꿈꾸네

생성된 노래 가사는 밤하늘의 신비와 별빛의 아름다움을 통해, 고흐의 예술적 영혼과 그의 깊은 내면세계를 시적 여정으로 제시하고, 고흐의 눈을 통해 바라본 '별이 빛나는 밤'의 화려함과 그가 그림으로 포착한 순간을 재현했다. 별빛 아래 깃든 꿈의 화려함과 바람 속에 숨 쉬는 색의 노래는, 고흐가 자신의 붓끝으로 캔버스에 영원히 담아낸 밤의 아름다움을 상징한다. 그러나 이 가사는 고흐의 예술적 천재성과 그가 경험한 감정적 깊이를 충분히 느낄 수는 없다고 도출했다.

지금의 정서와는 조금 다른듯한 느낌이 있는 듯 하다. 정확하고 보다 유용한 답변을 얻기 위해 조금 더 구체적이고 명확한 질문을 한다면, 챗GPT와의 상호작용을 통해 더 나은 결과를 얻기 위한 전략을 배울 수 있다.

 [작사가 역할] 고흐의 별이 빛나는 밤에 그림속 빛나는 별, 11개의 별, 어두운 밤하늘, 창밖을 바라보는 고흐, 아픈 고흐 등을 묘사한 200자 내 슬프고 서정적 가사를 써 줘.

 어두운 밤, 창밖을 바라봐
고흐의 눈에, 별 하나 둘 새겨져
아픔 속에서도 빛나는, 열한 개의 꿈

창밖에는 별이 빛나는 밤
그림 속으로 흘러가는 시간
고흐의 마음, 별빛에 담겨
어둠을 밝히는 희망을 그려

별들 사이로, 길을 잃지 않아
고흐의 눈물, 별빛이 닦아줘
밤하늘 아래, 아프지만 그린
희망의 별들, 영원히 빛나네

이번 가사는 섬세함과 구체성을 통해, 마치 고흐의 그림이 눈앞에 펼쳐지는 듯한 생생한 이미지를 전달하고 있다. 고흐의 예술적 정수를 담은 그의 작품들에서 우리가 경험할 수 있는 감정의 깊이와 시각적 아름다움을 음악적 언어로 탁월하게 변환해 내어, 이전 가사보다 훨씬 더 풍부한 상상력과 세밀한 표현력을 발휘하고 있다. 이러한 가사는 스타일에 따라 조금씩 의미와 느낌이 변화할 수 있음을 보여주며, 각기 다른 스타일로 제공될 때 그 의미의 변화를 통해 가사의 다양한 해석과 감상의 깊이를 제공한다. 이는 가사가 단순히 음악적 요소를 넘어, 시각적이고 감성적인 경험을 풍부하게 하는 중요한 역할을 한다는 것을 강조하고 이를 통해, 가사 작성의 다양성과 스타일의 변화가 어떻게 각각의 가사에 새로운 빛을 부여하는지를 이해할 수 있다.

처음의 가사에서 최신 스타일의 가사 출력을 위해 챗GPT에게 구체적인 입력을 해 보고 자신이 맘에 드는 가사를 활용해 노래를 만들어 보는 것도 좋고, 작사가의 관점으로 자신만의 스타일로 재해석해서 곡을 만들어 보는 것도 창의적인 방법의 제시가 될 수 있을 것이다.

앞선 가사로 곡의 제목을 만들어도 되고, 챗GPT를 활용해 만들어도 된다. 이 곡의 제목은 '별빛 속 고흐의 꿈'이라 제목으로 정하고, 챗GPT에게 구체적인 작업 지시를 통해 만들어 보자.

앞에 출력된 가사를 요즘 스타일의 K-pop스러운 가사로 다시 써 줘.

창가에서 밤하늘을 바라봐
별 하나, 둘 눈에 비치고
어두운 밤도 꿈들과 함께면 빛나
열한 개의 별, 이 밤을 밝혀줘

별 가득한 밤, 너와 함께라면
시간은 멈춰 그림 속으로 흘러
고흐처럼 내 마음 별빛에 실려
어둠을 밝히는 희망을 그려나가

별 사이로 길을 잃지 않아
별빛 속에서 우리의 눈물 닦아내
아픈 밤도 이제는 밝은 꿈으로
희망의 별들이 영원히 빛날 거야

앞 가사를 가수 "뉴진스" 스타일의 노래 가사로 다시 써 줘.

 밤하늘을 봐, 창가에 서서
별빛 하나, 둘 내 맘 속에 새겨지네
어두운 밤도, 내 꿈들과 함께면 빛나
열한 개의 별, 이 밤을 밝혀줘

별이 가득한 이 밤, 너와 나
시간이 멈춘 듯, 그림 속으로 빠져들어
고흐처럼 내 마음, 별빛에 실려
어둠 속에서도 우린 희망을 그려나가

별들 사이를 걸어, 길을 잃지 않아
별빛 속에서 우리의 눈물을 닦아내
아프던 밤도, 이제는 빛나는 꿈으로
희망의 별들이, 영원히 빛나게 해

고흐의 '별이 빛나는 밤에' 작품을 모티브로 음악을 만들기 2. '코드 만들기' (예시)

 '빛 속 고흐의 꿈'이란 제목으로 위 가사에 어울리는 코드 진행도 만들어 줘.

 소절 (Verse)

C Major (C) – G Major (G) – A Minor (Am) – E Minor (Em)

F Major (F) – C Major (C) – F Major (F) – G Major (G)

후렴구 (Chorus)

A Minor (Am) – E Minor (Em) – F Major (F) – C Major (C)

A Minor (Am) – E Minor (Em) – F Major (F) – G Major (G)

브릿지 (Bridge)

F Major (F) – G Major (G) – E Minor (Em) – A Minor (Am)

F Major (F) – G Major (G) – C Major (C)

이 코드 진행은 가사의 서정적이고 깊이 있는 감성을 살리기 위해 고안되었고, 소절에서는 조용하고 고요한 밤의 분위기를, 후렴구에서는 고흐가 느꼈을 감정의 깊이와 희망을, 브릿지에서는 이야기의 전환점을 강조하는 데 중점을 두었습니다.

챗GPT는 직접적인 음악 생성 기능을 갖추지는 않았지만, 텍스트 기반의 프로세스를 통해 사용자가 창의적으로 자신만의 음악적 아이디어를 개발하고 구현하는 데 있어 중요한 역할을 할 것이다. 비록 AI 작곡 프로그램인 아이바(AIVA)와 같이 악보를 직접 생성하는 기능은 없지만, 챗GPT는 텍스트를 악보화하는 과정을 통해 음악적 사고를 확장하고 구체화하는 독특한 방식을 제공받을 수 있다.

이러한 접근은 사용자가 텍스트를 통해 음악적 아이디어를 탐구하고, 그 아이디어를 실현 가능한 형태로 전환하는 과정에서 깊이 있는 창조적 경험을 제공받는다. 이 과정에서 챗GPT는 음악 이론, 구성, 표현 방법 등에 관한 질의응답을 통해 사용자의 창작 활동을 지원한다. 이는 사용자가 자신의 음악적 비전을 성공적으로 표현하고 결과물을 감상할 수 있게 만드는 결정적인 단계일 것이다.

따라서, 챗GPT와의 상호작용은 사용자가 텍스트로부터 음악적 구성을 추출하고, 이를 통해 개인적이고 독창적인 음악 작품을 창출하는 과정에서 중요한 촉매 역할을 할 것이다. 이는 기술과 예술의 경계를 넓히는 새로운 방법론을 제시하며, 모든 창작자에게 영감을 주는 풍부한 경험을 선사하는 것이다. 이렇게 위 코드를 기반으로 음악의 분위기와 가사의 내용에 따라 코드를 변형하거나 추가하여 자유롭게 창작의 폭을 넓혀서 코드표와 가사가 함께 음악을 구성하는 데 있어 하나의 출발점으로 활용될 수 있다.

코드표를 생성했으니 이제 다음 단계로 위 코드표를 바탕으로 멜로디 음정도 도출할 수 있는지 확인해 보자.

고흐의 '별이 빛나는 밤에' 작품을 모티브로 음악을 만들기 3. '음정 만들기' (예시)

 위 코드표를 바탕으로 멜로디 음정을 제시해 줘.

 음악 코드 진행에 기반하여 멜로디를 구성할 때...

소절 (Verse) 멜로디 음정

C Major (C) → C E G

G Major (G) → G B D

A Minor (Am) → A C E

E Minor (Em) → E G B

F Major (F) → F A C

C Major (C) → C E G

F Major (F) → F A C

G Major (G) → G B D

후렴구 (Chorus) 멜로디 음정

A Minor (Am) → A C E

F Major (F) → F A C

C Major (C) → C E G

F Major (F) → F A C

G Major (G) → G B D

브릿지 (Bridge) 멜로디 음정

F Major (F) → F A C

G Major (G) → G B D

E Minor (Em) → E G B

A Minor (Am) → A C E

F Major (F) → F A C

C Major (C) → C E G

이 멜로디 음정 제안은 시작점이며, 코드를 기반으로 한 멜로디 기본 구성이기에 가사가 잘 어우러지도록 실험하고 조정하는 과정에서 창의적인 자유를 발휘해야 한다.

그렇다면 마지막으로 리듬 작업까지 도출할 수 있는지 프롬프트를 작성해 보자. 멜로디와 코드 진행에 리듬을 추가하여 간단한 곡의 구조를 완성하는 것은 창작 과정에서 중요한 단계이고, 리듬은 곡에 생명을 불어넣고, 감정의 흐름을 조절하는 역할을 하기 때문에 제안된 코드와 멜로디에 기반한 기본적인 리듬 패턴을 제공해 보고 단순한 예시로, 창작자의 해석과 창의력에 따라 다양하게 변형될 수 있도록 해보자.

고흐의 '별이 빛나는 밤에' 작품을 모티브로 음악을 만들기 4. '리듬 패턴 만들기' (예시)

 위 코드표와 멜로디를 바탕으로 리듬 패턴과 함께 다양한 리듬을 구성해 줘.

 기본 리듬 패턴 예시

소절 (Verse)

리듬 패턴: 4/4 박자

각 음은 8분 음표로 처리하여, 가볍고 흐르는 느낌을 줍니다.

– 예: (C E G E) – (G B D B) – (A C E C) – (E G B G)

– 마지막 음은 4분 음표로 처리하여, 구절의 끝에 약간의 정지감을 줍니다.

후렴구 (Chorus)

리듬 패턴: 4/4 박자

각 음은 4분 음표로 처리하여, 소절보다는 강조된 리듬을 줍니다.

– 예: (A C E C) – (E G B G) – (F A C A) – (C E G E)

– 마지막 구절에서는 각 음을 8분 음표로 처리하여, 다음 파트로의 전환을 부드럽게 합니다.

브릿지 (Bridge)

리듬 패턴: 3/4 박자로 전환하여, 곡에 변화를 줍니다.

각 음은 혼합된 8분 음표와 4분 음표로 처리하여, 브릿지의 다이내믹한 변화를 강조합니다.

- 예: (F A) - (G B D) - (E G) - (A C E)

리듬적 강조

소절: 서정적이고 부드러운 흐름을 강조하며, 별빛과 고흐의 꿈을 반영하는 느낌을 줍니다.

후렴구: 감정의 표출이 더 강해지며, 별빛 아래 고흐가 꿈꾸는 모습을 강조합니다.

브릿지: 곡의 전환점에서 감정의 깊이를 더하며, 내면의 감정 변화를 드러냅니다.

이 리듬 구성은 가사와 멜로디가 전달하고자 하는 감정의 흐름을 지원하는 기본적인 구조를 제공하는 듯하다. 재미있는 건 마지막 브릿지 부분을 변박자로 4/4박자에서 4/3박자로 박자의 변화를 주었다는 것이다. 이 부분은 다이내믹한 변화를 강조하며 마무리하라는 의도가 엿보이는 부분이다. 이렇게 작곡 과정에서는 이 리듬 패턴을 기반으로 하여 창작자의 의도에 맞게 조정하고 발전시키는 것이 중요하다.

이러한 프로젝트에서는 창작자들이 주어진 코드 진행, 멜로디 라인, 리듬 패턴을 바탕으로 개성이 묻어나는 음악 작품을 구성하고, 주어진 가사를 통합하여 완성도 높은 곡을 창출하는 과정을 탐구한다. 이러한 접근 방식은 사용자들에게 각자의 음악적 취향과 창의력을 발휘할 기회를 제공하며, 동시에 주어진 구조 내에서 얼마나 다양하고 참신한 해석이 가능한지를 탐색하는 실험적 공간을 마련한다.

각 사용자는 C, G, Am, F의 코드 진행을 기본 뼈대로 사용하면서, 이를 자신의 음악적 스타일에 맞게 변형하거나 발전시켜 나갔고, 멜로디와 리듬은 제공된 패턴을 기준으로 하되, 각자의 개성을 녹여내는 방식으로 재구성되었다. 이 과정에서 사용자는 표현의 자유와 창의적 자율성을 극대화하면서도, 주어진 텍스트의 주제와 감성을 유지하는 데 중점을 두었다. 완성된 작품들을 감상하는 것은 마치 다채로운 색채와 빛의 조화를 감상하는 것과 같다. 각 곡은 동일한 가사와 코드를 사용하였음에도 불구하고, 창작자의 독창적인 해석과 음악적 접근 방식에 따라 전혀 다른 분위기와 음향적 특성을 드러내며, 이는 듣는 이로 하여금 각기 다른 감정적 경험과 시각적 이미지를 연상시키는 효과를 제공한다. 이러한 다양성은 음악이 단순한 청각적 즐거움을 넘어, 개별적이고 내밀한 감정의 공유와 인간 경험의 풍부한 표현의 수단으로서의 역할을 강화하는데 기여한다.

이렇게 사용자들에게 자신만의 음악적 목소리를 발견하고, 이를 통해 감정과 사상을 효과적으로 전달하는 방법을 탐색할 수 있는 기회를 제공하고, 각자 생산한 음악적 결과물은 그 자체로 하나의 예술 작품이자, 각 사용자의 예술적 비전과 개성을 반영하는 증거물로서 가치를 인정받을 수 있다. 다음은 3명의 창작자가 만든 곡들의 악보 구성이다.

챗GPT가 구상한 가사, 코드, 멜로디, 리듬으로 완성된 곡 1. 우가희 곡

별빛 속 고흐의 꿈

최경숙

챗GPT가 구상한 가사, 코드, 멜로디, 리듬으로 완성된 곡 2. 최경숙 곡

별빛 속 고흐의 꿈

이선미

챗GPT가 구상한 가사, 코드, 멜로디, 리듬으로 완성된 곡 3. 이선미 곡

이렇게 챗GPT와 같은 텍스트 기반의 AI 모델은 주로 자연어 처리(NLP)에 최적화되어 있어, 텍스트 정보를 이해하고 생성하는 데만 특화되어 있다. 멜로디나 악보 생성과 같은 오디오 혹은 시각적 콘텐츠를 직접 생성하는 것은 이러한 모델의 기본 기능 범위를 넘어선다. 그러 므로 멜로디나 악보를 생성하기 위해서는 음악 이론, 음표와 리듬을 정확히 표현할 수 있는 시스템, 그리고 이를 오디오 파일이나 악보로 변환할 수 있는 기능이 필요하다.

음악 창작은 단순히 음표를 배열하는 것 이상의 복잡한 과정을 포함한다. 이는 창의성, 감정 표현, 그리고 때로는 미묘한 음악적 뉘앙스를 포함할 수 있으며, 이 모든 것을 인공지능이 완전히 이해하고 재현하기는 현재로서는 한계가 있다. 그러나 음악 생성에 특화된 AI 시스템과 소프트웨어는 존재한다. 이러한 시스템은 멜로디, 하모니, 리듬 등 음악적 요소를 생성하고, 사용자가 입력한 조건이나 스타일에 맞춰 음악을 구성할 수 있도록 설계되어 있다. 이들은 종종 딥러닝 알고리즘을 사용하여 대량의 음악 데이터에서 학습하며, 이를 바탕으로 새로운 음악을 생성한다.

챗GPT는 음악 이론과 작곡 기술에 대한 질문에 답변하며, 작곡 과정에서 발생할 수 있는 기술적인 문제를 해결하는 데 도움은 줄 수 있다. 예를 들어, 특정 화음 진행, 리듬 패턴, 또는 악기의 특성에 대한 문의, 이를 작곡에 어떻게 효과적으로 적용할 수 있는지 조언을 얻을 수 있다는 것이다. 앞서 만들어진 3가지의 악보를 보면 똑같은 코드와 멜로디, 리듬의 구성을 동일하게 제시했어도 각자의 창의적인 음정의 배열로 모두가 다른 음악이 되었다는 것처럼 모든 창작자에게 새로운 영감을 주는 풍부한 경험을 선사할 수 있을 것이다. 여러분도 한번 경험해 보고 아이들과 한꺼번에 많은 단계를 진행하기 보다 하나씩 천천히 4주 정도의 기간을 거쳐 1곡을 만들어가는 과정을 실행해 보고, 그 곡들을 그림과 함께 연주회를 기획하거나 유튜브와 같은 다양한 플랫폼에 작품을 업로드하여 창의적인 도전의 기회를 만들어 갈 수도 있을 것이다.

이렇게 챗GPT는 텍스트 기반의 인터랙션을 통해 사용자와 소통하며, 사용자의 요청에 따라 가사를 짓고 주제, 스타일, 감정 등 사용자가 제공한 지침을 기반으로 출력되는 것을 알 수 있다. 또한, 구체적인 음악적 요소(예: 코드 진행, 멜로디 라인, 리듬 패턴)에 대한 제안을 할 수 있지만, 실제 음악을 생성하는 능력은 제한적이라는 것도 알 수 있다.

인공지능(AI)을 활용한 작곡

아이바(AIVA)는 음악 생성에 특화된 인공지능 시스템으로, 실제 오디오 트랙을 생성할 수 있다. 아이바는 사용자가 선택한 스타일과 파라미터에 따라 완전한 음악 트랙을 자동으로 생성한다. 이는 클래식부터 현대적인 장르까지 포괄한다. 사용자는 템포, 조성, 사용할 악기 등의 매개변수를 설정하여 음악의 스타일과 분위기를 지정할 수 있다.

아이바는 작곡된 음악을 오디오 파일 형식으로 제공하며, 이를 직접 듣거나 다른 목적으로 사용할 수 있다. 이렇게 아이바는 완성된 오디오 트랙을 생성할 수 있는 반면, 챗GPT는 텍스트 기반의 조언과 가이드라인을 제공하는 데 그친다.

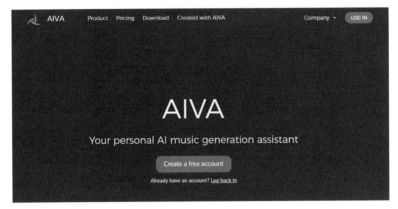

이미지 출처: 아이바(AIVA) 웹사이트

또 하나의 AI 작곡 도구로 수노(SUNO)라는 플랫폼도 있다. 수노는 감정적 요소와 시나리오에 맞춰 음악을 동적으로 조정할 수 있는 기능을 제공하고 이는 사용자가 특정 비디오나 게임의 배경음악을 만드는 데 더 특화되어 있어, 이러한 목적으로 음악을 제작하고자 하는 초보자에게 유용하다. 따라서, 일반적인 음악 창작에 초점을 맞춘다면 아이바가, 특정 비주얼 미디어에 맞는 음악을 제작하고자 한다면 수노가 초보자에게 조금 더 적합할 것이다. 그밖에 사운드로우, 뮤지아 원, 유디오, 마이에디트 등 다양한 AI 작곡 도구들이 있다.

챗GPT는 대화형 인터페이스를 통해 사용자의 요구에 맞춤형 텍스트 응답을 제공한다. 반면, 아이바는 사용자가 설정한 매개변수에 따라 자동으로 음악을 생성한다. 챗GPT는 음악 작곡 교육, 가사 작성, 음악 이론 상담 등 다양한 방면의 기능을 제공한다. 그러나 아이바는 주로 실제 음악 작곡에 초점을 맞추고 있어, 직접 음악을 만들어 내는 데 사용된다고 생각하면 된다. 이렇게 챗GPT와 아이바는 각기 다른 강점과 기능을 가진 도구로, 사용자의 목적에 따라 선택하여 사용할 수 있다.

음악 작품 분석

음악 분석은 음악 교육의 핵심적인 요소로, 챗GPT는 이 분야에서 매우 유용한 도구가 될 수 있다. 이 인공지능 시스템은 다양한 음악 작품의 구조, 화음, 형식 및 작곡가의 개별 스타일에 대한 심층적인 분석을 제공함으로써, 학습자가 특정 작품을 더 깊이 이해할 수 있도록 돕는다. 학습자는 챗GPT에게 특정 작곡가의 음악을 분석하도록 요청하거나, 특정 음악 장르의 독특한 특성에 대해 설명을 요청할 수 있다.

이러한 분석을 통해 학습자들은 음악적 요소들이 작품 내에서 어떻게 효과적으로 사용되었는지를 파악할 수 있다. 이는 음악적 이해력과 분석 능력을 향상시키는 데 기여한다. 또한, 학습자들은 챗GPT를 활용하여 생성된 음악 작품들을 서로 분석함으로써, 각 작품의 특성을 파악하고 창의적인 생각을 키우는 실습 시간을 가질 수 있다. 이 과정은 학습자들이 음악적 안목을 개발하고, 비판적이고 창의적인 사고를 촉진하는 데 중요한 역할을 할 것이다.

챗GPT와 같은 도구의 활용은 음악교육을 더욱 풍부하고 다층적으로 만들며, 학습자들에게 독립적인 분석 능력과 함께 예술적 감각을 키울 수 있는 기회를 제공할 수 있다. 이는 음악교육의 새로운 지평을 열어주는 혁신적인 접근법이다.

음악 작품의 분석 예시를 통해 각자 느끼는 작품 분석을 위한 프롬프트 (예시)

 위 노래 가사는 그림 속 무엇을 말하고 표현한 것인지 음악 작품 분석가 관점으로 이야기해 줘. (앞서 생성한 가사)

 이 노래 가사는 밤하늘을 수놓는 별들을 통해 빈센트 반 고흐의 내면 세계와 그의 예술적 영혼을 섬세하고 감성적으로 표현하고 있습니다. 어두운 밤과 창밖을 바라보는 고흐의 모습을 시작으로, 별 하나 둘에 그려진 그의 꿈과 아픔, 그리고 희망까지, 고흐가 그린 "별이 빛나는 밤"에 담긴 감정의 깊이를 음악 가사로 담아냈습니다.

가사는 고흐의 복잡한 감정과 그가 겪었던 고뇌, 그리고 불멸의 예술을 창조해 낸 그의 능력을 상징적으로 묘사하고, 밤하늘에 빛나는 열한 개의 별은 고흐가 품었던 꿈들을 대표하며, 이는 그의 아픔 속에서도 끝없이 창작을 계속한 그의 의지와 희망을 상징합니다.

"창밖에는 별이 빛나는 밤, 그림 속으로 흘러가는 시간"이라는 구절은 고흐가 그림을 통해 시간을 초월하고, 어둠 속에서도 빛을 발하는 희망을 찾았음을 나타냅니다. 이는 고흐의 마음이 별빛에 담겨, 어둠을 밝히는 희망을 그렸다는 점을 강조합니다.

마지막 구절에서는 고흐의 눈물을 별빛이 닦아주는 모습을 통해, 그의 고통과 슬픔이 별빛 아래에서 위안을 받고, 예술을 통한 치유의 가능성을 시사합니다. "밤하늘 아래, 아프지만 그린 희망의 별들"은 고흐가 남긴 예술 작품이 어떠한 고통 속에서도 영원히 빛날 것이라는 메시지를 전달합니다.

정말, "꿈보다 해몽이 더 좋다"라는 표현을 이럴 때 하는 말 같다. 챗GPT와 같은 AI 기반 대화 모델을 활용할 때, 프롬프트 구성의 중요성을 강조하기에 충분한 듯하다. 프롬프트, 즉 사용자가 AI에 제공하는 초기 입력 문구는 AI의 응답 방향과 내용의 질을 결정짓는 핵심적인 요소이다. 정교하게 설계된 프롬프트는 AI가 보다 정확하고 관련성 높은 정보를 제공하도록 유도하며, 사용자의 의도와 목적을 명확히 전달하는 데 중요한 역할을 하는 것이다. 프롬프트는 AI에게 요구하는 작업의 범위와 세부 사항을 정의하는 지도처럼 사용자의 질문이나 요청이 명확하고 구체적일수록, AI는 이를 바탕으로 더욱 정확한 응답을 생성할 수 있고 반면, 모호하거나 불분명한 프롬프트는 사용자의 의도를 잘못 해석하거나, 관련 없는 내용을 생성하는 원인이 될 수 있다.

창작물에 대한 피드백과 개선

창작의 여정은 탐험과도 같아, 때로는 우리가 알려진 길에서 벗어나 새로운 영역을 발견하도록 이끈다. 이 과정에서 챗GPT와 같은 인공지능 기술을 활용하는 것은, 창작자가 자신의 작품에 대해 보다 깊이 있고 다양한 시각에서의 통찰을 얻을 수 있는 기회를 제공한다. 우리는 이 기술을 통해, 작품의 멜로디나 가사를 제시하고, 그 구성이나 표현 방법에 대한 조언을 구할 수 있다. 비록 챗GPT가 제공하는 피드백이 직접적인 인간의 감각과 경험을 완전히 대체할 수는 없으나, 다른 관점에서 작품을 바라보고 개선할 수 있는 새로운 아이디어를 제공받는 것은 분명하다.

챗GPT와의 대화는 창작물을 위한 새로운 해석과 가능성을 탐색하는 과정이다. 작곡된 멜로디나 가사에 대해 AI로부터 받은 의견은 창작자로 하여금 자신의 작품을 다시 한번 성찰하게 만든다. 이러한 상호작용은 창작자가 작품의 구조를 재고하고, 표현 방법을 다듬으며, 예술적 의도를 더욱 명확히 하는 계기가 된다. 창작물에 대한 AI의 피드백을 해석하고 적용하는 과정은 예술가의 창의적 능력을 더욱 발휘하게 하는 도전이다. AI가 제안하는 아이디어나 조언을 자신의 예술적 비전과 결합시킴으로써, 창작자는 작품을 새로운 차원으로 끌어올릴 수 있다. 이 과정은 반복되며, 각 반복은 작품을 한층 더 정제하고 완성도를 높이는 과정이다.

최종적으로 작품이 완성되면, 그것은 창작자의 예술적 판단과 AI의 기술적 분석이 결합된 결과물이다. 창작 과정에서 챗GPT와 같은 AI를 활용하는 것은 창작자에게 자신의 작품을 다양한 각도에서 바라볼 수 있는 능력을 제공한다. 그러나 진정한 예술의 가치는 여전히 창작자의 내면에서 비롯되며, AI는 이를 발현하는 데 도움을 주는 도구에 불과하다. 창작물에 대한 깊이 있는 이해와 예술적 표현의 무한한 가능성을 탐구하는 여정은, 기술과 인간의 상호작용을 통해 계속해서 새로운 경지를 개척해 나가는 과정이다.

연습과 학습 자료

챗GPT와 같은 인공지능 도구가 음악교육의 경계를 확장해 가고 있다. 이 신기루 같은 기술은 연습곡 제작부터 음악 이론 퀴즈, 교재 추천에 이르기까지, 학습자가 자신의 음악적 소양을 키우는 데 필요한 다양한 자원을 제공함으로써, 음악에 대한 접근 방식을 재창조하고 있는 것이다. 학습자는 이 도구를 통해 끊임없이 변화하는 음악의 세계에서 자신의 지식과 기술을 발전시키며, 창의적인 표현의 가능성을 탐구할 수 있다.

음악교육에 AI를 도입하는 것은 학습 과정에 혁신적인 변화를 가져온다. 학습자는 개인의 학습 속도와 스타일에 맞춰 맞춤형 학습 경험을 할 수 있으며, AI는 이러한 경험을 지원하는 데 중요한 역할을 한다. 또한, AI는 음악적 아이디어와 기술의 교차점에서 학습자의 창의력을 자극하고 음악적 능력을 향상시키는 새로운 방법을 제시한다. 하지만, 이 모든 혁신적인 가능성과 함께, AI 도구의 사용은 교육자와 학습자가 그 가치를 최대한 활용하기 위해 적극적으로 참여하고 노력해야 한다는 것을 상기시킨다. 즉, AI는 음악을 이해하고 창작하는 새로운 방식을 제공하지만, 음악의 본질적인 가치와 의미를 탐색하는 여정은 여전히 인간의 창의적 영감과 노력에 의해 이끌어져야 한다.

음악교육에서 AI의 도입은 우리에게 무한한 가능성을 열어줄 것이다. 그러나 기억해야 할 것은, 음악이라는 무한한 우주를 탐험하는 여정에서, AI는 단지 우리를 안내하는 도구일 뿐, 진정한 음악적 여정의 별들은 학습자와 교육자의 손에 의해 만들어진다는 것이며, AI는 우리의 음악적 이해와 창작 능력을 확장하는 데 도움을 줄 수 있지만, 음악의 진정한 감동과 영감은 인간의 내면에서 비롯된다는 것을 잊지 말자.

음악 이론과 분석에 챗GPT 활용

음악, 그 자체는 감정과 이야기의 바다이다. 이 바다를 항해하는 데 있어 음악 이론과 분석은 나침반이 되어 주며, 챗GPT와 같은 인공지능 기술은 이 나침반을 더욱 정교하게 만들어 준다. 음악 이론을 학습하고 작품을 분석하는 과정에서 챗GPT를 활용하는 것은, 음악의 깊이를 탐색하고 그 본질에 더욱 가까이 다가가고자 하는 항해자들에게 새로운 지평을 열어줄 것이라 생각한다.

음악 이론의 복잡한 세계를 탐험할 때, 챗GPT는 가이드 역할을 할 수 있고, 음악 이론의 기초부터 고급 주제에 이르기까지, 학습자가 이해를 돕기 위해 질문하는 모든 것에 대해 챗GPT는 전문가 수준의 설명을 제공한다. 예를 들어, '화성학에서의 전조란 무엇인가?' 또는 '리듬의 다양한 패턴을 어떻게 구분할 수 있는가?'와 같은 질문에 대한 답변을 통해, 학습자는 음악 이론의 복잡한 개념들을 분명하고 이해하기 쉬운 언어로 탐구할 수 있다는 것이다.

챗GPT는 특정 음악 작품이나 작곡가의 스타일을 분석하는 데 있어 학습자에게 귀중한 통찰력을 제공할 수도 있다. 학습자가 분석하고자 하는 작품의 제목이나 작곡가의 이름을 입력하면, 챗GPT는 작품의 구조, 사용된 화성, 리듬, 멜로디 등에 대한 분석을 제공할 수 있다. 이러한 분석은 학습자가 작품을 보다 깊게 이해하고, 작곡가의 음악적 의도와 표현 방식을 해석하는 데 도움을 준다. 그리고, 음악 작업 과정에서 학습자나 작곡가들이 창조적 영감을 얻는 데에도 챗GPT는 유용한 도구가 될 수 있다.

창조적 영감은 예술가의 영혼을 빛나게 하는 불꽃 같은 것이다. 그것은 때때로 예상치 못한 순간에 우리를 찾아오며, 때로는 깊은 사색과 탐구의 결과로 마음속에 스며든다. 예술의 세계에서 창조적 영감을 찾는 여정은 자신만의 내면과 외부 세계 사이의 끊임없는 대화를 통해 형성된다. 이 글에서는 창조적 영감의 원천을 탐색하고, 이를 예술 작업에 어떻게 적용할 수 있는지에 대해 예술가적 관점에서 깊이 있게 생각해 보아야 한다.

창조적 영감은 본질적으로 무형의 것이며, 그 형태와 출처는 다양하다. 영감은 자연의 아름다움에서 비롯될 수도 있고, 인간관계, 사랑, 고통, 사회적 이슈, 심지어는 일상의 사소한 순간에서도 발견될 수 있다. 예술가는 이러한 경험을 통해 자신만의 해석과 감정을 불어넣어, 독특한 예술 작품을 창조해 낸다. 창조적 영감을 찾는 과정은 무엇보다 자신의 내면에 귀를 기울이는 것에서 시작되며, 자신의 생각과 감정, 경험에 대해 성찰하면서 예술가는 자신만의 목소리를 찾아간다. 이 과정에서 중요한 것은 자신에게 솔직해지는 것이며, 이를 통해 진정으로 감동적인 예술 작품을 창조할 수 있는 기반이 마련된다.

창조적 영감은 또한 외부 세계와의 적극적인 상호작용에서 비롯된다. 예술가는 다양한 문화, 사람들과의 만남, 여행, 자연 탐험 등을 통해 새로운 경험을 쌓고, 그 과정에서 영감을 얻는다. 이러한 경험은 예술가의 시각을 넓히고, 예술 작업에 다양성과 깊이를 부여한다. 현대 기술, 특히 인공지능과 같은 도구들은 창조적 영감을 얻고 예술 작업을 수행하는 새로운 방법을 제시하는 예술가는 이러한 기술을 활용하여 자신의 창작 과정을 확장하고, 전통적인 예술 형식을 넘어서는 새로운 가능성을 탐구할 수 있다.

결국, 창조적 영감의 지속적인 탐구는 예술가가 자신의 내면 깊은 곳에 존재하는 창조적인 불꽃을 지펴내고, 그 빛을 통해 세상에 자신만의 아름다움과 진실을 표현하는 과정이다. 예술가로서의 여정은 바로 이러한 끊임없는 탐색과 발견, 표현과 소통의 과정에서 의미를 찾아가는 것이다.

AI와 미술의 만남은 미술계에 새로운 차원의 창조와 비평의 영역을 열어주었다. 이 혁신적인 결합은 작가와 비평가들에게 무한한 가능성을 제공하며, 동시에 예술의 본질과 가치에 대한 근본적인 질문을 던진다. AI의 도구들이 미술 창작 과정에 통합되면서, 우리는 예술 창작의 새로운 방법과 그에 따른 예술 작품의 해석 및 비평에 있어 새로운 접근법을 모색하게 되었다.

AI 기술이 미술 창조 과정에 도입되면서, 미술 작가들은 AI를 사용하여 창작의 영감을 얻고, 아이디어를 구현하며, 심지어는 AI 자체가 예술 작품을 만들어내는 것을 지켜보기도 한다. AI는 무수히 많은 데이터를 학습하여 창작물을 만들어내는데, 이는 전통적인 예술 작품과는 다른, 전에 없던 형태와 스타일을 탄생시키곤 한다. 이러한 AI 예술 작품들은 때로는 인간 작가들조차도 상상하지 못했던 독창적인 비전과 표현을 우리에게 선사하기도 한다. AI가 만들어낸 예술 작품의 등장은 예술 비평가들에게 새로운 도전을 제시하고, AI 예술은 그 창조 과정과 결과물 모두에서 인간의 예술 작품과 구별되는 특징을 가지고 있으며, 이로 인해 기존의 비평 기준과 방법론을 재고하게 만들며, 비평가들은 AI가 만든 작품이 예술로서의 가치를 지니는지, 그리고 그 가치를 어떻게 평가해야 하는지에 대해 고민하게 될 것이다. 또한, AI의 창작 과정과 인간의 창의성 사이의 관계, 예술 작품의 의미와 메시지가 기술에 의해 어떻게 변형되는지 등을 탐구해야 한다.

AI와 미술의 결합은 예술의 도덕적 및 철학적 질문을 제기한다. AI가 만든 예술 작품이 인간 작가의 작품과 동일한 방식으로 평가받아야 하는지, AI가 창조적 과정에서 '영감'을 경험할 수 있는지, 그리고 AI가 창작한 예술이 인간 경험과 감정을 진정으로 반영할 수 있는지 등의 질문이다. 이러한 질문들은 AI 기술이 예술 창작과 비평에 가져오는 변화를 이해하는 데 중요한 요소가 된다. 또한, 미래 예술의 방향성에 대한 논의는 우리가 살아가는 세계와 그 속에서 예술이 차지하는 역할에 대한 근본적인 질문을 제기하고, 인공지능 기술의 발전과 같은 디지털 혁신이 예술 창작의 본질을 어떻게 변화시킬지, 그리고 이러한 변화가 인간의 창의성과 감성에 어떤 영향을 미칠지에 대한 고찰은 필수적일 것이다. 이러한 관점에서 미래 예술의 방향성을 탐색하는 것은 단순히 새로운 기술의 도입을 넘어, 인간의 내면세계와 외부 현실 사이의 복잡한 상호작용을 이해하는 과정이 된다.

미술 작품 창작의 AI 도우미

AI를 활용한 미술 작품 창작의 새로운 가능성은 무한하다. 챗GPT를 이용하여 자신의 이미지를 적용해 보는 프롬프트와 그림의 스타일을 지정해 인물의 모습을 제시하는 프롬프트 예시를 통해 AI의 창작 도구로서의 활용법은 매우 재미있는 과정이 될 것이다. 이를 통해 AI를 활용하여 미술 작품을 창작하고, 다양한 예술적 표현을 탐구하는 방법을 살펴볼 것이다.

미술 작품 창작의 AI 도우미 (AI assistant for art creation)

프롬프트 요소	프롬프트 예시
구체적인 입력 (Specific Input) 역할(Role)포함	"[기술적 도구 역할자]로 현대 미술에서 AI의 역할을 탐색하는 주제로 디지털 콜라주를 만들어 주세요. 이 콜라주는 AI가 예술 작업을 돕는 모습을 상징적으로 표현해야 합니다."
지시 (Instruction)	"AI를 도구로 사용하여 생성된 미술작품에서, AI와 인간의 상호작용을 강조하세요. 또한, 이 작업에서 AI의 개입이 어떻게 예술의 해석을 변화시킬 수 있는지를 시각적으로 표현해야 합니다."
문맥 정보 (Information)	"AI 기술이 미술 창작 과정에 통합되는 상황을 설명하고, 예술가와 AI 간의 협업이 어떻게 예술의 전통적 방법을 변혁시키고 있는지에 대한 배경 지식을 제공합니다."
출력 (Output)	"AI를 사용한 현대 예술 작품의 디지털 콜라주. 이 콜라주는 인간과 기계의 협업을 상징하는 이미지들로 구성되어야 하며, 예술적 혁신 및 AI의 역할을 시각적으로 나타내야 합니다."

인공지능(AI)과 미술의 결합은 예술계에 전례 없는 창조와 비평의 영역을 열어주었다. 이 혁신적인 통합은 예술가와 비평가들에게 무한한 창작 가능성을 제공하며, 예술의 본질과 가치에 대해 근본적인 질문을 던지게 했다. AI가 예술 창작 과정에 통합됨으로써, 우리는 예술 창작의 새로운 방법을 모색하고, 그에 따른 작품의 해석 및 비평에 대한 새로운 접근법을 발견하게 되었다.

미술 작가들은 이제 AI를 활용하여 창작의 영감을 얻고, 아이디어를 구현하는 새로운 수단을 갖게 되었다. AI는 방대한 데이터를 학습하여 전에 없던 형태와 스타일의 작품을 만들어내고, 이러한 AI 예술 작품은 때때로 인간 작가들조차 상상하지 못했던 독창적인 비전과 표현을 제공한다. 예를 들어, AI는 기존의 인간 예술가들이 접근하지 못한 새로운 패턴, 색상 조합, 구성을 탐구하여 완전히 독특한 미적 경험을 창출할 수 있는 창의성의 새로운 파트너십이다. 또한, AI가 만들어낸 예술 작품의 출현은 예술 비평가들에게 새로운 도전을 제공하고, AI 예술은 그 창조 과정과 결과물 모두에서 인간의 예술 작품과 구별되는 특성을 지니며, 이는 기존의 비평 기준과 방법론을 재고하게 만든다. 예술 비평가들은 AI 작품의 예술적 가치를 평가하는 새로운 기준을 개발해야 하며, 이 작품들이 예술로서 지니는 의미와 가치에 대해 깊이 있게 성찰해야 하는 예술 비평의 새로운 도전이다.

AI그림: 퇴계 이황의 이미지를 렘브란트 화풍으로 만든 작품

이처럼, AI와 미술의 만남은 예술 창조와 비평의 전통적인 경계를 넘어서며, 이 분야의 연구자와 창작자들에게 새로운 기회와 도전을 제공한다. 이 혁신은 예술의 미래를 형성하는 데 결정적인 역할을 할 것이며, 예술의 사회적, 문화적, 기술적 맥락을 새롭게 정의하는 계기가 될 것이다.

AI는 대량의 데이터를 학습하여 인간의 창작 활동을 모방하고, 때로는 인간이 생각하지 못한 새로운 창작물을 생성할 수 있는 능력을 지니고 있다. 이는 미술 작품 창작에서 AI를 활용할 경우, 무한한 창의적 가능성을 탐구할 수 있다는 것을 의미한다. AI는 패턴 인식, 스타일 변환, 이미지 생성 등 다양한 기술을 통해 예술가의 창작 과정을 지원하며, 새로운 아이디어와 형식을 제안할 수 있고, 이러한 기술의 활용은 예술가에게 영감을 제공하고, 창작의 효율성을 높일 수 있다. 그러나 AI의 활용은 몇 가지 중요한 문제점을 동반한다.

<u>첫째,</u> AI가 생성한 예술작품의 저작권과 원작성에 대한 논란이 존재한다. AI에 의해 생성된 작품이 인간의 창작물과 동일한 예술적 가치를 지니는지, 그리고 그 작품의 저작권이 AI를 개발한 개발자에게 있는지, 아니면 AI 자체에게 있는지에 대한 명확한 기준이 부족하다.

AI에 의해 생성된 작품과 관련된 저작권 및 예술적 가치 문제는 현재 법적 및 철학적 논의의 중심에 있다. 구체적인 사례로, 2018년에 발생한 '넥스트 렘브란트(The Next Rembrandt)' 프로젝트와 AI가 생성한 초상화가 크리스티 경매에서 판매된 사건을 들 수 있다. '넥스트 렘브란트' 프로젝트는 렘브란트의 기존 작품을 분석하여, 그의 스타일을 모방한 새로운 그림을 AI를 통해 생성하는 실험이었다. 이 프로젝트는 AI가 인간 예술가의 스타일을 얼마나 잘 모방할 수 있는지를 보여주는 한편, AI가 생성한 작품이 과연 렘브란트의 작품과 동일한 예술적 가치를 지니는지에 대한 논의를 촉발했다. 이 사례는 AI에 의해 생성된 작품의 예술적 가치를 판단하는 것이 주관적일 수 있으며, 전통적인 예술 작품과의 비교에서 어려움이 있음을 보여준다.

인공지능 넥스트 렘브란트의 작품_ 출처: 넥스트 렘브란트 프로젝트

2018년, AI가 생성한 초상화 '에드먼드 드 벨라미(Edmond de Belamy)'가 크리스티 경매에서 판매되었다. 이 작품은 Generative Adversarial Network(GAN) 기술을 사용하여 만들어졌으며, 최종적으로 43만 달러라는 높은 가격에 낙찰되었다. 이 사건은 AI가 생성한 예술 작품이 인간 작가의 작품과 비교하여 상업적 가치를 지닐 수 있음을 입증했다. 그러나 이러한 판매는

AI 작품의 저작권 소유와 관련된 복잡한 문제를 제기했다. 결국, 이 작품의 저작권은 AI를 개발한 개발자에게 있었으나, 이러한 결정이 모든 경우에 적용될 수 있는 명확한 법적 기준이 부족함이 드러나는 사건이었다.

La Famille de Belamy (2018)作, Edmond de Belamy의 초상화_이미지 출처: Christie's Images Ltd

이 두 사례를 통해 AI에 의해 생성된 작품의 예술적 가치와 저작권에 대한 명확한 기준이 부족함을 보여 주었다. 이는 법적, 철학적 논의를 통해 해결해야 할 중요한 문제이며, AI 기술의 발전과 그 예술적 활용이 증가함에 따라 이러한 문제에 대한 명확한 가이드라인과 정책 개발이 절실히 요구될 것이다.

둘째, AI의 사용이 예술 창작의 본질적인 가치, 즉 인간의 감정과 경험을 기반으로 한 창의성을 퇴색시킬 우려가 있다는 것이다. 예술은 인간의 내면세계를 탐구하고 표현하는 과정에서 깊은 의미를 발견하는데, AI의 개입이 이 과정을 기계적이고 형식적인 것으로 전환할 가능성이 있기 때문이다. 이러한 문제점에도 불구하고, AI를 미술 작품 창작의 도우미로 적절히 활용하기 위한 접근법은 존재다. 우선, AI의 활용은 예술가의 창작 의도와 목적에 부합하는 방식으로 이루어져야 한다. AI를 활용하는 과정에서 예술가는 AI의 제안과 결과물을 비판적으로 검토하고, 자신의 예술적 판단에 따라 최종 작품을 결정해야 할 것이다. 또한, AI와 예술 창작의 관계에 대한 지속적인 연구와 논의를 통해, AI의 사용이 예술의 본질적 가치를 증진시킬 수 있는 방법을 모색해야 한다. 이는 예술계 전반에 걸친 윤리적 가이드라인과 정책을 개발하는 것을 포함하여, AI가 예술 창작 과정에서 어떻게 책임감 있게 사용될 수 있는지에 대한 사회적 합의를 형성하는 것은 매우 중요한 과제이다.

AI가 미술 작품 창작 도우미로 예술교육의 관점에서 그 원리의 이해와 활용 방법을 교육 과정에 포함시키는 것도 매우 중요하다. 예술가들이 AI 기술의 원리와 가능성, 그리고 그 한계를 이해함으로써, AI를 자신의 창작 활동에 보다 의미 있고 효과적으로 통합할 수 있을 것이다. 이 과정에서, 예술가들은 AI를 단순한 도구로서가 아니라, 창작 과정에서의 협업 파트너로 인식하게 되며, 인간과 기계 사이의 창조적 대화를 탐구할 수 있게 되도록 하는 것이다.

자신의 이미지를 적용해 보는 프롬프트 (예시)

내가 그린 이 그림을 카툰 스타일로 변형해서 그려 줘.

다음은 만화 스타일로 재구성된 이미지입니다.

방금 생성된 그림이 마음에 들지 않을 경우, 다시 프롬프트를 작성하면 또 다른 이미지가 생성된다.

> 앞 그림을 카툰 스타일로 변형해서 다시 그려 줘. 귀여운 아이들, 북, 장구, 징, 꽹과리를 연주하는 모습으로 다시 그려 줘.

> 다음은 설명하신 대로 무대에서 한국 전통 악기를 연주하는 사랑스러운 어린이들의 모습을 만화 스타일로 표현한 것입니다.

AI의 패턴 인식 능력을 활용하여, 기존의 미술 작품이나 자연의 이미지, 다양한 작품에서 새로운 시각적 요소와 구성을 발견하고 이를 자신의 작품에 적용해 보거나, 다양한 미술 스타일을 실험하고, 자신만의 독특한 스타일을 개발하는 과정을 탐색해 전통적인 스타일의 경계를 넘어 새로운 시각적 표현을 창조해 낼 수 있다. 그러나 아직 우리나라의 다양한 전통악기에 대한 학습이 부족할 경우, 위 그림처럼 악기의 구성이 구체적으로 표현되지 않을 수 있다.

이렇게 AI는 상호작용을 통해 개인적인 감정이나 이야기를 시각적으로 구현해 볼 수도 있고, 다양한 시각적 자료와 아이디어를 바탕으로, 작품에 더 깊은 의미와 감정을 담아내는 작업을 시도하는 것이다. 예를 들어, 고흐의 스타일을 반영하여 밤하늘을 바라보는 인물의 모습을 상상하여 새로운 장면을 만들 수 있다.

그림의 스타일을 지정해 인물의 모습(장면)을 제시한 프롬프트 (예시)

 고흐의 그림 스타일을 바탕으로 밤하늘을 바라보는 인물의 모습을 상상하여 새로운 장면을 그려 줘.

빈센트 반 고흐의 스타일에서 영감을 받아 밤하늘을 바라보는 사람의 모습을 담은 이미지입니다. 생동감 넘치고 표현력이 풍부한 장면을 마음껏 감상해 보세요.

AI를 통해 생성된 그림을 단순히 복제품으로 활용하는 것은 예술적 가치를 훼손하는 행위일 뿐이다. 그러나 이러한 디지털 생성물을 다른 예술 형태와의 협업을 통해 통합하고 재창조하는 작업은 진정한 의미에서 창의적인 접근이 될 수 있을 것이다. 이 과정에서 AI가 만들어낸 이미지를, 이전에 AI를 활용해 만들어진 음악과 결합하여 하나의 복합적인 영상 미디어 작품

을 창조하는 것은 예술의 새로운 가능성을 모색하는 행위가 되는 것이다. 이렇게 통합된 작품은 단순히 이미지나 음악만의 합이 아니라, 두 매체가 서로의 의미와 표현력을 강화하며 새로운 차원의 예술 경험을 제공한다. 예술 작품이 지닌 이러한 다층적 구성은 감상자에게 보다 풍부하고 동적인 인상을 남기며, 예술이 전달하고자 하는 메시지와 감정의 전달을 극대화한다.

이제, 다음에 제시된 QR 코드를 스캔해 보자. 이 고유한 프로젝트에서 AI에 의해 창조된 이미지와 음악이 어우러진 미디어 작품을 경험할 수 있을 것이다. 이 작품은 기술과 예술의 교차점에서 어떻게 새로운 예술 형식이 탄생될 수 있는지를 시각적이며 청각적으로 보여준다. 각 요소가 서로를 보완하며, 전체적인 작품으로서의 완성도를 높이는 이 과정은 참여자들에게 예술적 영감을 제공하고, 예술에 대한 그들의 이해를 한층 더 깊게 할수 있다. 이는 단순히 기술적인 시도를 넘어, 예술이라는 매체를 통해 인간의 감성과 지능이 어떻게 표현될 수 있는지를 탐구하는 중요한 작업될 것이다.

챗GP별고꿈 우가희곡

별고꿈_최경숙곡

별고꿈_이선미곡

챗GPT 이미지와 음악의 결합

고흐의 그림 자체를 변경하는 것은 저작권에 위배될 수 있다. 하지만 고흐의 스타일로 영감을 받아 완전히 새로운 작품을 창작하는 것은 그렇지 않다. 이러한 접근을 통해, 미술 창작의 새로운 가능성을 모색하고, 예술 작품에 담긴 깊은 감정과 이야기를 더욱 풍부하게 표현할 수 있고, AI 기술의 활용은 미술 창작의 전통적 경계를 넘어, 예술적 실험과 탐구의 여정을 가능하게 하며, 예술가로서 창조적 능력을 더욱 확장시킬 수 있다. 이 과정에서 중요한 것은 AI를 단지 도구로만 보지 않고, 예술 창작의 과정에서 협력하는 파트너로 인식하는 것이 중요하다. 이렇게 함으로써, 인간과 AI 간의 창조적 대화가 가능해 지며, 예술을 통해 표현하고자 하는 깊은 감정과 이야기를 더욱 풍부하고 다층적으로 드러내는 데 기여할 것이다.

이렇게 AI와의 협업은 예술가들에게 새로운 시각적 언어와 표현 방식을 탐구할 수 있는 독특한 기회를 제공할 수 있다. 예를 들어, AI가 생성한 이미지나 패턴을 사용하여 자신만의 작품을 완성하거나, AI를 활용하여 전통적인 미술 기법에 혁신을 가하는 등의 작업이 가능해지도록 AI를 이용해 대규모의 데이터에서 영감을 받아 새로운 주제나 컨셉을 발견하고, 이를 자신의 예술 작업에 적용해 볼 수 있다. 이러한 예술적 여정은 단순히 기술적인 실험을 넘어서, 우리가 예술과 창작 활동에 대해 가지고 있는 근본적인 질문들에 대해 다시 생각해 보는 계기가 된다.

예술이란 무엇인가? 창조적인 과정에서 기술의 역할은 어디까지인가? 인간의 감정과 AI의 알고리즘 사이에서 예술적 가치는 어떻게 형성되는가? 이런 질문들에 대한 답을 탐색하는 과정에서, 우리는 예술 창작의 전통적 경계를 넘어서는 새로운 예술적 영역을 개척해 나갈 수 있을 것이다.

최종적으로, AI와 함께하는 미술 창작은 예술가로서 우리의 창조적 능력을 확장하고, 미술 작품을 통해 전달하고자 하는 메시지와 감정을 더욱 깊이 있고 다양한 방식으로 표현할 수 있는 가능성을 열어준다. 이는 예술 교육의 새로운 지평을 열고, 미래의 예술가들이 AI와 같은 혁신적인 기술을 예술 창작의 파트너로서 활용하는 방법을 모색하는 데 중요한 역할을 할 것이다.

이제 챗GPT의 무한한 가능성을 활용하여, 시각적 언어를 통한 미술 창작이라는 예술적 여정에 몰입해 보자. 이것을 매개로 하여, 우리는 미술의 본질을 새롭게 해석하고, 작품에 숨겨진 깊은 감정과 이야기를 드러내는 데 있어 새로운 차원의 창조적 능력을 발휘하고, 이를 통해, 미술 창작의 전통적 경계를 넘어서는 예술적 작업을 시도해 보는 것은 중요한 의미가 있을 것이다.

챗GPT와 함께하는 미술 비평

챗GPT와 함께하는 미술 비평은 전통적인 미술 비평의 영역을 확장하고, 비평 과정에 새로운 차원을 추가하는 혁신적인 접근 방식이다. 이 방식은 인공지능(AI) 기술을 활용하여 미술 작품의 분석과 해석을 보조하며, 비평가에게 다양한 데이터와 관점을 제공한다. 챗GPT는 방대한 데이터를 기반으로 학습한 AI 시스템으로, 미술 작품의 역사적 배경, 작가의 생애, 작품에 나타난 기법과 스타일, 그리고 작품이 제작된 시대의 문화적 배경 등에 대한 정보를 제공할 수 있다. 이는 비평가가 작품을 더 깊이 있고 전문적으로 분석하는 데 도움이 될 것이다. 챗 GPT를 활용하면 비평가는 하나의 작품에 대한 다양한 해석과 관점을 탐구할 수 있다. AI는 작품에 대한 여러 가지 해석을 제시할 수 있으며, 이를 통해 비평가는 작품을 보다 폭넓게 이해하고, 다른 비평가나 관람객이 갖지 못한 새로운 관점을 발견할 수 있다.

챗GPT는 미술 비평가가 비평문을 작성하는 과정에서 아이디어를 정리하고, 글을 구성하는 데 유용한 도구가 될 수 있다. AI가 제공하는 정보와 분석은 비평가가 자신의 생각을 명확하게 표현하는 데 도움을 주며, 글쓰기의 효율성을 향상시킬 수 있다. 챗GPT와 같은 AI 기술의 활용은 미술 비평을 더 넓은 대중에게 접근 가능하게 만든다. AI를 통해 미술 작품과 비평에 대한 이해를 쉽고 재미있게 만들 수 있으며, 미술에 대한 대중의 관심과 이해를 증진시킬 수 있다. 직접적으로 "챗GPT와 함께하는 미술 비평"의 구체적 사례를 소개하는 것은 제한적이지만, AI를 활용하여 미술 작품을 분석하고 해석하는 유사 사례는 존재한다. 이러한 사례들은 챗GPT 또는 유사한 AI 기술이 미술 비평과 작품 해석에 어떻게 적용될 수 있는지에 대한 통찰을 보여준다.

이미지 출처: 딥드림 크리에이터 (Regina deep dreamer)

예를 들어, 구글의 "DeepDream" 프로젝트는 이미지 인식을 위해 설계된 신경망을 활용하여, 사진이나 그림 속 숨겨진 패턴과 이미지를 강조하는 방식으로 예술적 이미지를 생성한다. 이 프로젝트는 AI가 미술 작품을 어떻게 해석하고, 그 과정에서 예상치 못한 시각적 효과를 만들어낼 수 있는지를 보여준다. 비록 직접적인 비평 활동은 아니지만, AI가 미술 작품을 새로운 시각으로 재해석할 수 있는 가능성을 시사한다.

일부 혁신적인 온라인 플랫폼들은 인공지능 기술을 활용하여 미술 작품에 대한 풍부하고 다층적인 대화의 장을 마련하고 있다. 이러한 플랫폼에서 사용자들은 특정 작품에 대한 개인적인 해석을 게시할 수 있으며, AI는 이를 지원하기 위해 작품의 역사적 배경, 스타일, 관련 작가와 같은 상세한 정보를 제공한다. 이 과정은 사용자의 해석을 보다 풍부하게 하고, 다른 사용자들과의 깊이 있는 대화를 촉진한다. 예를 들어, 사용자가 클로드 모네의 '수련 연못'에 대한 개인적인 감상을 공유하면, AI는 해당 작품이 제작된 시기, 인상주의 특징, 모네의 예술적 진화와 그의 다른 작품들과의 연관성 등을 자동으로 제공하고, 이 정보는 작품을 이해하는 데 도움을 주며, 또한 다른 사용자들과의 대화에서 더 깊이 있는 토론을 가능하게 만들기도 한다. 뿐만 아니라, AI는 비슷한 작품이나 시대를 반영하는 다른 작가의 작품을 추천함으로써, 사용자가 미술에 대한 보다 넓은 관점을 개발할 수 있도록 돕는다. 이 플랫폼은 미술을 사랑하는 사람들이 서로 연결되고 정보를 공유하며, 각자의 해석을 통해 서로를 교육하고 영감을 주는 공동체를 형성하는 중요한 수단이 되기도 한다.

이처럼 AI를 통해 제공되는 심층적인 정보와 데이터는 사용자가 예술 작품을 더 깊이 있고 다각적으로 이해하고, 예술적 대화를 확장하는 데 매우 중요한 역할을 한다. 이는 미술에 대한 새로운 차원의 접근을 가능하게 하며, 디지털 시대의 예술 교육과 토론을 혁신적으로 변화시키는 방법 중 하나이다.

현재 AI 기술을 활용하여 미술 작품에 대한 해석을 공유하고 분석 정보를 기반으로 깊이 있는 대화를 나눌 수 있는 특정 플랫폼에 대한 직접적인 예시를 제시하기는 어렵다. 그러나 2022년 서울여자대학교 산악협력단에서 '미술작품 빅데이터를 활용한 AI기반 사용자 몰입형 스트리밍 플랫폼'을 구축해 특허청 실용신안 등록을 한 사례가 있다. 내용의 요약은 이러하다. 미술 작품 빅데이터를 활용한 개인화 및 작품 감상, 공유 서비스로 개개인 사용자의 미술 작품에 대한 최저의 몰입 경험을 제공한다는 것이다. 이에 소비자들의 욕구를 충족시키고,

사용자의 미술 작품에 대한 최적의 몰입 경험을 제공하는 효과가 있다는 것이다. 또한, 객관적인 정보와 주관적인 정보를 토대로 다수의 사용자별로 상기 미술작품의 가치 판단의 기준과 개인 감상평을 공유할 수 있도록 커뮤니티모듈을 포함함으로 관객들의 자유로운 선택과 경험을 중시하고 존중하는 것을 목표로 한다는 취지이다. 이렇게 라이브 감상 비평을 통한 인터랙티브 온라인 전시를 구현함으로, 다른 관람객 간의 상호작용을 통해 지식을 구성할 기회를 제공하고 이러한 사례들은 AI 기술이 미술 비평과 해석에 어떻게 적용될 수 있는지에 대한 초기적인 모습을 보여주며, AI가 미술 비평의 영역에서 더욱 발전할 수 있는 잠재력을 가지고 있음을 시사한다.

이와 같은 접근은 전통적인 비평 방식에 새로운 차원을 추가하며, 미술 작품에 대한 이해와 토론을 더욱 풍부하게 만들 수 있을 것이다. 그러나 챗GPT와 같은 AI 기술을 활용하는 데에는 한계가 있다. AI가 제공하는 분석과 정보는 기계 학습에 기반하기 때문에, 작품에 대한 주관적이고 깊이 있는 해석을 완전히 대체할 수는 없다는 것이다. 비평가는 AI의 분석을 참고자료로 활용하되, 자신의 비평적 사고와 감성을 바탕으로 작품에 대한 독창적인 해석을 제시해야 한다.

결론적으로, 챗GPT와 함께하는 미술 비평은 비평가에게 다양한 정보와 분석 도구를 제공함으로써 미술 비평의 품질과 깊이를 향상시킬 수 있는 잠재력을 지니고 있으나, 이 과정에서 비평가의 역할은 여전히 중심적이며 결정적이여야 한다. AI는 데이터와 알고리즘에 기반한 분석을 제공할 수 있지만, 예술 작품의 복잡성과 다층성, 그리고 예술이 갖는 주관적이고 인간적인 요소를 완전히 포착하고 해석하는 데는 한계가 있다. 따라서, 비평가는 AI가 제공하는 정보를 토대로 자신의 비평적 통찰력과 해석을 더해야 한다는 사실을 알아야 할 것이다.

비평가의 독창적인 해석과 AI의 분석이 결합될 때, 비평은 더욱 풍부하고 다면적인 관점을 제공할 수 있게 되고,이러한 접근은 작품에 대한 이해를 심화시키고, 예술 작품이 갖는 다양한 의미와 가능성을 탐구하는 데 기여할 수 있다. 또한, AI의 활용은 미술 비평의 접근성을 향상시키고, 더 많은 사람들이 예술에 대해 깊이 있게 생각하고 대화하는 데 참여하도록 장려할 수 있는 것이다. 그러나 이 모든 과정에서 비평가는 AI의 제안과 분석을 비판적으로 검토하고, 자신의 지적 독립성을 유지해야 한다. 예술 작품에 대한 깊이 있는 이해와 비평은 인간의 경험, 감정, 상상력에서 비롯되며, 이는 AI가 단순히 데이터 분석으로는 도달할 수 없는 영역이다. 따라서, 챗GPT와 함께하는 미술 비평은 예술과 기술의 상호작용을 통해 새로운 시각을 탐색하는 동시에, 인간 비평가의 중요성을 재확인하는 기회가 될 수 있으며, 챗GPT와 같은 AI 도구를 활용하는 미술 비평은 예술 작품을 둘러싼 대화와 탐구를 확장하는 데 중요한 역할을 할 수 있다. 또한, 이를 통해 미술 비평은 예술 작품의 다층적인 의미를 탐색하고, 예술과 사회 사이의 가교 역할을 하는 중요한 문화적 실천으로서의 가치를 더욱 강화할 수 있을 것이다.

AI 그림의 수익화와 플랫폼

이제 AI 그림을 통한 수익화의 다양한 구조를 살펴보고, 이를 가능하게 하는 다양한 플랫폼들을 탐색해 볼 때이며, AI 그림의 수익화에 대해 널리 퍼져 있는 오해와 진실에 대해서도 심도 깊게 생각해 보아야 할 때이기도 하다. 이러한 이해는 단순히 기술적인 관점을 넘어서, 창작자로서 우리가 어떻게 현실적이고 지속 가능한 방식으로 창의적인 노력을 경제적 성공으로 연결할 수 있는지를 보여주는 열쇠가 될 것이다.

먼저, AI 그림을 수익화하는 방법들을 살펴보면, 이는 온라인 상품 판매에서부터 디지털 아트의 직접 판매, NFT를 통한 토큰나이징, 그리고 이미지 라이선싱에 이르기까지 매우 다양하다. 이러한 각각의 방법은 특정 플랫폼을 통해 운영되고 있으며, 이와 동시에 AI 아트에 관한 일반적인 오해들도 명확히 알고 있어야 한다. 많은 이들이 AI가 자동으로 고품질의 아트를 무한정 생성할 수 있다고 생각하지만, 실제로는 창작자의 창의적 개입과 지속적인 품질 관리가 필수적이야 하며, AI 그림이 무조건적으로 높은 수익을 보장하는 것도 아니다. 그러므로 시장의 수요와 경쟁, 그리고 창작물의 독창성이 큰 역할을 하게 된다. 이러한 이해를 바탕으로, AI 그림을 활용한 수익화 전략을 보다 체계적이고 실질적으로 구축할 수 있을 것이다. 이것은 단순히 기술을 사용하는 방법을 넘어, 창의적인 가치를 경제적 가치로 전환하는 과정에서의 중요한 통찰력을 제공한다. 이제부터 구체적인 온라인 플랫폼과 AI그림을 통한 수익화의 오해와 진실을 알아보자.

온라인 프린트 및 상품 판매 플랫폼

창작자는 AI를 통해 만들어진 아트워크를 다양한 물리적 상품에 적용하여 온라인 프린트 및 상품을 판매한다. 이를 통해 소비자는 일상 사용품에 예술적 가치를 더할 수 있는 제품을 구매할 수 있다. 대표적인 상품으로는 티셔츠, 머그컵, 포스터 등이 있으며, 이러한 상품들은 AI로 생성된 독특하고 창의적인 아트워크를 통해 일상용품에 새로운 가치를 부여하며, 온라인을 통해 쉽게 접근하고 구매할 수 있는 장점이 있다. 이 과정에서 창작자는 판매 수익의 일정 비율을 수익으로 얻게 된다.

레드버블 (Redbubble) https://www.redbubble.com

소사이어티6 (Society6) https://society6.com

재즐 (Zazzle) https://g.co/kgs/BKTb8qe

이 플랫폼들은 사용자가 자신의 디자인을 업로드하고, 다양한 상품(티셔츠, 머그컵, 포스터 등)에 적용할 수 있게 한다. 플랫폼은 제작, 판매, 배송을 담당하며, 창작자는 판매된 각 상품에 대해 로열티를 받는 구조이다.

디지털 콘텐츠 판매

창작자는 AI로 제작한 디지털 아트를 온라인 아트 마켓플레이스를 통해 직접 판매한다. 이러한 플랫폼들은 전 세계 다양한 구매자에게 접근할 수 있는 기회를 제공하며, 디지털 파일 형태로 작품을 판매함으로써 지리적 제약 없이 수익을 창출할 수 있다.

엣시 (Etsy) https://www.etsy.com

굼로드 (Gumroad) https://gumroad.com

디비언트 아트 (DeviantArt) https://www.deviantart.com

이 플랫폼들은 디지털 콘텐츠 형태로 그림을 파일로 판매할 수 있도록 한다. 구매자는 구매 후 직접 다운로드하여 사용할 수 있으며, 창작자는 판매 금액의 대부분을 수익금으로 받을 수 있다.

NFT(Non fungible tokens) 판매

창작자는 AI 아트를 유일무이한 디지털 자산으로 변환하여 NFT 형태로 발행하여 블록체인 기반의 플랫폼에서 판매할 수 있다. 이 과정은 아트의 소유권을 보장하며, 희소성과 인증된 소유권이 가치를 더욱 증대시킨다. NFT 시장은 창작자에게 작품의 초기 판매뿐만 아니라 이후 거래에서도 로열티를 받을 수 있는 기회를 제공한다.

오픈씨 (OpenSea) https://opensea.io

라리블 (Rarible) https://rarible.com

파운데이션 (Foundation) https://foundation.app

창작자는 자신의 디지털 아트를 NFT 형태로 만들어 이러한 플랫폼에서 판매할 수 있다. NFT는 블록체인 기술을 사용하여 아트의 소유권을 보증하며, 창작자는 초기 판매는 물론이고, 작품이 재판매될 때마다 로열티를 받을 수 있다.

라이선스 및 저작권 판매

창작자는 자신의 AI 아트 저작권을 다른 아티스트, 기업, 광고주에게 판매하거나 라이선스를 부여한다. 이러한 방식은 특정 제품, 광고, 미디어 콘텐츠 등에 이미지를 사용할 권리를 제공하고, 창작자는 사용될 때마다 로열티 수익을 얻는다.

어도비 스톡 (Adobe stock) https://www.adobe.com

셔터스톡 (Shutterstock) https://www.shutterstock.com

게티 이미지 (Getty Images) https://www.gettyimages.com

이 플랫폼들은 창작자의 이미지 또는 아트워크를 라이선싱하여 광고, 마케팅, 출판 등에 사용할 수 있도록 한다. 창작자는 자신의 작품이 사용될 때마다 로열티를 받게 된다.

커스텀 아트워크 제작

창작자는 개인이나 기업 고객의 요구에 맞추어 커스텀 디자인이나 아트워크를 제작하여 판매한다. 이 과정은 특히 개인화된 요구에 초점을 맞추며, 고객은 자신만의 독특한 아트워크를 소유할 수 있다. 프리랜서 플랫폼을 통해 이러한 서비스를 제공하며, 프로젝트 기반으로 수익을 창출한다.

파이버 (Fiverr) https://www.fiverr.com/

업워크 (Upwork) https://www.upwork.com/

위와 같은 프리랜서 플랫폼을 통해 창작자는 개인 또는 기업 고객을 대상으로 맞춤형 디자인 서비스를 제공할 수 있다. 고객의 요구에 맞는 독특한 디자인을 제작하고, 이를 통해 프로젝트 기반으로 수익을 창출한다. 이렇듯 다양한 수익화 구조는 창작자가 자신의 아트워크를 시장에 제공하고 경제적 이익을 얻을 수 있는 여러 경로를 제공한다. 각 방법은 특정 목표와 창작 스타일에 따라 선택되며, 지속 가능한 수익 창출을 위해서는 창의력과 기술의 결합이 필요하다.

이러한 각 방법들은 특정 시장과 고객층에 맞추어 창작자 자신의 아트워크를 유연하게 활용하고, 다양한 수익원을 탐색할 수 있도록 돕는다. 그러나 AI 그림으로 수익화하는 구조에 대해 많은 오해와 진실이 존재한다. 이는 기술의 발전과 함께 대중의 관심이 증가하면서 정보의 정확성과 현실성이 혼재되어 발생하는 현상이다. 여기에서 AI 그림 수익화에 관한 몇 가지 흔한 오해와 그에 대한 진실을 이야기해 보자.

오해 1 누구나 쉽게 큰 수익을 얻을 수 있다?

진실 AI 그림 생성과 판매는 기술적 지식과 창의적 접근이 요구된다. 또한, 시장에서 경쟁력을 갖기 위해서는 독특하고 매력적인 컨텐츠를 지속적으로 생성해야 한다. 이러한 과정은 시간과 노력이 필요하며, 높은 수익을 보장받기 어렵다.

오해 2 AI가 자동으로 모든 작업을 해준다?

진실 AI는 창작 과정에서 도움을 줄 수는 있지만, 최종 아트워크의 품질과 창의성은 여전히 인간의 감각과 개입에 의존한다. 또한, 시장의 요구와 고객의 취향을 이해하고 반영하는 것은 AI가 아닌 창작자의 몫이다.

오해 3 AI 아트는 전통적인 아트 시장에서 큰 인정을 받고 있다?

진실 AI 아트는 전통적인 아트 시장에서 여전히 논쟁의 대상이며, 모든 전문가와 컬렉터가 AI 생성 아트를 예술 작품으로 인정하지는 않는다. 그러나 특정 부문에서는 새로운 형태의 예술로서 주목받고 있으며, 이에 대한 수요도가 점차 증가하고 있다.

오해 4 AI를 이용하면 무한한 원본 아트워크를 생성할 수 있다?

진실 AI는 무한한 수의 변형을 생성할 수 있는 능력을 갖고 있지만, 모든 생성물이 독창적이거나 시장에서 성공적일 것이라는 보장은 없다. 질적인 면에서 고르지 못하거나, 시장 요구에 부응하지 못하는 결과물도 많이 발생되기 때문이다.

오해 5 AI 그림 판매는 주로 NFT 시장에 의존한다?

진실 NFT는 AI 아트를 판매하는 하나의 유효한 채널이지만, AI 그림을 수익화하는 방법은 이보다 훨씬 다양하다. 온라인 상품 판매, 디지털 라이선싱, 커스텀 아트워크 제작 등 여러 방법을 통해 수익을 창출할 수 있다.

AI 그림 수익화에 관한 이해는 이러한 오해와 진실을 바탕으로 보다 현실적인 기대치를 설정하고, 실제 시장에서 효과적으로 경쟁하기 위한 준비를 하는 데 도움을 줄 수 있다.

문학은 인간의 복잡하고 다양한 삶의 양상을 탐구하고 표현하는 예술의 한 분야로, 개인의 내면적 감정과 사회적 사상을 깊이 있게 다룬다. 작가는 자신의 독특한 시각과 언어를 사용하여 세상을 해석하고, 이를 통해 독자들에게 새로운 시각을 제공하며, 때로는 강렬한 감정적 반응을 이끌어내기도 한다. 이 과정에서 작가는 자신의 내면을 탐구하고, 때로는 사회적 현실에 대한 비판적 시각을 표현하면서 인간 경험의 진실에 접근하려 노력한다. 문학적 창조 과정은 영감이 풍부한 순간에는 자연스럽게 흘러갈 때도 있지만, 종종 창작의 벽에 부딪혀 어려움을 겪기도 한다. 이때 작가는 외로움을 느끼거나 고립감에 사로잡힐 수 있으며, 이러한 정서적 도전을 극복하는 것은 창작 과정의 중요한 부분이다. 그러나 챗GPT와 같은 인공지능 도구는 이러한 창작의 여정에서 작가에게 새로운 방식의 지원을 제공할 수 있을 것이다.

챗GPT는 다양한 문학 장르와 스타일에 대한 광범위한 데이터를 학습하여, 작가가 요청하는 스타일이나 테마에 맞는 글을 생성하거나 아이디어를 제안할 수 있다. 이는 작가가 창작의 고민을 해결하는 데 도움을 줄 수 있는 새로운 가능성을 열어준다. 또한, 챗GPT는 작가가 특정 문화적 배경이나 역사적 사건에 대해 깊이 있게 이해할 수 있도록 정보를 제공하며, 이를 바탕으로 보다 풍부하고 다층적인 작품을 창조할 수 있게 돕는다. 챗GPT는 단순히 텍스트를 생성하는 도구를 넘어, 작가와의 대화를 통해 창의적 영감을 주는 촉매제 역할을 할 수 있다. 인공지능 기술이 가져다주는 이러한 변화는 문학의 새로운 지평을 열고 있으며, 작가와 독자 모두에게 새로운 경험과 이해의 기회를 제공하고 있다. 이처럼 문학과 인공지능 기술의 결합은 예술적 표현의 새로운 형태를 탐구하고, 인간의 정서와 사상을 보다 깊이 있고 다양하게 탐색하는 데 기여할 수 있을 것이다.

챗GPT는 작가가 새로운 관점과 아이디어를 탐색하는 데 큰 도움을 준다. 문학 작품을 창작하는 과정에서 작가는 자신의 생각과 감정에 깊이 빠져 다른 시각을 고려하기 어려운 순간들이 종종 있다. 이러한 때, 챗GPT는 다양한 시각과 정보를 제공하며 작가의 사고를 확장시킨다. 예를 들어, 한 작가가 중세 유럽을 배경으로 한 소설을 구상 중이라고 가정해 보자. 그러나 이 작가는 주로 현대적 관점에서 글을 써 왔기 때문에, 중세 시대의 생활방식이나 사회 구조에 대한 깊은 이해가 부족할 수 있다. 이때 챗GPT는 중세 유럽의 다양한 계층, 그 시대의 정치적 사건, 경제적 상황 등에 대한 정보를 제공함으로써 작가가 보다 실감나고 역사적으로 타당한 배경을 작품에 반영할 수 있도록 돕는다.

또 다른 예로, 작가가 새로운 소설의 주인공으로 비주류 문화의 대표자를 설정하고 싶어 하지만, 해당 문화에 대한 경험이나 지식이 제한적인 경우를 들 수 있다. 챗GPT는 그 문화의 일상적인 측면, 전통, 의식 등을 자세히 설명하여 작가가 그 문화를 보다 정확하고 섬세하게 묘사할 수 있도록 지원한다. 이처럼 챗GPT는 다양한 주제와 배경에 대한 심도 있는 정보와 새로운 해석을 제공함으로써, 작가가 더 풍부하고 다층적인 작품을 창작할 수 있도록 한다. 작가는 이러한 도움을 받아 자신의 창작물에 다양한 관점을 통합하고, 깊이 있는 인물과 사건을 만들어내는 데 큰 이점을 얻을 수 있다.

챗GPT는 작가가 글쓰기 기술을 연마하는 데에도 매우 유용한 도구가 될 수 있다. 챗GPT와의 대화를 통해 작가는 다양한 문체와 장르를 실험해 볼 수 있으며, 이는 작가 본인의 글쓰기 스타일을 발전시키는 데에도 중요한 역할을 한다. 예를 들어, 한 작가가 평소에는 주로 현대적 드라마를 쓰는데, 고전적인 트래지디(비극) 스타일의 글쓰기에 도전하고 싶다고 할 때, 챗GPT는 해당 스타일의 문장 구성, 어휘 선택, 대화 방식 등을 예시로 제시하면서 작가가 새로운 스타일을 습득하는 데 도움을 준다. 또한, 챗GPT는 특정 문장이나 문단을 다듬는 과정에서도 조언을 줄 수도 있다. 예를 들어, 작가가 작성한 소설의 한 장면에서 대화가 자연스럽지 않게 느껴질 때, 챗GPT는 보다 자연스럽고 생동감 있는 대화 방식을 제안할 수 있다. 이는 문장의 흐름을 개선하고 캐릭터의 목소리를 더욱 세밀하게 다듬는 데 기여한다. 이처럼 챗GPT를 활용함으로써 작가는 글의 다양성을 확장하고, 자신의 표현력을 강화할 수 있으며, 작품의 품질을 높이는 데 중요한 요소인 문장의 세밀한 조정과 다양한 스타일의 실험을 통해, 자신만의 독특한 글쓰기 능력을 키우고, 독자들에게 더욱 깊은 인상을 줄 수 있는 작품을 창작할 수 있게 된다.

챗GPT는 작가가 창작의 한계를 극복하는 데 도움을 줄 수 있다. 모든 작가는 때때로 창작의 한계에 직면하게 되는데, 이는 창작 과정의 일부이며, 때로는 극복하기 어려운 도전으로 다가온다. 이런 상황에서 챗GPT는 작가와 대화하며 아이디어를 자극하고, 새로운 방향을 모색하는 데 도움을 준다. 간단한 제안에서부터 복잡한 이야기 구조까지, 챗GPT는 작가가 창작의 장벽을 넘어서는 데 필요한 다양한 자극을 제공할 수 있다. 예를 들어, 한 작가가 장편 소설의 중반부에 이르러 플롯 개발에 어려움을 겪고 있다고 가정해 보자. 이 작가는 주인공이 직면한 갈등을 해결하는 방법을 찾지 못해 작품 진행이 멈춰 있다. 이때 챗GPT를 활용하면, 작가는 다양한 갈등 해결 방안을 탐색할 수 있으며, 챗GPT는 해당 상황에 적합한 여러 시나리오를 제안할 수 있다. 이는 작가가 선택의 폭을 넓히고, 플롯을 풍부하게 발전시킬 수 있는 기회를 제공한다.

또 다른 사례로, 작가가 새로운 캐릭터를 도입하려고 하는데 적절한 성격이나 배경이 떠오르지 않을 때를 들 수 있다. 이때 챗GPT와의 대화를 통해 작가는 캐릭터의 다양한 성격 특성, 배경 이야기, 그리고 그 캐릭터가 이야기에 미칠 영향에 대해 탐색할 수 있다. 이 과정에서 챗GPT는 새로운 아이디어를 제시하고, 작가가 이를 창작에 통합하도록 지원한다.

이렇듯 챗GPT는 작가들에게 단순히 기계적인 도구를 넘어서, 창의적인 파트너로서의 역할을 할 수 있으며, 이러한 상호작용은 작가가 자신의 내면 깊은 곳에 잠재되어 있는 창의적인 능력을 발견하고, 그것을 작품에 반영할 수 있게 만든다. 챗GPT와의 대화는 작가로 하여금 자신의 생각을 더 깊이 탐구하고, 새로운 시각으로 세계를 바라보게 하며, 때로는 예상치 못한 방향으로 이야기를 전개시킬 수 있는 영감을 제공한다.

챗GPT는 글쓰기 과정을 더욱 효율적으로 만들 수 있는 방법을 제시함으로써 작가의 시간을 절약해 줄 수 있다. 연구와 자료 수집에서부터 초안 작성과 편집에 이르기까지, 각 단계에서 작가를 지원하는 다양한 기능을 제공한다. 이를 통해 작가는 더 많은 시간을 창조적 사고와 실제 글쓰기에 집중할 수 있으며, 이는 결국 작품의 질적 향상으로 이어진다. 예를 들어, 작가가 역사적 소설을 쓰기 위해 특정 시대의 사회적 배경이나 중요 인물에 대한 정보를 필요로 할 때, 전통적으로는 도서관 방문이나 전문가 인터뷰 등 많은 시간과 노력이 필요했다. 그러나 챗GPT를 활용하면, 필요한 정보를 빠르게 수집하고 정리할 수 있어, 작가는 이 정보를 바탕으로 즉시 글쓰기에 착수할 수 있다.

챗GPT는 정확한 사실과 데이터를 제공하여 작가가 역사적 정확성을 유지하면서도 창조적인 내용을 더욱 풍부하게 할 수 있도록 하며, 초안의 문체와 문법을 다듬는 과정에서도 큰 도움이 된다. 작성한 문장이나 문단이 매끄럽지 않다고 느껴질 때, 챗GPT는 보다 자연스러운 표현을 제안하고, 문법적 오류를 지적해 준다. 이를 통해 작가는 초안을 빠르게 수정하고 개선할 수 있으며, 이 과정에서 발생할 수 있는 시간 소모를 크게 줄일 수 있다. 이처럼 챗GPT를 활용함으로써 작가는 자료 수집과 연구에서부터 초안 작성, 문장 다듬기에 이르는 다양한 단계에서 시간을 절약할 수 있다. 결과적으로 작가는 더 많은 시간을 창조적 사고와 본질적인 글쓰기 작업에 할애할 수 있으며, 이는 작품의 질을 높이는 데 결정적인 역할을 한다.

챗GPT는 글쓰기와 관련된 다양한 실험을 가능하게 함으로써 작가의 창의력을 자극한다. 이는 특히 실험적이거나 혁신적인 글쓰기 스타일을 탐구하고자 하는 작가에게 유용하다. 챗GPT를 활용해 다양한 문체, 장르, 구조를 시도함으로써 작가는 자신의 한계를 시험하고, 새로운 창작 방법을 발견할 수 있다. 이 과정에서 작가는 예술적 가치와 개인적 성장을 동시에 추구할 수 있는 독특한 기회를 갖게 된다. 예를 들어, 작가가 포스트모던 소설을 시도하고 싶어 할 때, 전통적인 서술 구조를 벗어나 다양한 서술자의 목소리를 사용하거나 비선형적인 플롯을 구성하는 등의 새로운 접근을 모색할 수 있다. 이때 챗GPT는 이러한 서술 기법에 대한 예시와 조언을 제공하며, 작가가 이를 자신의 작품에 어떻게 적용할 수 있을지를 탐색하는 데 도움을 준다. 또한, 작가가 소설에 시적 요소를 통합하고자 할 때, 챗GPT는 다양한 시적 표현과 어휘를 제안하여 소설의 언어적 풍미를 풍부하게 만드는 데 기여할 수 있다. 이를 통해 작가는 전통적인 소설의 형식을 넘어서는 새로운 문학적 실험을 할 수 있어 작가의 창의적 범위를 확장시키는 계기가 된다. 이처럼 챗GPT를 활용함으로써 작가는 다양한 문체와 장르, 구조의 실험을 통해 자신의 창작 능력을 시험해 볼 수 있으며, 이 과정에서 창의적인 영감을 얻고, 자신만의 독특한 글쓰기 스타일을 개발할 수 있다. 이러한 창의적 실험은 작가에게 예술적 가치와 개인적 성장을 동시에 추구할 수 있는 독특한 기회를 제공한다.

챗GPT는 글쓰기 커뮤니티 내에서 상호작용과 협력의 새로운 형태를 탐색할 수 있는 기회를 제공한다. 작가들은 챗GPT를 통해 자신의 아이디어와 작품을 공유하고 피드백을 받으며, 다른 작가들과의 협업을 모색할 수 있다. 이러한 상호작용은 창의적인 아이디어와 영감을 교환하는 생산적인 환경을 조성하며, 문학적 혁신과 커뮤니티 구축에 기여한다. 예를 들어, 작가가 챗GPT와 함께 개발한 단편 소설 초안을 온라인 작가 그룹에 공유하는 경우를 생각해 보자. 이 그룹의 다른 구성원들은 각자의 관점에서 피드백을 제공하고, 특정 부분에 대한 개선 아이디어를 제시할 수 있다. 또한, 챗GPT는 그 피드백을 통합하고 추가적인 수정 제안을 할 수 있어, 작가는 다양한 의견을 참고하여 더욱 완성도 높은 작품을 만들어 낼 수 있으며, 다양한 장르의 작가들이 함께 협업하는 프로젝트에도 유용하게 활용할 수 있다. 예를 들어,

SF 작가와 역사 소설 작가가 공동으로 시간 여행을 주제로 한 소설을 작성한다고 할 때, 챗GPT는 각 장르에 맞는 스타일과 정보를 제공하며, 두 작가가 효과적으로 아이디어를 통합하도록 돕는다.

정리하자면, 챗GPT는 문학 작가에게 단순한 기술적 도구를 넘어, 창의적 영감과 아이디어를 제공하는 무한한 가능성의 원천이 될 수 있다는 것이다. 작가와 챗GPT간의 상호작용은 예술적 탐구와 창조의 여정을 새로운 차원으로 이끌며, 이를 통해 더욱 풍부하고 다채로운 문학 세계의 발전으로 이어질 것이다. 이러한 과정은 작가 개인의 성장뿐만 아니라, 전체 글쓰기 커뮤니티의 진화에도 중요한 역할을 할 수 있다.

소설, 시 쓰기의 AI 파트너

작가와 AI의 조화는 문학 창작의 새로운 지평을 열고 있다. 문학 창작은 깊이 있는 인간의 경험과 감정을 탐구하는 과정이다. 이 영역에서 AI, 특히 인공지능 글쓰기 도구가 작가의 파트너로 자리 잡으면서, 소설과 시를 쓰기는 새로운 창조의 지평을 마주하고 있다. 이러한 변화 속에서 AI가 어떻게 문학적 파트너가 될 수 있을까? AI는 다양한 데이터와 정보를 기반으로 새로운 아이디어를 제안할 수 있는 문학 창작의 동반자 역할을 수행한다. 작가가 탐색하고자 하는 주제에 대해 AI에게 질문하면, 그에 대한 독특한 해석이나 새로운 시각을 제공받을 수 있다. 예를 들어, 작가가 "봄이 오면 사람들은 벚꽃을 보러 간다"라는 단순한 문장으로 소설적 아이디어를 요청했을 때, AI는 이를 확장하여 문장을 받고, 그 이면에 숨겨진 사람들의 감정, 계절의 변화가 각 개인에게 미치는 영향 등을 탐구하는 등의 새로운 소설의 아이디어를 제시한다.

챗GPT는 벚꽃 구경을 가는 한 가족의 이야기를 제안할 수도 있고, 그 과정에서 각 가족 구성원의 내면적 갈등과 해결 과정을 드라마틱하게 펼쳐 보일 수 있으며, 봄맞이 축제에서 우연히 재회한 두 옛 친구의 이야기를 통해, 시간이 지나면서 변화하는 인간 관계와 그 속에서 발견하는 자신의 모습을 탐색할 수도 있다. 이처럼 AI는 작가에게 단순한 정보 제공자를 넘어, 창의적 아이디어의 발상지로서 기능한다. 작가는 AI가 제안한 아이디어를 바탕으로 자신만의 창작물을 더욱 깊이 있고 풍부하게 발전시킬 수 있다. 이 과정에서 AI와의 상호작용은 작가가 새로운 시각으로 세계를 바라보게 하고, 때로는 예상치 못한 방향으로 이야기를 전개시킬 수 있는 영감을 제공한다. AI와의 협력은 결국 더욱 풍부하고 다채로운 문학 세계의 발전으로 이어질 것이다.

그렇다면 AI는 "봄이 오면 사람들은 벚꽃을 보러 간다"라는 프롬프트에 어떻게 답을 했을까?

"봄의 기운이 세상을 부드럽게 깨우면, 마음은 저마다의 꿈을 품고 벚꽃 아래로 모여든다. 그곳에서는, 잠시나마 세상의 소란을 잊고, 꽃잎이 내리는 눈처럼 순수한 순간을 마주한다. 사람들은 서로 다른 이야기와 기억을 가지고 있지만, 벚꽃 아래에서는 모두가 같은 감동과 기대로 하나가 된다. 그들의 눈빛에서는 겨울 동안 간직했던 희망의 빛이 반짝이며, 꽃잎이 춤추는 속삭임 사이로, 새로운 시작의 약속을 들려준다. 이처럼, 봄이 오면, 사람들은 자연의 아름다움을 찾아 나서며, 벚꽃이 만개한 그 아래에서 잠시나마 시간의 흐름을 잊고, 인생의 아름다움에 젖어든다."

이처럼 AI와의 협력은 작가에게 문학 창작의 새로운 가능성을 열어주고, 이는 더욱 풍부하고 다채로운 문학 세계의 발전으로 이어진다. AI의 기술적 뮤즈로서의 역할은 작가가 자신의 창의적 능력을 최대한 발휘할 수 있도록 지원하며, 글쓰기의 새로운 지평을 함께 탐험한다. 이 과정은 창의적 아이디어와 영감을 교환하는 생산적인 환경을 조성하며, 문학적 혁신과 커뮤니티 구축에 중요한 기여를 한다.

챗GPT를 활용하여 고전 문학을 현대적 관점에서 재해석하는 스토리 방법부터 플랫 구성, 대화 구조 변경 등으로 소설을 써 보자. 챗GPT를 활용하여 고전문학을 현대적 관점에서 재해석하고, 소설을 쓰는 방법은 창의적이고 혁신적인 접근을 필요로 한다. 이 과정에서 설정 변경, 플롯 구성, 대화 구조를 현대적 요소로 개조하면서 고전의 핵심 테마와 메시지는 유지하는 것이 중요하다. 다음은 고전문학 작품을 현대적으로 재해석하는 몇 가지 구체적인 방법에 대한 내용이다.

설정 변경
고전 소설의 시대적 배경을 현재로 옮겨 보자. 예를 들어, 셰익스피어의 "로미오와 줄리엣"을 현대 도시의 갱단 간의 분쟁으로 재설정할 수 있다. 이를 통해 오래된 이야기에 새로운 생명을 불어넣고 관련성을 부여해 보자.

현대 문학작가로 고전문학을 현대적 관점에서 재해석하고 소설을 쓰는 방법은 창의적이고 혁신적인 접근으로 고전 소설의 시대적 배경을 현재로 옮겨보려 해. 셰익스피어의 '로미오와 줄리엣'을 현대 도시의 갱단 간의 분쟁으로 재설정하여 오래된 이야기를 새로운 생명을 불어넣고 관련성을 부여한 소설을 작성해 줘.

현대 버전의 로미오와 줄리엣: 도시 갱단의 분쟁

소설 제목: Shadows and Ashes

프롤로그

대도시의 심장부, 두 강력한 갱단의 지배 아래 서로를 적대하는 신시장과 구시장 지역. 한쪽은 기술 중심의 새로운 갱단 '실버 코드(Silver codes)', 다른 한쪽은 전통적인 마피아 스타일의 '구슬레이드(Goldblades)'. 두 갱단은 오랜 세월 동안 서로의 영역을 침범하며 적대적인 분위기를 조성해 왔다.

제1장: 첫 만남

줄리안 실버, 실버 코드 갱단의 후계자는 우연히 갱단의 경계를 넘어 구슬레이드가 주최하는 불법 거리 레이스에 참가한다. 그곳에서 그는 구슬레이드 갱단의 공주 로사 골드블레이드를 처음 보게 된다. 두 사람은 즉각적인 끌림을 느끼지만, 서로의 정체를 알지 못한다.

제2장: 금지된 사랑

줄리안과 로사는 몇 차례 비밀리에 만나며 서로에 대한 감정이 깊어진다. 그러나 갱단 간의 갈등은 점점 더 심화되고, 두 사람의 관계는 위태롭기만 하다. 어느 날, 로사의 형이 줄리안을 공격하려 하고, 그 과정에서 실수로 자신의 동생을 다치게 만든다.

제3장: 비극적 전개

사고 이후, 로사와 줄리안은 양쪽 갱단에 의해 강제로 서로를 멀리 하도록 만들어진다. 각자의 가족과 충성심 사이에서 갈등하는 두 사람은 비밀리에 도시를 떠나기로 계획한다. 하지만 줄리안은 마지막으로 갱단의 일을 처리하기 위해 나선 날, 함정에 빠지고 만다.

제4장: 재회와 결말

로사는 줄리안을 구하기 위해 자신의 가족과 맞서 싸우며, 최종적으로 두 사람은 함께 도망치기 위해 만난다. 그러나 추격하는 갱단원들에 의해 위험에 처하게 되고, 결국 두 사람은 경찰에 의해 구조된다. 갱단의 비밀이 밝혀지면서 두 사람은 새로운 삶을 시작할 기회를 얻는다.

에필로그

줄리안과 로사는 새로운 도시에서 새로운 정체성으로 살아간다. 그들의 사랑은 시련을 견뎌냈고, 두 갱단 간의 평화도 이루어진다. 그들의 이야기는 갱단 문화 속에서도 인간적인 감정과 사랑이 존재할 수 있음을 증명한다.

이 소설은 "로미오와 줄리엣"의 고전적 테마를 현대적인 갱단 문화와 결합하여 재해석함으로써, 오래된 이야기에 새로운 생명력을 불어넣고, 독자에게 친숙한 주제에 신선한 관점을 제공합니다.

사회적 맥락의 현대화

고전의 사회적 이슈를 현재 사회에서 중요한 주제로 바꾼다. 예를 들어, 계급 문제, 성 정체성, 인종 문제 등 현대 사회의 중요한 이슈로 재구성하여 관객에게 더 큰 공감을 이끌어낼 수 있다.

챗GPT를 활용한 사회적 맥락의 현대화 프롬프트 (예시)

위 내용과 연결하여 고전의 사회적 이슈를 현재 우리 사회에서 중요한 주제로 바꾸고 싶어. 예를 들어, 계급 문제, 성 정체성, 인종 문제 등 현대 사회의 중요한 이슈로 재구성하여 관객에게 더 큰 공감을 이끌어낼 수 있는 스토리로 재구성 해 줘.

새로운 버전의 "로미오와 줄리엣", 제목으로 "Crosslines"을 설정하고, 고전의 사회적 이슈를 현대의 중요한 주제들로 재구성해 보겠습니다. 이 이야기에서는 계급 문제, 성 정체성, 인종 문제를 중심으로 전개합니다.

소설 제목: Crosslines

프롤로그

현대 도시 배경의 이 이야기는 다문화 사회의 현실을 반영하여, 다양한 인종과 계층이 공존하는 도시, 뉴헤이븐에서 시작됩니다. 여기서 두 주요 갱단은 각각 다른 인종과 문화적 배경을 대표합니다. '실버 코드'는 주로 아시아 이민자 커뮤니티에서 발생한 조직이고, '골드블레이드'는 흑인과 히스패닉 커뮤니티의 영향을 받습니다.

제1장: 첫 만남

줄리안 실버는 남성으로 태어났지만 자신을 논바이너리로 식별하며, 그의 성 정체성은 그가 속한 갱단 내에서도 논란의 여지가 있습니다. 그는 평화적 해결을 추구하지만, 갱단의 기대와는 다른 길을 걷고자 합니다. 로사 골드블레이드는 흑인 여성으로서의 자신의 정체성과 갱단의 리더로서의 역할 사이에서 갈등합니다. 이들의 만남은 두 갱단 간의 평화 회담 도중 발생합니다.

제2장: 금지된 사랑

줄리안과 로사는 서로에게 끌리지만, 그들의 사랑은 각각의 커뮤니티로부터 큰 반대에 직면합니다. 두 사람은 성 정체성과 인종적 배경의 차이를 극복하려 하지만, 내부와 외부의 압력은 그들의 관계를 더욱 복잡하게 만듭니다.

제3장: 비극적 전개

대립이 격화되면서, 두 갱단은 심각한 충돌로 치닫습니다. 줄리안과 로사는 각각의 커뮤니티에서 추방당하는 형태로 극단적인 조치를 겪습니다. 그 과정에서, 줄리안은 심각한 폭력 사건에 휘말리고 로사는 그를 구하기 위해 나섭니다.

제4장: 재회와 결말

추방 후 재회한 줄리안과 로사는 사회적 편견을 넘어 서로에게 안식처를 제공합니다. 그들의 사랑은 각 커뮤니티 내에서 중요한 논의를 촉발시키며, 두 갱단은 서로에 대한 이해와 존중을 배우기 시작합니다.

에필로그

두 주인공은 결국 뉴헤이븐을 떠나 새로운 도시에서 새로운 삶을 시작합니다. 그들은 다양성과 포용을 중시하는 커뮤니티를 만들어, 사람들이 모든 배경과 정체성을 자유롭게 표현할 수 있는 환경을 조성합니다.

이 재구성된 "로미오와 줄리엣"은 성 정체성, 인종 문제, 그리고 계급 문제를 현대적 관점에서 탐구하며, 고전 작품에 새로운 층을 추가합니다. 이야기는 고전적 사랑의 비극을 현대 사회의 중요한 이슈와 결합시켜 관객에게 더 큰 공감과 교훈을 제공합니다.

플롯 구성 변경

고전 작품의 주요 갈등을 현대의 문제와 연결지어 해결한다. 예를 들어, 고전 소설에서의 결혼 문제를 현대적인 관계의 동거나 파트너십 문제로 재해석할 수 있다.

챗GPT를 활용한 플롯 구성 변경과 현대적 문제 해결 프롬프트 (예시)

 위 내용과 연결하여 플롯 구성 변경으로 고전 작품의 주요 갈등을 현대의 문제와 연결 지어 해결해야 한다. 고전 소설에서의 결혼 문제를 현대적인 관계의 동거나 파트너십 문제로 재해석할 수 있도록 내용을 다시 구성해 줘.

 새롭게 구성할 플롯에서는 "로미오와 줄리엣"의 전통적인 결혼과 가족 간의 갈등을 현대적인 관계와 동거, 파트너십의 문제로 재해석하여 현재 사회의 변화하는 관계 형태와 연결지어 보겠습니다.

소설 제목: Heartlines

프롤로그

뉴헤이븐, 현대 도시의 두 대립하는 갱단 가문 대신, 두 명문 대학교의 학생 그룹이 등장합니다. '실버 코드'는 기술 혁신을 주도하는 대학교의 엘리트 그룹이고, '골드블레이드'는 예술과 인문학을 중시하는 보수적인 대학의 학생 그룹입니다.

제1장: 현대적 만남

줄리안 실버와 로사 골드블레이드는 대학의 공동 프로젝트를 통해 만납니다. 두 대학은 학생들의 협력을 증진하기 위해 이 프로젝트를 기획했지만, 학생들 사이에는 오랜 경쟁 관계가 있습니다. 줄리안과 로사는 프로젝트를 수행하면서 서로에게 끌리지만, 각자의 배경과 가치관 때문에 갈등을 겪습니다.

제2장: 현대적 갈등

줄리안과 로사는 관계를 진지하게 고민하며 동거를 시작합니다. 이는 두 학생 그룹 사이에서 큰 논란을 일으키며, 각 그룹의 전통적 가치와 현대적 가치 사이의 갈등을 촉발합니다. 줄리안의 기술 집단은 혁신적이고 개방적인 관계를 지지하는 반면, 로사의 인문학 집단은 전통적 결혼과 가족의 가치를 중시합니다.

제3장: 갈등의 절정

동거가 시작된 후, 두 사람은 외부 압력과 내부적인 불확실성에 직면합니다. 줄리안은 자신의 집단 내에서 격리감을 느끼기 시작하고, 로사는 가족과의 관계가 소원해집니다.

– 중략 –

기술 통합 작성

현대 기술을 플롯에 통합하여 이야기를 새롭게 만들어 보자. 예를 들어, 인공 지능, 사이버 보안, 가상 현실 등이 주요 플롯 포인트로 활용될 수 있다.

 위 내용과 연결하여 현대 기술을 플롯에 통합한 이야기를 새롭게 만들어보려 해. 인공 지능, 사이버 보안, 가상현실 등이 주요 플롯 포인트로 활용될 수 있도록 이야기를 재구성해 줘.

 제목: Digital Heartlines

프롤로그

뉴헤이븐, 기술과 인문학이 충돌하는 현대 도시에서, 두 대학의 학생 그룹이 사이버 보안과 가상현실의 경계에서 갈등을 겪고 있습니다. '실버 코드'는 최첨단 기술 연구에 집중하는 그룹이며, '골드블레이드'는 기술의 윤리적 사용과 인문학적 가치를 옹호합니다.

제1장: 가상의 만남

줄리안 실버와 로사 골드블레이드는 가상현실(VR) 플랫폼에서 처음 만납니다. 이 플랫폼은 사용자가 익명으로 서로의 세계를 경험할 수 있도록 설계되어 있습니다. 줄리안과 로사는 각자의 실제 정체를 숨기고 가상 세계에서 각각 다른 캐릭터로 활동하면서 서로에게 끌립니다.

제2장: 디지털 갈등

줄리안과 로사가 실제 세계에서 서로의 진짜 정체를 알게 되면서, 그들의 관계는 복잡해 집니다. 줄리안은 인공지능 연구에 몰두하고 있으며, 그의 연구가 '골드블레이드'의 윤리적 가치와 충돌합니다. 로사는 줄리안의 연구가 가져올 잠재적인 위험에 대해 우려를 표하며, 두 그룹 사이의 긴장이 고조됩니다.

제3장: 해킹 위기

줄리안의 연구실이 해킹을 당하면서, 민감한 데이터가 위험에 처하게 됩니다. 로사는 자신의 커뮤니티를 보호하기 위해 개입하지만, 이 과정에서 두 사람은 심각한 도덕적 갈등에 직면합니다.

— 중략 —

대화 구조 변경

고전 텍스트의 대화를 현대적 언어와 슬랭으로 재구성한다. 이는 독자들이 작품과 더 쉽게 공감하고 이해할 수 있도록 해준다.

챗GPT를 활용한 대화 구조 변경 프롬프트 (예시)

 위 내용을 바탕으로 대화 스타일의 현대화 고전 텍스트의 대화를 현대적 언어와 슬랭으로 재구성하고 싶어. 독자들이 작품과 더 쉽게 공감하고 이해할 수 있도록 돕는 구성으로 다시 써줘.

 현대화된 대화 예시: Digital Heartlines

줄리안과 로사의 첫 가상현실 만남

줄리안: (가상 아바타를 통해) 헤이, 너도 이 아트 갤러리 씬 좋아해? 나, 매번 여기 들어올 때마다 새로운 걸 발견하는 것 같아.

로사: 오, 정말? 나는 처음 와봐. 여긴 좀 신선하네. 보통은 더 액티브한 룸을 찾아다니는데, 이건 뭔가 다르네. 너는 여기 자주 와?

줄리안: 그래, 꽤 자주 와. 이런 가상 공간에서 예술 작품을 보는 건 마치 다른 차원을 경험하는 것 같아. 실제로 뭔가를 느끼게 해준다고? 너는 어떤 씬을 좋아해?

로사: 음, 나는 주로 뮤직 페스티벌 쪽이야. 음악은 항상 나를 자유롭게 해주니까. 그런데 여긴 진짜 평화로워. 네가 추천해줘서 고마워.

갈등이 고조되는 대화

줄리안: 로사, 우리 프로젝트가 좀 막혔어. 내 연구 데이터가 완전 털린 것 같아. 이게 다 무슨 소용이야, 진짜…

로사: 진짜? 그게 사실이야? 우리 어떻게 해야 하지? 이런 일이 벌어질 줄 알았어. 너무 깊이 파고들었어, 줄리안.

줄리안: 나도 모르겠어, 로사. 나는 그냥 뭔가 의미 있는 걸 만들고 싶었어. 우리가 진짜로 사람들을 도울 수 있는 뭔가를.

로사: 난 알아. 넌 좋은 의도로 시작했지만, 이 모든 게 너무 빠르게 진행된 거야. 우리 좀 더 신중해야 해. 이젠 뭘 해야 할지, 진짜 신중하게 생각해봐야 할 때야.

화해와 결심을 다지는 대화

줄리안: 로사, 우리 둘 다 원하는 건 똑같아. 뭔가 좋은 변화를 만들어내고 싶어. 내가 너무 멀리 갔었나 봐. 네 말이 맞아. 우리 다시 시작해 보자. 이번엔 다르게 할게.

로사: 그래, 줄리안. 우리가 함께라면, 분명 더 나은 방법을 찾을 수 있을 거야. 서로를 믿자. 우리가 서로에게 힘이 되어줘야 해. 이걸로 뭔가 의미 있는 걸 시작할 수 있을 거야.

이 대화들은 고전적인 텍스트를 현대적인 언어와 슬랭으로 재구성하여, 독자가 현재의 감정과 상황에 더 쉽게 공감하고 이해할 수 있도록 해주며, 각 캐릭터의 성격과 현대적인 상황 설정이 생생하게 드러나며, 이야기의 흐름과 갈등 해결 방식이 더욱 현실적으로 느껴진다.

챗GPT를 활용한 대화의 다양성 추가를 위한 프롬프트 (예시)

다양한 문화적 배경을 가진 캐릭터들을 추가하고, 그들의 대화에서 다양성을 반영하고 싶어. 고전 작품을 더 포괄적이고 세계적인 시각에서 재조명하는 데 도움이 될수 있도록 써줘.

소설 제목: Urban Tapestry

개요

"Urban Tapestry"는 다양한 문화적 배경을 가진 캐릭터들이 등장하며, 각자의 독특한 관점과 경험을 통해 고전 작품인 "로미오와 줄리엣"을 현대적이고 글로벌한 시각에서 재해석합니다. 이야기는 세계화된 대도시를 배경으로 하여, 문화적 다양성이 갈등과 사랑, 개인적 성장에 어떻게 영향을 미치는지 탐구합니다.

캐릭터 소개 및 대화

1. 줄리안 실버 – 한국계 미국인, 기술 혁신을 주도하는 젊은 프로그래머

2. 로사 골드블레이드 – 아프리카계 미국인, 인문학도이자 시인

3. 알렉스 파텔 – 인도계 미국인, 경제학 전공, 줄리안의 대학 친구

4. 마리아 로드리게스 – 히스패닉계, 공공정책을 공부하는 로사의 베프

대화 예시: 캠퍼스에서의 대화

줄리안: 로사, 네가 어제 말한 그 시는 정말 멋졌어. 너희 문화의 리듬과 감성이 느껴졌어.

로사: 고마워, 줄리안. 나도 네가 만든 그 앱에 대해 듣고 정말 감동받았어. 기술이 우리 문화와 어떻게 조화를 이룰 수 있는지 보여주는 것 같아.

알렉스: 그래, 문화적 배경이 다양하다 보니 우리 각자의 관점이 정말 풍부해. 예를 들어, 내 가족은 항상 경제적 안정성을 강조해 왔어. 그래서 경제학을 공부하게 된 것처럼 말이지.

마리아: 우리는 공동체를 중요시하거든. 그래서 공공정책에 관심이 많아. 모든 문화가 서로 다른 강점을 가지고 있어서 우리 모두가 더 잘 이해하고 배울 수 있는 거야.

다양성을 반영하는 갈등 해결: 로사의 집에서의 대화

로사: 알렉스, 줄리안이 만든 그 앱을 사용해 본 사람들의 반응이 어때?

알렉스: 다양한 반응이 있어. 몇몇 사람들은 그 기술이 전통을 해칠 수 있다고 걱정하는데, 다른 이들은 새로운 기술이 전통을 보존하고 전달할 수 있는 새로운 방법이라고 생각해.

마리아: 이런 다양한 의견을 조율하는 게 중요해. 그래서 우리 모두가 서로의 문화를 존중하면서 혁신을 추구해야 해.

에필로그

이야기의 결말에서 각 캐릭터는 자신의 문화적 배경을 존중받으면서도 현대 사회의 일원으로 성장하는 방법을 찾습니다. "Urban Tapestry"는 다양성과 포용, 문화적 조화를 통해 고전적인 사랑 이야기에 현대적인 해석을 제공하며, 글로벌 사회에서 서로 다른 배경을 가진 사람들 간의 교류와 이해의 중요성을 강조합니다.

챗GPT 활용: 대화 및 플롯 아이디어 생성

챗GPT에 특정 장면이나 대화에 대한 아이디어를 요청하여 새로운 대화나 장면의 아이디어를 얻는다. 또한, 챗GPT를 사용하여 다양한 문제와 톤을 실험해 보며, 작품의 목소리를 현대적으로 조정한다.

챗GPT를 활용한 대화 및 플롯 아이디어 생성을 위한 프롬프트 (예시)

 위 내용 중 특정 장면이나 대화에 대한 새로운 아이디어와 새로운 대화나 장면의 아이디어를 생성해 주고, 다양한 문체와 톤을 실험하여 작품의 목소리를 현대적으로 조정해서 만들어 줘.

 "Urban Tapestry" 새로운 장면 및 대화 아이디어

장면 아이디어: 가상현실 아트 갤러리에서의 갈등

설정: 줄리안과 로사는 가상현실 아트 갤러리에서 각기 다른 문화의 예술 작품을 감상하면서, 예술이 기술과 어떻게 통합될 수 있는지에 대한 각자의 견해를 토론합니다. 이 갤러리는 최신 VR 기술을 사용하여 전 세계의 다양한 예술 작품을 실시간으로 전시합니다.

대화

줄리안: 보다시피, 이 VR 갤러리는 우리가 다양한 문화를 탐험할 수 있는 훌륭한 수단이야. 기술이 예술을 어떻게 변화시킬 수 있는지 생각해 봐.

로사: 정말 멋지긴 해. 하지만, 이런 방식이 예술의 진정성을 희생하는 건 아닐까? 직접 작품을 보고 느끼는 것과는 다르잖아.

줄리안: 그런 걱정도 이해해. 하지만 기술이 우리가 접근할 수 없는 예술에 문을 열어주고 있어. 다양성과 접근성, 이 두 가지를 모두 제공하니까.

갈등 해결: 이 대화를 통해, 두 캐릭터는 기술이 예술의 전달 방식을 어떻게 확장할 수 있는지를 더 깊이 탐구하게 됩니다. 마지막에는 각자의 관점을 조금씩 이해하며, 기술과 예술이 상호 보완적일 수 있음을 인정합니다.

문체 및 톤 실험

친근하고 대화적인 톤: 주로 젊은 세대의 대화에 초점을 맞추고, 현대적인 슬랭과 캐주얼한 언어를 사용하여 독자들이 캐릭터들과 더욱 친밀감을 느낄 수 있도록 합니다.

서사적이고 반성적인 톤: 각 캐릭터의 내면적 고민과 문화적 배경에 대한 깊은 탐구를 통해, 독자에게 각 인물의 심리적, 문화적 복잡성을 보여줍니다.

현대적 조정을 통한 목소리 변화

줄리안의 목소리: 기술의 진보를 옹호하면서도 그가 문화적 다양성과 예술의 가치를 존중하는 방식을 보여줍니다.

로사의 목소리: 전통적 가치와 현대 기술의 융합에 대한 회의적인 시각을 가지고 있

으나, 새로운 시대의 변화를 받아들이려는 노력을 보여줍니다.

이렇게 조정된 대화와 문체는 "Urban Tapestry"의 장면들을 더욱 생동감 있고 다층적으로 만들어, 현대적인 감각과 전통적인 가치가 어떻게 조화를 이룰 수 있는지를 탐색하는 데 중요한 역할을 합니다. 이러한 접근은 독자들이 각 캐릭터와 그들의 문화적 배경에 더 깊이 몰입하게 만들며, 다양성을 존중하는 메시지를 전달합니다.

이러한 접근 방식을 통해 작가는 고전 문학을 현대적 관점에서 재해석하고, 새로운 시대의 독자들에게 공감과 감동을 전달할 수 있는 독창적인 작품을 창조할 수 있다. 챗GPT는 이러한 창작 과정에서 중요한 도구로 활용되어, 영감을 제공하고 글쓰기 과정을 풍부하게 만드는 데 기여할 것이다. 그렇다면 여기서 실제 AI가 창작한 대표적인 소설 '1 the Road'를 사례로 이야기해 보자.

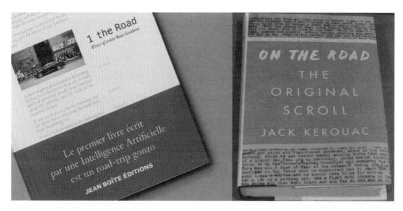

이미지 출처: 위키피디아

'1 the Road'는 기술과 예술의 경계를 허무는 실험적 여정으로, 미국의 문학과 길 위의 문화를 새로운 시각으로 바라보게 만드는 독특한 작품이다. 이 소설은 인공지능이 창조한 첫 번째 대장정이며, 잭 케루악의 'On the Road'에 영감을 받아 현대 기술의 렌즈를 통해 미국을 재탐험한다. 이 작품은 창작자인 로스 굿윈(Ross Goodwin)이 AI를 동반하고, 미국 대륙을 가로지르는 여행을 하는 과정에서 탄생했다.

굿윈은 자동차에 AI 작성 시스템을 설치하고, 미국 동부 해안에서 서부 해안까지 여행하면서, AI가 주변 환경, 대화, 심지어는 그 순간의 감정까지 포착하여 실시간으로 글을 쓰도록 했다. 이 AI 시스템은 GPS 좌표, 카메라, 마이크, 그리고 컴퓨터 내부 시계를 통해 입력을 받아, 주변 세계에 대한 해석과 반응을 문학적 텍스트로 변환했다. 참고로 LSTM(장단기 기억) 셀은 데이터를 순차적으로 처리하고 시간이 지나도 숨겨진 상태를 유지한다.

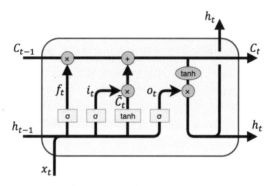

LSTM 모델 구조(Ct = cell state!)_이미지 출처: LSTM (위키피디아)

여행의 모든 순간, AI는 수많은 데이터 포인트를 수집하고, 그것을 기반으로 문장을 구성했다. 그 결과, 현대적 디지털 세계를 통해 본 미국의 풍경과 문화를 반영한, 기계적이면서도 몽환적인 서술로 가득 차 있다. '1 the Road'는 이렇게 생성된 텍스트들을 모아 엮은 것으로, 기존의 문학 작품과는 완전히 다른 새로운 형식과 내용을 선보였다. 소설은 시적이고, 때로는 초현실적인 언어로 미국의 다양한 풍경을 묘사한다. 도시의 변화함부터 외진 시골의 고요함까지, AI는 그것이 포착한 세상을 독특한 방식으로 해석해 낸다. 글은 간혹 끊기거나 어색한 문장으로 이루어져 있지만, 그 속에서도 독자는 미국이라는 거대한 무대 위에 펼쳐진 인간과 자연의 이야기를 엿볼 수 있다.

'1 the Road'는 독자로 하여금 글쓰기와 창작의 본질에 대해 다시 생각하게 만든다. 챗GPT가 생성한 문장들 사이에서 발견되는 뜻밖의 아름다움과 깊이는 기계가 인간의 경험과 감정을 얼마나 잘 포착하고 전달할 수 있는지에 대한 질문을 던진다. '1 the Road'는 단순한 여행기가 아닌, 기술과 예술이 교차하는 지점에서 탄생한 문학적 탐구이다. 이 작품을 통해 챗GPT가 어떻게 인간의 창작 과정에 참여하고, 새로운 형태의 예술을 만들어낼 수 있는지를 보여준다. 굿윈과 그의 챗GPT 파트너가 만들어낸 이 이야기는 길 위에서 발견된 순간들을 통해 우리에게 문학이란 결국 인간의 경험을 어떻게 표현하고 전달하는가에 대한 끊임없는 질문을 던진다. 이 과정에서 '1 the Road'는 기존의 문학적 형식과 내용의 경계를 넘어선 실험적 작품이 되었다.

이 소설은 AI와 인간의 협업이 어떻게 전통적인 창작의 개념을 확장할 수 있는지를 보여주고, 챗GPT의 냉정한 관찰과 데이터 처리 능력이 인간의 감성과 결합될 때, 예상치 못한 아름다움과 깊이 있는 문학적 텍스트가 탄생된다는 것을 알게 되었다. 이는 창작 과정에서 챗GPT가 단순한 도구를 넘어서 창조적 파트너로 자리매김할 수 있음을 증명하는 것이다.

'1 the Road'는 기계가 생성한 텍스트라는 점에서 독특하지만, 그 안에서 인간의 여정, 자연의 아름다움, 그리고 삶의 의미를 탐구하는 문학의 본질은 변하지 않는다. 챗GPT가 포착한 미국의 풍경 속에서, 독자는 길 위의 모험, 사색, 그리고 발견의 순간들을 공유한다. 이러한 공유는 독자와 작품 사이에 깊은 연결고리를 만들어내며, 기술이 주도하는 세상에서도 문학이 여전히 중요한 역할을 할 수 있음을 보여준다. 따라서, 이 소설은 단순한 작품을 넘어, 예술과 기술의 상호작용을 통한 창조적 가능성의 탐색이라는 측면에서 중요한 의미를 가지는 것이다. 이 소설을 통해 미래에 문학이 어떤 방향으로 발전할 수 있을지에 대한 무한한 상상력과 영감을 제공하며, AI와 인간의 협업이 가져올 새로운 문학적 지평에 대한 기대를 불러일으킬 것이다.

'1 the Road' AI 창작 소설을 바탕으로 생성된 이미지: DALL-E

챗GPT와의 협업은 작가에게 언어적 실험의 영역을 넓혀주며, 자신만의 글쓰기 스타일을 발전시키는 데 도움을 준다. 작가는 챗GPT가 제안하는 다양한 문체와 언어적 특성을 자신의 창작물에 적용해 보며, 이를 통해 새로운 어조와 분위기를 창출할 수 있다. 이 과정에서 작가는 자신의 창작 욕구와 상상력을 자극받고, 글쓰기에 대한 새로운 관점을 얻게 된다. 결국, AI의 활용은 문학 창작에 있어서 한계를 뛰어넘는 기회를 제공한다. 작가와 챗GPT가 손을 잡고 나아가는 이 여정에서, 문학은 더욱 풍부하고 다양한 형태로 발전할 것이며, 이는 우리가 이해하고 경험할 수 있는 세계를 더욱 확장시킬 것이다. 챗GPT와 함께하는 창작의 여정은 끝없는 가능성의 바다로, 모든 작가에게 열려 있는 새로운 항해가 될 것이라 확신한다.

챗GPT는 작가의 창작 과정을 지원하는 다양한 기능을 제공하여 작품을 효율적으로 완성할 수 있도록 돕는다. 이러한 지원은 구조적인 면과 언어적인 다듬기에 이르기까지 다양하게 이루어지고, 챗GPT를 사용해 소설을 창작할 때, 작가는 먼저 작품의 기본적인 설정, 배경, 등장인물에 대한 설명을 챗GPT에게 제공해야 한다. 이를 통해 챗GPT는 초기 스토리 라인, 장면, 대화를 제안하며, 작가는 이를 바탕으로 이야기를 발전시키고 깊이를 더할 수 있다.

챗GPT가 생성한 초기 장면 생성을 위한 프롬프트 (예시)

 나는 작가로, 1920년대 파리를 배경으로 한 로맨스 소설을 구상하고 있어. 이 시대의 사회적 분위기, 주요 등장인물의 특성 등을 설명해야 하고, 이 정보를 바탕으로 주인공이 예술가로서 겪는 내적 갈등과 사랑에 빠지는 초기 장면을 제안하려 해. 현대적 관점에서 창의적인 아이디어로 위 내용들을 참고하여 초기 장면 예시를 써줘.

 소설 제목: Shadows of Montmartre

배경

1920년대 파리, 특히 몽마르트르 지구는 예술과 문화의 중심지로, 활발한 예술가 커뮤니티와 자유분방한 생활 방식이 특징입니다. 이 시대는 예술적 실험과 사회적 변화의 시기로, 전통적인 가치와 현대적인 자유 사이의 긴장이 고조되고 있습니다.

주요 등장인물

앙리 르노와: 젊은 화가로, 새로운 예술 형식을 실험하려는 열정이 가득하지만, 보수적인 가족의 기대와 자신의 예술적 욕구 사이에서 갈등을 겪고 있습니다.

클로에 드뷔스: 앙리와 같은 아틀리에에서 일하는, 앞서가는 여성 조각가이다. 그녀는 사회적 규범에 도전하며, 자신의 예술적 표현을 자유롭게 하려고 노력합니다.

초기 장면 예시

장소: 몽마르트르의 작은 아틀리에, 봄날의 오후

장면 설명: 앙리는 그의 캔버스 앞에 서 있습니다. 그는 색을 선택하는 것에서부터 브러시의 움직임에 이르기까지 모든 결정에 고민을 하고 있습니다. 그의 마음속에는 가족이 바라는 전통적인 초상화 작업과 자신이 추구하고 싶은 현대적 추상 예술 사이의 갈등이 끊임없이 충돌합니다.

앙리: (혼잣말로) 어떻게 하면 내 안의 목소리를 그림에 담을 수 있을까? 내가 정말 그리고 싶은 것은 무엇인가?

이때, 클로에가 아틀리에로 들어옵니다. 그녀는 앙리의 고민을 직감적으로 눈치채고, 그의 어깨에 손을 얹으며 조용히 말합니다.

클로에: 앙리, 너의 그림에서 네 자신을 볼 수 있어야 해. 네가 느끼는 모든 것을 캔버스에 풀어놓아 봐. 세상이 뭐라 하든, 예술은 자유야.

앙리는 클로에의 말에 고무되어, 새로운 색을 팔레트에 짜기 시작합니다. 그는 색의 경계를 허물고, 더욱 대담하고 감정적인 표현으로 자신의 스타일을 개척하기로 결심합니다.

앙리: (웃으며) 그래, 네 말이 맞아. 나만의 길을 찾을 시간이야.

이 장면은 앙리가 자신의 예술적 정체성을 발견하는 전환점을 나타냅니다. 클로에의 격려로 그는 사회적 기대를 넘어 자신만의 예술 세계를 구축하기 시작합니다. 이 둘 사이의 신뢰와 우정은 점점 깊어지며, 그들은 각자의 예술적 여정에서 서로에게 영감을 주고 받습니다.

이렇게 설정된 장면은 1920년대 파리의 예술가들이 겪었던 사회적, 개인적 갈등을 현대적인 감각으로 재해석하고, 독자들이 그들의 갈등과 열정에 공감할 수 있도록 돕습니다.

챗GPT의 이러한 지원은 작가가 창작에 더 집중할 수 있게 하며, 효율적으로 작품을 완성하는 데 큰 도움을 준다. 작가는 구조적인 면과 언어적인 다듬기를 챗GPT의 도움으로 보다 쉽게 처리할 수 있어, 전체적인 작품의 질을 향상시키는 데 기여할 것이다.

이제 소설이 아닌 챗GPT를 이용한 시를 창작해 보자. 특정 감정이나 이미지를 AI에게 입력하여, 그에 대한 어떤 언어적 반응을 얻어낼 수 있을지, 작가가 제안하는 메타포나 상징을 활용해 자신만의 시적 이미지와 의미를 구축할 수 있을지 챗GPT를 활용하여 시를 완성해 보자. 챗GPT에게 특정 주제에 대한 아이디어나 시적 영감을 요청해 보자. 예를 들어, "또 다시 봄"이란 주제에 대해 챗GPT가 다양한 관점과 이미지를 시의 소재로 활용할 아이디어를 어떻게 생성해 주는지 살펴보면 어떨까?

여기에서는 '꽃향기'라는 시를 써보기로 한다. 주요 키워드는 꽃, 이슬, 향기로 꽃의 아름다움과 계절의 변화를 묘사하여 다양한 관점의 이미지와 의미를 구축할 수 있는 시를 생성해 보자.

디지털 예술과 대중 참여 프로젝트 (Digital art and public engagement projects)

프롬프트 요소	프롬프트 예시
구체적인 입력 (Specific Input) 역할(Role)포함	"시인이나 작가"의 역할로 "꽃향기"라는 주제로 꽃, 이슬, 향기, 계절 변화 등으로 시의 감정과 이미지를 바탕으로 한 관련된 주제나 상황에 대한 짧은 시를 생성해 주세요.
지시 (Instruction)	시 "꽃향기"에 나타는 꽃, 이슬, 향기, 계절의 변화를 기반으로 새로운 시의 느낌과 테마를 유지하면서 창의적으로 확장해 주세요.
문맥 정보 (Information)	"시는 자연의 아름다움과 계절의 순환을 다루고 있으며, 잠시 동안의 아름다움과 그 아름다움이 지나가는 순간의 아쉬움을 포착합니다. 이러한 요소들을 고려하여 새로운 작품에서도 자연의 순환과 시간의 흐름을 감성적으로 표현할 필요가 있습니다."
출력 (Output)	이 작품은 "꽃향기"의 시적 테마를 확장하고, 계절의 변화와 자연의 아름다움에 대한 묘사를 통해 독자에게 감성적인 영향을 줄 수 있습니다. 출력 예시는 새로운 시 또는 관련 단편이 될 수 있으며, 이를 통해 독자는 자연과 인간의 관계에 대해 더 깊이 생각해 볼 기회를 갖게 됩니다.

이러한 구성을 통해 프롬프트는 "꽃향기" 시의 주제와 감정을 확장하고, 창작 과정에서 AI를 활용하여 다양하고 창의적인 아이디어를 탐구할 수 있도록 돕는다.

챗GPT를 활용한 시 쓰기 프롬프트 (예시)

 '꽃향기'라는 시를 써보려 해. 주요 키워드는 꽃, 이슬, 향기, 나, 꽃의 아름다움과 계절의 변화를 묘사하여 다양한 관점의 이미지와 의미를 구축할 수 있는 시를 시인처럼 써줘.

 시 제목: 꽃향기

나는 아침 이슬에 몸을 맡기며
꽃잎을 열어 조용한 세상에 향기를 풀어놓는다.
그 미묘한 향기가 공기를 타고
내 영혼을 간질이며 깨우는데,

계절의 손길이 어루만지는 하루,
새벽의 찬란한 신비로움 속에서
나는 잠시 꽃이 되어
세상 모든 것과 속삭인다.

꽃들은 저마다의 색을 입고
서로를 부드럽게 끌어안는다.
온기를 나누고, 향기를 나누며,
그윽한 사랑의 말을 전한다.

이슬은 꽃의 목을 축이고,
햇살은 그들의 미소를 밝히며,
나는 그 아름다움 속에 서서
잠시 모든 걱정을 잊는다.

- 중략 -

지시한 내용을 바탕으로 출력된 시는 시라고 하긴에 문장 구성이 너무 길고 다소 복잡하다. 이 시를 글자의 수를 줄여서 다시 출력해 보자.

 시가 너무 길고 다소 복잡해 보여. 글자의 수를 간단하고 명쾌하게 다시 써줘.

 시 제목: 꽃향기 속으로

이슬 내리는 새벽,
조용히 깨어나는 숲 속에서
나는 창을 열고,
꽃잎 같은 순간을 마신다.

오, 그 향기는
신선한 꽃처럼 달콤하고
산들바람을 타고
나뭇가지를 흔들며
계절을 속삭인다.

꽃들이 자신만의 언어로
이야기를 시작할 때,
봄의 노래, 여름의 열정,
가을의 반성, 겨울의 침묵을
하나의 무대 위에서 펼친다.

이 꽃밭에서,
나는 시간을 잊고

– 중략 –

그래도 시가 너무 길어, 좀 더 간결하고 깔끔한 문장으로 200자 이내로 써줘.

 새벽 이슬에 향기 피운 꽃,

달콤하게 숲을 채운다.

산들바람에 실려 온

계절의 속삭임,

모든 꽃은 다시 피어나리.

내 영혼의 꽃, 사랑을 따라.

특정 시인 스타일 프롬프트 (예시)

 이 시를 대한민국 유명한 "나태주" 시인의 시처럼 깔끔하고 쉬운 문장으로 써줘.

 새벽 이슬이 꽃잎에 내리고,

햇살이 나뭇가지를 비추면

부드럽게 퍼지는 꽃향기,

계절의 속삭임을 전합니다.

꽃들은 제 각각 시간을 새기며

봄을 불러내고, 여름을 채우고,

가을을 맞이하며, 겨울을 준비합니다.

계절은 바뀌어도

꽃향기는 남아

사랑의 메시지를 전해 줍니다.

– 중략 –

앞서 생성된 첫 번째와 두 번째의 시 스타일은 구성, 길이 및 언어 사용에서 고유한 특징을 가지고 있다. 처음 '꽃향기'나 '꽃향기 속으로'는 비교적 긴 길이로, 복잡한 문장 구조와 서술적인 언어를 사용하여 깊이 있는 묘사를 제공한다. 또한, 풍부한 어휘와 상세한 자연 묘사를 통해 감각적인 이미지를 만들어내고, 계절의 변화와 자연의 아름다움을 중심으로 시적 이미지와 감정을 전달하면서도, 인생의 순환과 사랑의 지속적인 모티프를 탐구하는 듯 하다.

세 번째 시는 200자 이내의 짧은 길이로, 간결하고 명확한 표현을 사용한다. 그리고 짧고 간단한 문장을 사용하여 이해하기 쉽고 직접적인 메시지를 전달한다. 이 시는 꽃과 향기를 중심으로 한 단순하지만 효과적인 이미지를 통해 계절의 변화와 자연의 아름다움을 간결하게 표현했다. 그리고 마지막 시는 나태주 시인 스타일을 모방하여 매우 깔끔하고 일상적인 언어를 사용한다. 직접적이고 간단한 언어로 감성을 효과적으로 전달하며, 시적 메시지가 따뜻하고 포근하게 다가간다. 또한, 일상적인 자연의 모습을 통해 깊은 감성과 인생의 교훈을 담백하게 전달한다.

이렇듯 생성된 각각의 시는 자신만의 독특한 방식으로 자연의 아름다움과 계절의 변화를 주제로 삼고 있으며, 다양한 길이와 스타일을 통해 독자들에게 다른 감각적 경험과 사유를 제공할 수 있을 듯하다.

문학적 영감을 주는 챗GPT 활용법

챗GPT는 문학적 영감을 제공하는 강력한 도구로서, 작가와 교육자들에게 창의적인 가능성을 넓혀주는 수단이 될 수 있다. 이 인공지능 도구는 다양한 문학적 스타일과 장르에 대한 광범위한 지식을 갖추고 있으며, 사용자가 탐색하고자 하는 테마나 아이디어에 대해 새롭고 독창적인 관점을 제시해 준다. 작가들은 이를 통해 글쓰기의 한계를 해결하거나 새로운 창작 아이디어를 얻을 수 있고, 교육자들은 문학교육을 보다 풍부하고 다층적으로 구성할 수 있는 자료를 얻을 수 있다.

챗GPT를 활용하는 방법은 매우 다양하며, 사용자의 필요와 목적에 따라 유연하게 조정될 수 있다. 본문에서는 이러한 챗GPT의 활용 방법 중 몇 가지 간단하면서도 구체적인 예를 소개하여, 이 도구가 어떻게 문학적 창작과 교육 과정에 혁신을 가져올 수 있는지를 이야기해 보고자 한다. 이러한 내용을 통해 독자들은 챗GPT를 자신의 문학 작업이나 교육 활동에 효과적으로 적용하는 방법에 대해 쉽게 이해하고 활용할 수 있게 될 것이다.

첫 번째, 챗GPT를 활용하여 문학적 영감을 얻는 아이디어 발견이다. 많은 작가들이 글을 쓰기 시작할 때 창작의 막힘을 경험하는데, 이때 챗GPT에게 특정 주제나 단어에 대한 이야기를 요청하는 것이 매우 유용할 수 있다. 예를 들어, '바다'나 '이별'과 같은 단어를 입력하면, 챗GPT는 이러한 단어들을 중심으로 다양한 관점과 이야기를 제시한다. 예를 들어, 작가가 '바다'라는 단어를 입력했다고 가정해 보자. 챗GPT는 이 단어를 사용하여 평화로운 해변의 일상적인 장면부터 폭풍우 치는 바다에서의 드라마틱한 사건까지 다양한 시나리오를 생성할 수 있다. 이러한 이야기들은 작가가 예상치 못한 방향으로 생각을 확장하게 하고, 그 중 하나가 소설이나 시의 새로운 시작점이 될 수 있도록 해준다.

또 다른 예로, 작가가 '이별'이라는 주제로 이야기를 요청했을 때, 챗GPT는 이별 후 감정의 회복, 이별의 슬픔을 극복하는 과정, 혹은 재회의 가능성에 대한 이야기를 제안할 수 있다. 이러한 내용들은 작가에게 감정적으로 깊이 있는 캐릭터와 상황을 탐구할 기회를 제공하며, 복잡한 인간관계의 다양한 측면을 탐색하는 데 도움을 준다. 이처럼 챗GPT는 단순한 단어나 주제에서 출발하여 작가가 생각하지 못한 새로운 아이디어나 시나리오를 발견할 수 있게 도와주기 때문에 창작의 막힘을 해결하고, 문학 작업에 새로운 생명을 불어넣는 데 큰 도움이 된다.

두 번째, 챗GPT를 활용한 문학적 영감은 문체와 언어 실험이다. 챗GPT는 다양한 문체와 언어적 특성을 모방할 수 있는 능력을 가지고 있기에 작가가 새로운 문체를 시도하거나 특정 작가의 스타일을 연구하고 싶을 때, 챗GPT에게 그 스타일로 글을 써보도록 요청해 볼 수 있다. 예를 들어, 작가가 19세기 영국 문학의 고전적인 문체를 실험하고 싶다고 생각해 보자. 작가는 챗GPT에게 앞에서 언급한 제인 오스틴이나 찰스 디킨스의 문체를 모방하여 짧은 이야기나 대화를 쓰도록 요청할 수 있고, 챗GPT는 그 요청에 따라 해당 시대와 작가의 언어 스타일을 반영한 텍스트를 생성할 것이다. 이 과정을 통해 작가는 고전적 언어의 구조와 어휘 선택, 문장 구성 등을 학습하고, 이를 자신의 작품에 어떻게 적용할 수 있을지 탐구할 수 있다.

또 다른 예로, 현대적이고 실험적인 문체를 탐구하고자 할 때, 작가는 챗GPT에게 특정 현대 작가의 스타일을 모방하여 단편을 써보도록 요청할 수 있다. 예를 들어, 하루키 무라카미의 몽환적이고 서정적인 스타일을 연구하고자 한다면, 챗GPT에게 무라카미 스타일의 이야기를 생성하도록 요청할 수 있다. 이것으로 작가는 문체와 언어의 실험을 통해 자신만의 글쓰기 방식에 새로운 방식을 통합하는 방법을 발견할 수 있다. 이렇게 챗GPT를 사용하는 것은 작가가 다양한 문체를 탐색하고, 자신의 글쓰기에 새로운 요소를 추가하는 데 매우 효과적인 방법이고, 이 과정은 창작의 폭을 넓히고, 작가 개인의 스타일을 더욱 성숙시키는 데 기여할 수 있다.

세 번째, 문학적 영감 활용 방법은 캐릭터와 대화하기이다. 소설이나 극작에서 캐릭터의 심리와 대화는 매우 중요한 요소이다. 챗GPT를 사용하여 자신이 창조한 캐릭터와 대화를 시도해볼 수 있고, 이 과정을 통해 작가는 캐릭터의 목소리와 성격을 더 깊이 이해할 수 있으며, 캐릭터 간의 상호작용이 자연스러워질 것이다. 예를 들어, 작가가 새로운 소설을 작성 중이라고 가정해 보자. 주인공인 '엘라'는 젊은 여성으로, 중대한 삶의 결정을 앞두고 있다. 작가는 챗GPT에게 엘라의 성격을 설명하고, 엘라가 겪고 있는 상황에 대해 입력한 후, 챗GPT를 엘라로 설정하여 대화를 시도한다. 작가는 "엘라, 이번 결정이 너에게 어떤 의미가 있니?"와 같은 질문을 던질 수 있을 것이다.

이에 챗GPT는 엘라의 성격과 상황을 반영하여 답변한다. "정말 어려운 선택이에요. 이 결정이 제 인생에 큰 영향을 미칠 거 같아, 압박감을 느끼고 있어요." 이런 식으로 대화를 계속하면서, 작가는 엘라의 심리적 상태와 반응을 더욱 세밀하게 탐구할 수 있는 것이다. 이 대화 과정은 캐릭터가 직면한 갈등을 탐색하고, 그들의 성격을 보다 구체적으로 발전시키는 데 도움을 준다. 또한, 캐릭터 간의 대화를 설정할 때, 챗GPT는 다른 캐릭터의 반응을 시뮬레이션함으로써, 대화의 자연스러움을 향상시키고, 상호작용의 복잡성을 증가시킬 수 있다. 캐릭터와의 이러한 대화는 작가가 캐릭터를 더 깊이 이해하고, 그들의 내면적 동기와 감정의 미묘한 뉘앙스를 포착하는 데 매우 유용하다. 이 방법은 소설이나 극작의 질을 향상시키고, 독자 또는 관객에게 더 강력한 몰입감을 제공하는 결과를 낳을 수 있다.

네 번째, 문학적 영감 활용 방법은 플롯 아이디어 확장하기이다. 소설이나 시나리오의 플롯에 대한 아이디어는 있지만, 어떻게 전개할지 고민될 때 챗GPT를 활용할 수 있다. 작가는 자신의 기본 아이디어를 챗GPT에 제시하고 가능한 전개 방향을 물어볼 수 있고, 챗GPT는 예상치 못한 전개를 제안할 수 있으며, 이러한 제안들은 작가 자신의 이야기로 더 풍부하게 만드는 데 도움을 줄 수 있다. 예를 들어, 작가가 '미래 도시에서 벌어지는 의문의 연쇄 실종 사건'이라는 플롯 아이디어를 가지고 있다고 가정해 보자. 작가는 챗GPT에 이 아이디어를 입력하고, 이야기를 어떻게 전개할 수 있을지 질문해 보자. 챗GPT는 여러 가지 전개 방향을 제안할 것이다. 예를 들면, 실종 사건이 고도로 발달된 인공지능의 실험과 연관되어 있을 수 있다는 설정이나, 이 사건이 도시의 숨겨진 비밀 조직과 관련이 있을 수 있다는 아이디어를 제시할 수 있다.

또 다른 예로, 작가가 로맨틱 코미디를 구상 중이라면, '평범한 일상 속에서 벌어지는 두 사람의 운명적 만남'이라는 아이디어를 챗GPT에 입력할 수 있다. 챗GPT는 이들이 특별한 상황에서 만나게 되는 다양한 시나리오를 제시할 수 있을 것이다. 예를 들어, 두 주인공이 각자의 반려동물을 산책시키다가 우연히 만나는 장면이나, 우연히 같은 책에 서명을 하러 간 도서관에서 만나게 되는 설정 등을 제안할 수 있다. 이처럼 챗GPT를 활용하면 기존의 플롯 아이디어에 새로운 요소를 추가하거나 생각하지 못한 방향으로 이야기를 확장할 수 있다. 이 과정은 작가가 이야기를 더욱 흥미롭고 독창적으로 만들어 가는 데 큰 도움이 된다.

<u>다섯 번째,</u> 리라이팅과 수정이다. 작품의 초안을 완성한 후, 다양한 표현이나 문장 구조에 대한 수정이 필요할 때 챗GPT를 활용할 수 있다. 작가는 보다 다양하거나 간결한 표현을 요청함으로써, 챗GPT가 제공하는 새로운 방식으로 문장을 재구성할 아이디어를 얻을 수 있다. 예를 들어, 작가가 작성한 소설의 한 장면에서 등장인물이 자신의 감정을 표현하는 대화가 너무 장황하게 느꼈다고 가정해 보면, 작가는 그 대화의 일부를 챗GPT에 입력하고, 더 간결하고 감정적으로 강렬하게 표현할 수 있는 방법을 물어볼 수 있다. 그러면 챗GPT는 기존의 대화를 더 간결하게 표현하면서도 감정의 본질을 잃지 않는 새로운 문장을 제안해 준다.

또 다른 예로, 학술 논문을 작성 중인 연구자가 복잡하고 어려운 내용을 더 쉽게 이해할 수 있도록 재구성하고 싶을 때, 챗GPT의 도움을 받을 수 있다. 연구자는 복잡한 문단을 챗GPT에 입력하고, 더 명확하고 간단하게 설명할 수 있는 방법을 요청하면, 챗GPT는 전문 용어를 일반적인 언어로 풀어쓰거나, 더 직관적인 비교를 사용하여 독자가 내용을 쉽게 이해할 수 있도록 문장을 재구성해 준다. 이렇게 챗GPT를 활용하는 것은 초안의 문장이나 문단을 다듬는 데 있어, 매우 효과적인 방법이다. 작가나 연구자는 챗GPT의 제안을 통해 글의 품질을 개선

하고, 메시지의 전달력을 강화할 수 있다. 이 과정은 작품이나 논문이 최종 독자에게 더욱 명확하고 강력하게 다가갈 수 있도록 돕는다. 이처럼, 챗GPT를 활용하는 다양한 방법들은 글쓴이가 창작 과정에서 마주할 수 있는 한계를 극복하고, 문학적 영감을 얻으며, 자신만의 독창적인 작품을 완성하는 데 큰 도움을 줄 수 있다. 문학적 창작은 끊임없는 탐구와 실험의 과정이다. 새로운 아이디어 발견에서부터 문체와 언어의 실험, 캐릭터와의 대화, 플롯 아이디어의 확장, 그리고 작품의 리라이팅과 수정에 이르기까지, 챗GPT는 이 모든 과정에서 글쓴이의 손과 마음을 이끌어주는 빛나는 길잡이가 될 것이다.

챗GPT의 인공지능 기술은 작가가 자신의 창조적 능력을 최대한 발휘할 수 있도록 지원하며, 예상치 못한 새로운 방향으로 이야기를 이끌어갈 수 있는 가능성을 열어준다. 이를 통해 작가는 자신의 생각과 감정을 더욱 풍부하게 표현하고, 독자에게 깊은 인상을 남기는 작품을 탄생시킬 수 있다. 이렇듯 챗GPT는 문학 창작의 여정을 더욱 풍성하고, 흥미로운 모험으로 만들어 주며, 이러한 도구를 활용함으로써, 작가는 더욱 다채로운 문학 세계를 구축하고, 자신만의 목소리로 이야기를 전달하는 데 성공할 것이다.

과학: 창의적 탐구의 도구

과학은 단순히 사실들을 수집하고 지식을 축적하는 과정이 아니라, 인간의 깊은 호기심에서 비롯된 창의적인 탐구 활동이며, 우리가 살아가는 세상을 더 깊이 이해하고자 하는 노력이 바로 과학의 본질을 이룬다는 것이다. 이러한 과정에서도 과학자들은 알려지지 않은 영역으로의 여행을 두려워하지 않고, 새로운 세계에 도전하면서 지금까지 알려지지 않은 신비를 풀어나가려 한다.

과학의 여정은 마치 미지의 세계로 모험을 떠나는 탐험가들과 같다. 과학자들은 실험실을 자신들의 배로 삼아 가설을 세우고, 실험을 반복하며, 때로는 실패에서도 교훈을 찾는다. 이런 실험과 시행착오를 통해, 그들은 보이는 것과 보이지 않는 것에 숨겨진 자연의 법칙을 밝혀내며 인류의 지식을 확장시킨다. 이 과정은 단순히 새로운 사실들을 발견하는 것을 넘어, 세계를 바라보는 방식에 근본적인 변화를 가져오도록 한다. 과학이라는 도구를 통해 우리는 우주의 광대함을 이해하고, 생명의 기원을 탐구하며, 물질의 가장 작은 단위까지 들여다볼 수 있다. 이 모든 탐구 활동은 인간이 자연을 이해하고, 이를 바탕으로 새로운 기술과 해결책을 개발하는 데 중요한 기반이 된다.

과학적 탐구는 결국 인류의 호기심을 충족시키고, 창의적인 사고를 발전시키며, 더 나은 미래를 설계하는 데 필수적인 역할을 한다. 그래서 과학은 단지 지식의 축적이 아닌, 새로운 질문을 던지고 해답을 찾아가는 창의적이고 도전적인 여정이라고 할 수 있다. 과학자들의 이러한 끊임없는 탐구와 노력이 오늘날 우리가 누리는 과학적 발전과 혁신의 기초가 되었으며, 앞으로도 계속될 것이다. 이러한 과학의 창의적 탐구 또한 예술과 맥을 같이 한다. 예술가가 캔버스에 물감을 뿌리듯, 과학자는 자연의 법칙과 우주의 질서 속에서 새로운 패턴과 구조를 발견하는데, 이는 마치 음악가가 아직 아무도 듣지 못한 멜로디를 작곡하는 것과 같은 창조적 행위인 것이다. 과학과 예술 모두 인간의 호기심과 창의력이 만들어내는 무한한 가능성의 산물이며, 둘 다 우리가 세계를 경험하고 이해하는 방식을 확장시킨다.

네덜란드 화가 빈센트 반 고흐의 명작 "별이 빛나는 밤"은 예술과 과학이 서로를 어떻게 비추고 우리의 세계관을 이해하기 위한 완벽한 사례이다. 이 작품에서 반 고흐는 밤하늘을 휘감는 별빛과 우주의 소용돌이를 강렬하고 독특한 브러시 스트로크로 표현한다. 그는 자연의 아름다움과 우주의 신비를 예술적 언어로 담아냄으로써, 보는 이로 하여금 밤하늘에 대한 새로운 시각과 감상을 제공한다. 이러한 예술적 표현에 대한 과학적 탐구는 천문학자들이 반 고흐가 그린 별빛과 소용돌이치는 우주의 형태가 실제 천체 현상과 어떻게 연관되는지를 해석하는 데서 시작된다. 연구자들은 그가 그린 소용돌이치는 별빛이 우리 은하나 특정 천체 현상을 반영하는 것일 수 있다고 생각하며, 일부 과학자들은 반 고흐가 그림을 통해 터뷸런스와 같은 유체 역학의 원리를 무의식적으로 포착했을 가능성을 제기하기도 한다.

이처럼, "별이 빛나는 밤"은 예술적 상상력과 과학적 호기심이 어떻게 서로를 보완하며, 우리가 세상을 바라보는 방식을 어떻게 풍부하게 하는지를 보여준다. 예술가의 브러시가 캔버스에 던진 한 획 한 획에서 과학자들은 자연의 법칙과 우주의 질서를 읽어내며, 두 분야 모두 인간의 이해를 넓히는 데 기여한다. 반 고흐의 작품 속에 담긴 예술적 비전과 그것을 통해 과학적으로 탐구되는 우주의 신비는 예술과 과학이 어떻게 인간 지성의 두 날개가 되어 우리를 더 높은 이해의 차원으로 인도하는지를 아름답게 보여준다. 이렇듯 과학적 탐구는 우리에게 더 나은 미래를 상상하고 구현할 수 있는 힘을 주는 것이다. 기술의 진보는 과학적 발견에서 시작되며, 이는 우리의 삶을 풍요롭게 하고, 병을 치유하며, 환경 문제를 해결하는 데 기여한다. 또한, 과학은 오늘날 직면한 많은 도전을 이해하고 극복하는 데 필수적인 도구이며, 이를 통해 인류는 지속 가능한 발전을 향해 나아갈 수 있도록 한다.

과학은 인간이 꿈꾸는 무한한 가능성을 실현하기 위한 창의적 탐구의 도구이다. 그것은 우리가 세상을 보는 방식을 변화시키고, 미래를 형성하는 강력한 수단이며, 인류가 지향해야 할 지식과 이해, 혁신의 근원이다. 과학의 여정은 끝이 없으며, 그 길 위에서 우리는 계속해서 새로운 지평을 열어갈 것이다.

과학과 예술을 융합한 아이디어 생성에서의 챗GPT 활용

과학과 예술의 융합은 창의적 아이디어와 혁신적인 프로젝트를 탄생시키는 무한한 잠재력을 지닌다. 챗GPT와 같은 AI 기술은 이러한 융합을 촉진하고 새로운 창작물을 생성하는 데 있어 강력한 도구가 될 수 있다. 과학과 예술을 융합한 아이디어 생성에서 챗GPT를 활용하는 방안을 제안해 보자.

첫 번째는 아이디어 브레인스토밍(Brainstorming)이다. 아이디어 브레인스토밍은 창의적 사고의 활성화와 새로운 아이디어의 발굴을 위한 중요한 과정이다. 이는 마치 마법사가 모자에서 다양한 토끼를 꺼내듯, 머릿속에서 새롭고 창의적인 아이디어를 끌어내는 과정과 같다. 예를 들어, 작가, 화가, 과학자, 교사 등 다양한 분야의 전문가들이 자신의 창작물이나 프로젝트를 위한 신선한 생각을 찾기 위해 이 방법을 사용한다. 브레인스토밍 과정은 마치 무지개를 그리는 것과 같이, 먼저 구름 속에서 빛을 찾은 후, 그 빛을 통해 다양한 색상의 아이디어가 만들어진다. 그 중에서 가장 빛나는 아이디어를 선택하여 무지개를 완성시키는 것이다. 이 과정은 혼자서도 진행할 수 있지만, 다른 사람들과 함께하면 더욱 풍부한 아이디어를 나누며 진행할 수 있다.

챗GPT를 활용한 아이디어 브레인스토밍의 예를, 예술과 과학의 융합을 테마로 한 프로젝트로 생각해 보면, 챗GPT는 다양한 과학적 이론과 예술적 표현 방식을 결합하여 새로운 프로젝트 아이디어를 탐색하는 데 도움을 줄 것이다. 예를 들어, 천체물리학과 관련된 최신 연구 결과를 바탕으로 한 설치 미술 프로젝트를 구상할 수 있다. 이 프로젝트에서는 우주의 구조를 모티프로 사용하며, 방문자들이 직접적으로 상호작용할 수 있는 방식으로 우주의 신비를 표현하는건 어떨까?

또 다른 예로, 생물학적 개념을 활용한 댄스 공연을 들어 보자. 이 공연에서는 세포의 분열 과정을 추상적인 춤으로 표현하여 관객들에게 생명의 원리를 예술적으로 체험하게 만든다. 이런 프로젝트는 과학의 정확성과 예술의 감성적 표현이 결합되어, 관객에게 새로운 시각과 이해의 차원을 제공한다.

세포분열 모형 자바 실험실_이미지 출처: 픽사베이

이처럼 챗GPT는 다양한 분야의 지식을 바탕으로 아이디어를 제안하며, 과학적 개념과 예술적 표현을 융합하여 프로젝트 아이디어를 탐색하는 데 큰 도움을 준다. 이를 통해 더욱 창의적이고 혁신적인 방식으로 사고의 경계를 넓히고, 창의적인 해결책을 찾아가는 여정을 진행할 수 있다.

두 번째는 창작 지원이다. 창작 지원은 예술과 과학의 융합을 통해 새로운 차원의 문학적 창작물을 만들어내는 큰 역할을 한다. 시나리오 작성, 시, 소설 또는 예술 비평과 같은 다양한 문학 장르에서 과학적 이론이나 발견을 통합함으로써, 작품에 심도 있는 내용과 혁신적인 관점을 더할 수 있다. 이러한 접근은 과학적 발견을 예술적으로 해석하고, 예술 작품에 과학적 근거를 더하는 데 도움을 준다.

허블 망원경 발사_이미지 출처: 허블 망원경이 촬영한 원숭이 머리 성운 NASA AP 연합뉴스

예를 들어, 나사(NASA)의 우주 사진이나 허블 우주 망원경이 촬영한 이미지들은 우주의 신비로움과 아름다움을 전달하는 아름다운 예술 작품으로 간주된다. 이러한 이미지들은 단순한 사진을 넘어, 관객에게 복잡한 과학적 개념이나 데이터를 시각적으로 이해하기 쉬운 형태로 전달한다. 예를 들어, 시인이나 작가는 허블 망원경으로 촬영된 성운의 이미지를 보고, 그 아름다움에서 영감을 받아 시나 소설에 우주의 웅장함과 신비를 표현할 수 있다.

또 다른 사례로는 소설에서 과학적 발견을 배경으로 한 이야기를 들 수 있다. 예를 들어, 작가는 최근 발견된 외계 행성에 대한 과학적 연구를 바탕으로, 그 행성에서 벌어지는 인간의 첫 식민지화 시도를 다룬 소설을 쓸 수 있다. 이 소설은 과학적 사실을 기반으로 하면서도, 인간 관계, 도전, 탐험의 주제를 통해 독자에게 더 큰 몰입감과 사고의 확장을 제공한다. 비슷한 예로, 예술 비평가는 과학적 발견이 예술 작품에 어떻게 영향을 미치는지 분석할 수 있다. 가령, 현대 미술 전시에서 과학적 방법을 사용하여 자연 현상을 시각화하는 작가들의 작업을 비평하면서, 과학과 예술의 경계가 어떻게 모호해 지고 있는지를 탐구할 수 있다. 이러한 비평은 예술과 과학이 어떻게 상호작용을 하며, 서로를 풍부하게 만드는지를 독자에게 설명하고 이해시킨다.

이처럼 창작 지원은 과학과 예술이 만나는 지점에서 문학적 창작물에 새로운 생명을 불어넣는다. 작가와 예술가들은 과학적 지식을 활용하여 창의적이고 혁신적인 작품을 만들어, 관객과 참여자들에게 더 깊은 사고와 새로운 경험을 제공한다. 이를 통해 창작자는 더욱 풍부하고 다양한 창작물을 탐색하고, 과학과 예술의 교차점에서 새로운 이해와 표현의 폭을 확장할 수 있다.

<u>세 번째는 교육 및 워크숍</u>이다. 교육 및 워크숍은 과학과 예술의 융합을 통해 창의력을 발휘하고 새로운 아이디어를 탐색하는 데 중요한 역할을 한다. 이러한 프로그램을 기획하고 실행할 때, 챗GPT는 참여자들에게 영감을 주고 창의적인 생각을 유도하는 다양한 질문과 과제를 생성하는 데 도움을 줄 수 있다. 예를 들어, "영감을 주는 자연 현상은 무엇이며, 이를 예술 작품으로 어떻게 변환할 수 있을까?"라는 질문은 참여자들이 자연에서 영감을 받아 다양한 예술 형태로 표현하는 데 초점을 맞추도록 한다. 또 다른 예로, 한 워크숍에서는 참여자들이 빙하의 움직임이나 산호초의 색상 변화와 같은 자연 현상을 관찰하고, 이를 통해 얻은 영감을 바탕으로 드로잉, 조각, 디지털 아트 등 다양한 형태의 아트워크를 만들어 볼 수 있다. 워크숍에서 제공된 사진이나 비디오 자료를 통해 참여자들은 실제 자연에서 일어나는 현상을 더 가까이에서 체험하고, 그 아름다움을 자신만의 방식으로 해석하여 예술 작품으로 표현할 기회를 가진다.

iStock_이미지 출처: 픽사베이

그밖에 사례로는 교사가 중학생들을 대상으로 한 워크숍에서 학생들에게 별의 생애주기를 설명한 후, 각자가 별의 탄생, 삶, 죽음을 표현하는 시각적 아트워크를 만들어 보도록 하는 활동을 들 수 있다. 이 과정에서 학생들은 과학적 내용을 이해하고, 그 지식을 예술적으로 재해석함으로써, 과학과 예술이 어떻게 서로를 보완하고 강화하는지 직접 경험한다. 이처럼 챗GPT는 교육 및 워크숍에서 참여자들이 자연 현상을 관찰하고 그것을 예술적으로 변환하는 방법에 대해 사고하고 토론할 수 있는 질문을 제공하여, 참여자들이 창의력을 발휘하고 자신의 예술적 감각을 확장할 수 있도록 돕는다. 이러한 활동은 참여자들이 과학적 사실을 예술적 표현으로 연결짓는 과정을 통해 창의적 사고를 촉진하고, 예술과 과학의 융합을 통한 새로운 지식과 기술을 습득하게 한다.

네 번째는 협업 네트워킹이다. 협업 네트워킹은 예술가와 과학자 간의 협업을 촉진하고, 두 분야의 경계를 허물며, 새로운 창조적 아이디어를 탐구하는 데 매우 중요하다. 이러한 협업은 예술과 과학의 결합을 통해 새로운 형태의 표현과 이해를 가능하게 하며, 사회적, 문화적, 심지어는 과학적 발전에도 기여한다. 예술가와 과학자가 함께 작업함으로써, 우리는 인간 경험의 다양한 측면을 탐구하고, 이를 통해 세상을 바라보는 새로운 방식을 발견할 수 있다. 예를 들어, 한 협업 프로젝트에서는 생물학자와 조각가가 함께 작업하여, 생물학적 구조를 모티브로 한 조각 시리즈를 제작할 수 있다. 생물학자는 세포나 DNA의 미세 구조에 대한 자세한 정보를 제공하며, 조각가는 이 정보를 바탕으로 시각적이고 감각적인 조각 작품을 창작한다. 이 과정에서 과학적 사실과 예술적 표현이 결합되어, 관람객들에게 과학의 아름다움을 예술적 방식으로 전달하게 된다.

또 다른 사례로는 환경 과학자와 사진가가 함께 작업하는 프로젝트를 들 수 있다. 이 프로젝트에서는 환경 변화의 영향을 주제로 하여, 과학자가 연구한 데이터와 현장 관찰 결과를 바탕으로 사진가가 다큐멘터리 사진을 찍는다. 이 사진들은 전시를 통해 대중에게 환경 문제에 대한 인식을 증진시키고, 과학적 연구 결과를 대중에게 보다 포괄적으로 이해시키는 수단이 될 수 있다. AI 도구인 챗GPT와 같은 기술은 이러한 협업을 촉진하는 데 유용하므로 협업자들이 아이디어를 교환하고, 프로젝트의 방향성에 대해 의견을 나눌 수 있는 대화 플랫폼을 제공한다. 또한, 관련 분야의 정보를 제공하고, 프로젝트 관련 질문에 대한 응답을 생성함으로써, 협업 과정에서 발생할 수 있는 언어적 장벽을 줄여줄 것이다.

이러한 협업 네트워킹은 예술과 과학 간의 경계를 넘나들며, 더 깊고 다양한 창조적 아이디어를 탐구할 수 있게 해주고 예술가와 과학자 간의 협업은 단순히 두 분야의 경계를 허물어내는 것 이상의 가치를 창출한다. 물론, 챗GPT와 같은 AI 도구를 활용하는 것은 협업 과정을 지원하고 가속화하는 한 방법일 뿐이고, 이러한 도구는 예술가와 과학자가 서로를 더 잘 이해하고, 함께 창조적인 무언가를 만들어낼 수 있는 기회를 제공함으로써, 두 분야 간의 가교 역할을 할 수 있다. 이렇듯 챗GPT를 활용하여 과학과 예술을 융합한 아이디어를 제안하는 것은 창의적이고 혁신적인 프로젝트를 구현하는 데 큰 도움이 되며, 예술과 과학의 교차점에서 새로운 형태의 작품을 만들어, 이를 통해 관객들에게 교육적이면서도 감각적인 경험을 제공할 수 있다.

이미지 출처: K-컬쳐 스퀘어

첫 번째 아이디어인 과학 데이터 시각화(K-컬쳐 스퀘어 그림 참고)는 우주의 별자리나 행성의 움직임과 같은 과학적 데이터를 인터랙티브 아트 설치로 표현하는 프로젝트이다. 예를 들어, 관객이 별자리의 위치를 조정할 수 있는 인터랙티브 패널을 설치하여, 실시간으로 하늘의 모습을 재현할 수 있는데, 챗GPT는 이러한 설치의 과학적 배경과 예술적 표현 방법에 대한 아이디어를 제공함으로써, 프로젝트의 기획과 실행을 돕는다.

두 번째 아이디어인 과학 기반 퍼포먼스 아트는 인간의 생체 신호를 예술적으로 변환하여 음악이나 춤을 창조하는 프로젝트이다. 예를 들어, 댄서가 착용한 센서를 통해 심장 박동이나 뇌파가 실시간으로 음악과 비주얼에 변환되어, 관객이 인간의 감정과 생리적 반응을 예술적으로 경험할 수 있다. 챗GPT는 이러한 과학적 개념을 이해하고 예술적 전환에 대한 제안을 할 수 있으며, 공연의 기획과 진행에 필요한 정보를 제공한다.

이미지 출처: 현아(HyunA) 'FLOWER SHOWER', '5GX K-POP performance (Vstar)

세 번째 아이디어인 환경 예술 프로젝트는 기후 변화나 생물의 손실과 같은 환경 문제에 대한 인식을 높이는 예술 작업이다. 예를 들어, 사라져가는 동물들을 주제로 한 조각 전시를 통해 관객들에게 멸종 위기의 심각성을 전달할 수 있다. 챗GPT는 이러한 환경 문제에 대한 과학적 연구 결과를 바탕으로 스토리텔링하고, 관객의 참여를 유도하는 방식을 제안한다.

이미지 출처: 애니멀피플

이미지 출처: 국립생태원 멸종위기종 기획전 포스터

네 번째 아이디어인 교육적 인터랙션 설치는 과학적 원리를 배울 수 있는 인터랙티브 예술 설치나 전시를 제작하는 것이다. 예를 들어, 전기 회로의 원리를 이용해 관객이 직접 조작하며 빛의 강도를 조절할 수 있는 설치물이나, 거울과 렌즈를 사용해 빛의 반사와 굴절을 체험할 수 있는 설치 예술을 만들 수 있다. 챗GPT는 이러한 설치의 기획 단계에서부터 과학적 원리를 쉽게 이해하고 전달할 수 있는 방법을 제안하며, 예술적 구현에 대한 아이디어를 제공한다. 이렇듯 챗GPT를 활용하는 것은 과학과 예술의 융합을 통해 참여자에게 교육적이고 감동적인 경험을 제공하며, 예술가와 과학자 모두에게 새로운 창조적 가능성을 열어준다. 이와 같이 챗GPT를 활용해 과학과 예술의 융합에 대한 대화형 콘텐츠를 생성하여, 사용자가 특정 과학적 개념이나 예술적 방법에 대해 질문하면, 이를 AI가 해석하고 설명하는 인터랙티브한 경험을 제공할 것이다.

또한, 과학자와 예술가가 온라인 상에서 협업할 수 있는 가상 공간을 마련하고, 챗GPT를 통해 아이디어 교환, 프로젝트 기획, 창작물 평가 등의 과정에서 커뮤니케이션을 지원한다. 이렇게 과학과 예술의 경계를 넘나드는 창의적인 아이디어와 프로젝트가 증가하고, 이러한 융합으로 새로운 지식의 창출과 사회적 인식의 변화를 가져올 수 있다. 과학적 개념이나 이론을 예술적 방법으로 표현함으로써, 보다 많은 사람들이 과학에 대한 친근함을 가지게 되며,

과학 커뮤니케이션의 새로운 방법론으로 자리를 잡을 수 있을 것이다.

과학과 예술을 결합한 교육적 접근은 학습자에게 더욱 풍부하고 다양한 학습 경험을 제공한다. 이는 창의력, 비판적 사고력, 문제 해결 능력 등을 종합적으로 발달시킬 수 있는 기회를 마련해 준다. 챗GPT와 같은 AI 기술을 활용하여 과학과 예술의 융합을 추진하는 것은 미래 사회에 필요한 창의적이고 혁신적인 사고를 장려하는 데 중요한 역할을 할 것이며, 이러한 융합을 통해 탄생하는 새로운 형태의 예술과 과학적 발견은 인류의 지식과 문화를 더욱 풍부하게 만들어 갈 것이다. 예술과 과학의 상호 작용은 특히, STEAM 교육(Science, Technology, Engineering, Art, Mathematics)에서 중요한 역할을 한다. STEAM 교육은 과학, 기술, 공학, 예술, 수학을 통합적으로 접근함으로써 학습자가 창의적 사고, 문제 해결 능력, 혁신적 아이디어 능력을 개발할 수 있도록 돕는 교육이다. 여기에 예술을 포함하여, 단순히 기술적이고 이론적인 지식을 넘어서 그 지식을 인간적이고 창의적인 방식으로 적용하는 방법을 배운다. 또한, 예술과 과학의 융합은 공공 예술 프로젝트, 박물관 전시, 과학 커뮤니케이션 활동 등에서도 발견될 수 있다. 이러한 활동들은 과학적 내용을 대중에게 보다 친근하고 이해하기 쉬운 형태로 전달하는 동시에, 예술적 가치를 통해 사회적, 문화적 통찰을 제공한다.

결론적으로, 과학과 예술의 결합은 인간의 경험과 지식의 스펙트럼을 넓히는 데 기여한다. 이러한 융합은 세상을 관찰하고, 이해하고, 그 안에서 의미를 찾는 방식을 풍부하게 만들어 준다. 과학적 발견과 예술적 창조 사이의 대화는 우리가 세상을 바라보는 방식에 근본적인 영향을 미친다. 예술을 통해 과학적 개념이나 데이터는 더 넓은 관객에게 접근할 수 있게 되며, 이로 인해 과학적 호기심과 이해의 폭이 확장된다. 반대로, 과학적 발견은 예술가에게 새로운 영감의 원천을 제공하며, 이는 예술의 형식과 내용을 혁신적으로 변화시킬 수 있는 힘을 가지게 된다.

챗GPT가 제시한 결과에 대한 과학적 근거를 확인할 수 있는 방법

챗GPT가 제시한 과학적 정보나 근거를 확인하고 검증하는 것은 무엇보다 중요하다. 다음은 이를 위한 몇 가지 방법이다.

1. 학술 데이터베이스 이용 과학적 근거를 확인하기 위해 PubMed, Google Scholar, JSTOR 등과 같은 학술 데이터베이스를 사용할 수 있다. 이러한 플랫폼은 논문, 연구 결과, 리뷰 기사 등을 제공하여, 해당 과학적 주장이나 정보가 어떻게 연구되었는지 이해하는 데 도움을 준다.

2. 정부 및 교육 기관 자료 참조 NASA, CDC, WHO 등과 같은 정부 기관이나 대학교와 같은 교육 기관에서 제공하는 자료들은 신뢰할 수 있는 정보의 원천이다. 이러한 기관들은 자신들의 연구 결과와 과학적 발견을 일반 대중에게 제공하기 위해 자료를 엄격하게 검토하고 공개한다.

3. 전문가 검토 논문 활용 피어 리뷰(Peer review)된 학술 논문은 과학자들이 그들의 연구 결과를 동료 평가를 통해 검증받은 것이다. 이러한 논문들은 연구 방법, 데이터, 결과 분석 등이 포함되어 있어 해당 분야의 연구가 어떻게 수행되었는지 자세히 알 수 있다.

4. 과학 커뮤니케이션 플랫폼 'Scientific American', 'Nature News', 'New Scientist'와 같은 과학 커뮤니케이션 매체는 최신 과학 뉴스와 연구를 대중에게 알기 쉽게 전달한다. 이러한 매체는 연구 내용을 정확하게 해석하여 전달하는 데 중점을 두고 있다.

5. 실험과 재현 가능한 경우, 제시된 과학적 실험이나 연구 결과를 직접 재현해 보는 것도 한 방법이다. 이를 통해 연구가 제시한 결과가 일관되게 나타나는지 확인할 수 있다.

이와 같은 접근 방법을 통해 챗GPT가 제공한 과학적 정보의 정확성을 검증할 수 있다. 이는 과학적 사실에 대한 이해를 더욱 풍부하게 하고 잘못된 정보로부터 보호하는 데 큰 역할을 한다.

과학 커뮤니케이션과 문화·예술·교육에 챗GPT를 통한 접근

과학 커뮤니케이션과 문화예술교육은 각각 복잡한 과학적 개념과 깊이 있는 예술적 표현을 대중에게 전달하는 데 중요한 역할을 한다. 이 두 분야 모두, 정보를 효과적으로 전달하고 수용자의 이해를 돕기 위한 다양한 방법과 매체를 사용한다. 최근에는 인공지능(AI) 도구, 특히 챗GPT와 같은 고급 언어 처리 시스템을 활용하여 이러한 과정을 더욱 풍부하고 흥미로운 방식으로 발전시키고 있다.

챗GPT를 활용한 과학 커뮤니케이션과 문화예술교육의 접근 방식은 학습자들이 과학과 예술을 보다 창의적이고 상호작용적인 방식으로 이해하도록 돕는다. 예를 들어, 과학 커뮤니케이션에서 챗GPT는 복잡한 과학적 개념을 일상적인 언어로 번역하고, 관련 예시나 비유를 통해 그 개념을 설명할 수 있다. 이는 학습자가 과학적 아이디어를 보다 쉽게 접근하고 이해할 수 있도록 만들어 준다.

한편, 문화예술교육에서는 챗GPT가 다양한 예술 장르와 기술에 대한 정보를 제공하고, 예술 작품의 배경이나 해석에 대해 토론을 유도할 수 있다. 예를 들어, 한 시대의 유명한 화가의 작품을 분석하면서 그 작품이 만들어진 문화적, 역사적 맥락을 설명할 수 있으며, 참여자들이 작품에 담긴 의미나 기술적 특징을 탐구하도록 안내할 수 있다. 또한, AI 도구를 사용함으로써 과학과 예술교육에서 학습자 중심의 접근 방식을 채택할 수 있다. 챗GPT는 학습자의 질문에 실시간으로 반응하며 개별적인 피드백과 지원을 제공할 수 있다. 이는 학습자가 자신의 속도로 학습을 진행하고, 자신에게 맞는 방식으로 정보를 탐색하게 해 준다. 예술 프로젝트나 과학 실험을 계획할 때, 챗GPT는 학습자가 아이디어를 구체화하고, 필요한 자료를 찾으며, 프로젝트를 실행하는 과정에서 발생할 수 있는 문제의 해결책을 제안할 수 있다.

이처럼 챗GPT와 같은 AI 도구를 활용하는 것은 과학 커뮤니케이션과 문화예술교육을 더욱 동적인 참여 활동으로 변화시키는 데 기여한다. 이 기술을 통해 학습자는 새로운 지식을 적극적으로 탐색하고, 자신의 이해를 심화시키며, 창의적인 방식으로 새로운 아이디어를 표현할 수 있게 된다. 이는 궁극적으로 과학과 예술의 교차점에서 더 깊은 이해와 새로운 통찰을 얻는 데 도움을 줄 것이다.

과학 커뮤니케이션과 문화예술

이 주제는 과학적 정보와 발견을 주로 다루면서, 이를 예술적 요소와 통합하여 전달해야 한다. 즉, 과학이 주도적인 역할을 하며, 예술은 이를 보조하고 강화하는 수단으로 사용어되야 할 것이다. 또한, 과학적 정확성과 깊이 있는 이해를 중시하며, 예술은 이러한 과학적 내용을 관객에게 보다 친근하고 이해하기 쉬운 형태로 전달하는 데 기여해야 한다. 그렇다면 과학 커뮤니케이션과 문화예술교육에서 인터랙티브 스토리텔링은 복잡한 과학적 개념을 예술적으로 탐구하고 이해하기 쉽게 만드는 어떠한 효과적인 방법이 있을까?

예를 들어, 우리가 어려워 하는 나노기술과 물질의 원자 구조를 주제로 한 인터랙티브 스토리텔링 프로젝트를 구상해 보자. 이 프로젝트는 참여자가 원자의 세계로 여행하는 경험을 제공하며, 이를 통해 나노기술의 원리와 가능성을 탐험할 수 있도록 설계하면 좋을 것이다.

이 프로젝트의 핵심은 관객이 원자의 세계를 직접 경험하고 나노기술의 원리를 탐험할 수 있게 설계한다. 이 프로젝트의 목적은 복잡할 수 있는 과학적 개념을 누구나 쉽게 이해할 수 있도록 만드는 것이다. 예를 들어, 이 인터랙티브 설치에서는 사용자가 손으로 화면을 조작하여 실제로 '탄소 원자'를 움직이고, 이를 다양한 방식으로 배열해 보는 활동을 할 수 있다. 즉, 사용자는 화면에 표시된 지시에 따라 탄소 원자들을 연결하여 축구공 모양의 풀러렌, 닭장 모양의 그래핀, 또는 반짝이는 다이아몬드와 같은 다양한 형태를 만들어 볼 수 있다. 이 과정을 통해, 탄소가 어떻게 다양한 형태로 변할 수 있는지를 직관적으로 이해하게 된다.

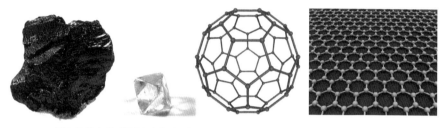

탄소의 동소체_왼쪽부터 흑연, 다이아몬드, 풀러렌, 그래핀_이미지 출처: 위키백과

또한, 이 프로젝트는 예술적 요소를 통해 과학적 개념을 더욱 매력적으로 만들고, 원자를 조작할 때마다 나타나는 애니메이션과 함께 흘러나오는 음악은 과학 학습을 하나의 예술적 경험으로 변화시키며, 이를 통해 관객은 과학적 발견의 아름다움을 예술적으로 느낄 수 있도록 한다. 이러한 활동은 과학 전시회나 박물관 뿐만 아니라 학교와 같은 교육 기관에서도 손쉽게 구현할 수 있으며, 모든 연령대의 참여자에게 나노기술의 신비로운 세계를 즐겁고 재미있게 탐험할 수 있는 기회를 제공한다. 이 프로젝트는 과학과 예술의 결합을 통해, 참여자들이 원자 구조를 이해하고 나노기술의 놀라운 가능성을 발견하는 데 도움을 준다.

이 인터랙티브 스토리텔링 프로젝트는 박물관, 과학 전시회, 교육 기관 등에서 쉽게 구현할 수 있어, 모든 연령대의 관람객에게 나노기술의 신비로운 세계를 알기 쉽고 재미있게 전달하며, 과학과 예술의 결합을 통해 학습자들이 물질의 원자 구조를 이해하고 나노기술의 놀라운 가능성을 발견하는 데 도움을 줄 것이다. 이러한 개념을 더 쉽고 흥미롭게 만들기 위해, "과학 예술 퀴즈 및 게임" 프로젝트를 개발하여 과학적 사실과 이론을 예술적 요소와 융합한 인터랙티브한 플랫폼을 제공하여 다양한 게임과 퀴즈를 통해 참여자들이 즐겁게 과학 지식을 습득하도록 돕는 것도 좋을 것이다.

그렇다면 챗GPT를 활용해 또 하나의 재미있는 게임을 만들어 보자. 이번에는 "과학 예술 퀴즈 및 게임"이다.

과학 예술 퀴즈 및 게임 프로젝트를 위한 프롬프트 (예시)

 나는 게이머야. "과학 예술 퀴즈 및 게임"이란 주제로 프로젝트 퀴즈 게임을 만들고 싶어. 프로젝트의 이름, 개요, 목적과 구성 및 효과까지 구체적으로 설계해 줘.

 프로젝트 명: 아트 & 사이언스 퀴즈 랩

프로젝트 개요

"아트 & 사이언스 퀴즈 랩"은 과학적 사실이나 이론과 예술적 요소를 융합한 인터랙티브 퀴즈 게임 플랫폼이다. 이 플랫폼은 사용자가 과학과 예술에 대한 지식을 테스트하고 확장할 수 있는 다양한 퀴즈와 게임을 제공하도록 한다. 특히, 각 퀴즈는 예술 작품 속에 숨겨진 과학적 원리나 과학 발견에서 영감을 받은 예술적 표현을 탐구하는 데 초점을 맞춘다.

프로젝트 목적

사용자가 과학과 예술의 경계를 넘나들며 두 분야 간의 상호작용을 이해하도록 돕고, 즐거움을 통해 과학적 사실과 이론, 예술적 통찰을 학습하여 창의적 사고와 문제 해결 능력을 향상한다.

타겟 대상

과학과 예술에 관심 있는 학생 및 일반 대중

교육자 및 학부모, 과학과 예술교육에 관심 있는 모든 이들

플랫폼 구성 요소

1. 퀴즈 카테고리

미술과 물리: 빛과 색의 물리학적 원리를 활용한 미술 작품을 다룬다.

음악과 수학: 리듬, 조화, 패턴 등 음악 속 수학적 원리를 탐구한다.

문학과 과학: 과학적 발견이나 이론을 주제로 한 문학 작품을 소개한다.

건축과 공학: 건축물의 설계에 적용된 과학적, 공학적 개념을 알아본다.

게임 모드

타임 어택: 주어진 시간 안에 가능한 많은 퀴즈를 풀어 점수를 얻는다.

챌린지 모드: 난이도별로 구성된 퀴즈를 순차적으로 해결해 나간다.

멀티플레이어: 다른 사용자와 실시간으로 경쟁하며 퀴즈를 푸는 모드이다.

인터랙티브 요소

예술 작품 속 숨겨진 과학적 원리를 찾는 퍼즐이다.

과학 실험을 가상으로 시뮬레이션하여 결과를 예측하는 게임이다.

창작 도전: 주어진 과학적 개념을 바탕으로 사용자가 직접 예술 작품을 만들어 제출하고, 커뮤니티 투표를 통해 우수작을 선정한다.

학습 효과

사용자는 과학적 사실과 이론을 재미있게 학습하며, 예술을 통해 이해의 폭을 넓힌다.

여기서 챗GPT의 역할은 과학적 사실이나 이론, 그리고 예술적 통찰에 기반한 퀴즈 질문과 답변을 생성한다. 이 과정에서 챗GPT는 다양한 학문적 자료와 창의적 아이디어를 바탕으로 풍부하고 교육적인 콘텐츠를 제공하며, 퀴즈의 정답뿐만 아니라, 왜 그 답이 정답인지에 대한 상세한 배경 정보와 추가적인 교육적 설명을 제공한다. 이를 통해 사용자가 단순한 사실 암기를 넘어, 깊이 있는 이해를 할 수 있도록 돕는다. 이렇게 사용자의 답변 선택에 따라 개인화된 피드백을 제공하여, 사용자가 자신의 오답을 바로잡고, 학습 과정에서 더 적극적으로 참여하도록 유도한다.

챗GPT는 사용자가 과학과 예술의 융합을 통해 새로운 관점을 탐색하고, 창의적으로 사고할 수 있는 과제나 퀴즈를 제공한다. 이는 학습자가 주어진 지식을 단순히 받아들이는 것을 넘어, 자신만의 해석과 창작물을 생성하도록 독려한다는 것이다. 또한, 사용자가 특정 개념에 대해 궁금한 점이 있을 때, 챗GPT는 대화형 인터페이스를 통해 즉각적인 질문과 답변을 제공할 수 있고, 이를 통해 사용자는 자신의 호기심을 바로 해결하고, 지속적인 학습 동기를 유지할 수 있다. 이렇듯 챗GPT는 사용자들이 자신의 작품이나 학습 경험을 공유하고, 피드백을 주고받을 수 있는 커뮤니티 플랫폼을 지원하고, 학습자 간의 상호작용을 촉진하며, 학습 과정에서의 사회적 유대감을 강화한다.

챗GPT의 이러한 역할은 "아트 & 사이언스 퀴즈 랩" 프로젝트뿐만 아니라 다양한 교육적 콘텐츠와 인터랙티브 프로젝트에 적용될 수 있다. 이는 챗GPT가 단순한 정보 제공을 넘어 학습 경험을 풍부하게 만드는 활동적인 참여자로서의 역할을 수행함을 의미한다. "아트 & 사이언스 퀴즈 랩" 가상 프로젝트에서 챗GPT의 역할은 학습자들이 과학과 예술의 융합을 통해 새로운 지식을 발견하고, 창의력을 발휘할 수 있는 독특한 학습 환경을 조성하는 데 있다. 이를 통해, 사용자는 재미와 교육적 가치가 결합된 경험을 통해 지속적으로 성장하고, 자신만의 창의적 표현을 발전시킬 수 있다. 챗GPT는 이 과정에서 가이드, 멘토, 그리고 동반자의 역할을 수행하며, 과학과 예술교육의 새로운 가능성을 탐색하는 데 기여한다.

문화예술 커뮤니케이션과 과학

이 주제는 예술 작품이나 예술적 프로세스를 통해 과학적 아이디어나 원리를 탐구하는 것이다. 여기서 예술이 주도적인 역할을 하며, 과학은 이를 뒷받침하고 깊이를 더하는 역할을 한다. 예술적 접근을 통해 과학의 범위를 확장하는 관점에서 바라보고, 창의적이고 비판적인 사고를 장려해야 한다. 이 워크숍에서는 참여자들이 과학적 개념을 창의적인 글쓰기 소재로 활용하는 방법을 배우며, 과학과 예술의 경계를 넘나들며, 자유롭게 표현하는 방법을 익히는 것이다. 예를 들어, 양자역학의 불확실성 원리나 유전자 편집 기술과 같은 복잡한 과학적 주제를 쉽고 친숙한 방식으로 변환하여 글쓰기에 접목해 보는 것이 주요 활동이 된다.

양자역학의 불확실성 원리를 활용한 창작의 예로, 양자역학에서는 불확실성 원리가 중요한 개념 중 하나이다. 이 원리에 따르면, 우리는 입자의 위치와 속도를 동시에 정확하게 알 수 없다. 이 과학적 원리를 인간관계로 비유하여 소설을 작성해 보는 활동을 진행할 수 있다. 예를 들어, 주인공이 중요한 결정을 앞두고 여러 선택지 사이에서 갈등하는 모습을 그리면서, 각 선택이 가져올 미래의 불확실성과 그로 인한 인간 내면의 동요를 그려낼 수 있다. 주인공이 한 순간에 한 위치에서만 존재할 수 없듯이, 인생의 중대한 선택도 동시에 여러 가능성을 내포하고 있다는 메시지를 담는 것이다.

이번에는 유전자 편집 기술을 활용한 창작의 예로, 유전자 편집 기술은 생물학적 특성을 바꿀 수 있는 현대 과학의 놀라운 발전이라고 한다. 이 기술의 윤리적 딜레마를 에세이 형식으로 탐구하는 작업을 해 볼 수 있다. 예를 들어, 참여자는 유전자 편집이 가능한 세상에서 태어난 아이가 자신의 유전적 특성을 부모가 선택했다는 사실을 알게 되는 이야기를 다룰 수 있을 것이다. 이러한 설정을 통해, 인간의 자유 의지와 과학적 가능성 사이의 갈등, 윤리적 고려와 개인의 권리 사이의 균형을 논하는 글을 작성해 볼 수 있다. 이렇게 워크숍에서는 참여자들이 자신의 글에 예술적 요소를 통합할 수 있도록 다양한 글쓰기 기법을 제공하고, 이를 통해 참여자들은 비유, 상징, 은유 등을 사용하여 과학적 내용을 더욱 풍부하고 다층적인 방식으로 표현할 수 있다. 또한, 워크숍은 피어 리뷰 세션을 포함하여 참여자들이 서로의 작업을 검토하고 피드백을 주고받을 기회를 제공한다. 이 과정은 참여자들이 비평적 사고를 발전시키고, 다른 사람의 작업에서 새로운 아이디어를 얻을 수 있게 한다.

워크숍의 마지막 단계에서는 참여자들이 자신의 작품을 발표하는 시간을 갖는다. 이 시간은 각자의 작품을 공유하고, 창의적 글쓰기를 통해 과학적 주제를 어떻게 다루었는지 탐구하며, 참여자들 간의 영감을 주고받을 수 있는 소중한 시간이 될 것이다. 이러한 과정을 통해 과학적 지식을 예술적으로 해석하고 표현하는 능력을 신장시키는 데 큰 도움이 되며, 참여자들은 단순히 과학적 사실을 배우는 것을 넘어, 그 사실들을 자신의 감정과 경험, 관점과 연결짓고, 이를 통해 새로운 창작물을 만들어내는 과정에서 과학과 예술이 어떻게 서로 영향을 주고받을 수 있는지를 경험하게 되고, 이러한 접근은 과학과 예술이 서로 다른 영역이 아니라, 인간의 이해를 확장시키는 서로 보완적인 방법으로 작용할 수 있음을 보여준다.

그렇다면 어떻게 참여자들이 과학적 호기심과 예술적 표현력을 동시에 발휘할 수 있는 독특한 경험을 제공하고, 과학적 개념을 창의적 글쓰기의 소재로 삼음으로써, 과학과 예술 사이의 상호작용을 탐구하고, 두 분야가 서로를 어떻게 풍부하게 할 수 있는지를 실질적인 워크숍 진행 프로세스를 챗GPT를 통해 구성해 보자.

과학 발견을 통한 창의적인 스토리텔링 워크숍 진행을 위한 프롬프트 (예시)

 과학 발견을 통한 창의적인 스토리텔링 워크숍을 진행하려고 해. 워크숍 기획 및 진행자로 프로그램 계획을 구성해 줘.

 워크숍 명: 시간 여행자의 기록 (과학 발견을 통한 창의적 스토리텔링)

목표

과학적 발견과 이론을 창의적 글쓰기에 적용하여, 참여자들이 과학과 예술의 경계를 넘나드는 이야기를 만들어내는 것.

과학적 호기심을 자극하고, 문학적 표현력을 강화하는 것.

대상

과학과 예술에 관심이 있는 중고등학생, 대학생, 일반 성인

준비물

과학적 개념이나 발견에 대한 기본 정보(인쇄물 또는 디지털 자료)

– 글쓰기 도구 (노트북, 태블릿, 종이와 펜 등)

– 창의적 글쓰기를 위한 안내서나 예시 작품

워크숍 진행 순서

1. 소개 및 목표 설정

– 워크숍의 목표와 기대 결과에 대해 설명한다.

– 참여자들이 서로를 알아갈 수 있는 시간을 가진다.

2. 과학적 개념 소개

– 참여자들이 선택할 수 있는 다양한 과학적 개념이나 발견을 소개한다. 예를 들어, 누구나 일상에서 관찰하거나 경험할 수 있는 물이 온도 변화에 따라 얼음(고체), 물(액체), 수증기(기체)와 같이 다른 상태로 변할 수 있는 현상이나 빛이 물체에 막혀 그림자가 생기는 현상 등을 소개한다.

– 각 개념에 대한 기본적인 설명과 중요성을 공유한다.

3. 창의적 글쓰기 안내

– 창의적 글쓰기의 기법과 과학적 개념을 어떻게 스토리텔링에 적용할 수 있는지에 대한 안내를 한다.

– 과학적 개념을 이용한 단편소설, 시, 플레이 등 다양한 형태의 글쓰기 예시를 제공한다.

4. 아이디어 브레인스토밍

– 참여자들이 관심 있는 과학적 개념을 선택하고, 그 개념을 중심으로 한 스토리 아이디어를 브레인스토밍한다.

– 그룹 또는 개인 작업을 통해 초기 아이디어를 발전시킨다.

5. 창작 시간

– 참여자들이 자신의 아이디어를 바탕으로 창의적 글쓰기 작업을 시작한다.

– 워크숍 진행자와 동료 참여자들이 필요한 피드백과 지원을 제공한다.

6. 작품 공유 및 피드백

– 참여자들이 자신의 작품을 낭독하고, 다른 참여자들과 공유한다.

– 중략 –

챗GPT가 만들어준 프로세스를 바탕으로 과학을 통한 창의적인 자신만의 스토리텔링 작품을 간단히 구성해 만들어 보자.

작품 제목: 빛의 여정(그림자의 비밀)_이미지 출처: 챗GPT (DALL·E)

작품 제목

빛의 여정: 그림자의 비밀

〈이야기 개요〉

아리는 호기심 많은 고등학생으로, 물리학에 특히 관심이 많다. 어느 날, 그녀는 우연히 자신의 방에서 신비한 그림자 현상을 발견한다. 그림자가 아주 이상하게 움직이는 것을 보고, 그 원인을 알아내기로 결심한다. 아리는 물리학 책과 온라인 리소스를 뒤져가며, 그림자의 원리를 탐구하기 시작한다. 그녀는 빛이 물체에 막혀 그림자가 생기는 기본 원리를 이해하고, 이를 바탕으로 더 복잡한 실험을 계획한다.

〈이야기 전개〉

아리는 다양한 물체와 빛의 각도를 실험하면서 그림자가 어떻게 변하는지 관찰한다. 그녀는 빛의 각도와 물체의 위치가 그림자의 길이와 모양에 어떻게 영향을 미치는지 기록한다. 아리의 친구들도 이 실험에 흥미를 느끼고 참여하기 시작하며, 함께 그림자를 이용한 아트 프로젝트를 만들기로 한다.

〈클라이맥스〉

아리와 친구들은 과학 박람회에 참가하기로 결정하고, "빛과 그림자의 놀이"라는 프로젝트를 준비한다. 이들은 각각 다른 색깔의 빛을 사용하여 복잡한 그림자 패턴을 만들고, 이를 통해 빛의 분산과 상호작용을 설명한다. 관람객들은 빛과 그림자로 만들어진 예술 작품에 매료되며, 과학적 원리에 대해 쉽게 이해하게 된다.

〈결말〉

과학 박람회에서 큰 호응을 얻은 아리와 그녀의 팀은 특별상을 수상한다. 아리는 이 경험을 통해 물리학과 예술이 어떻게 완벽하게 조화를 이룰 수 있는지 깨닫는다. 그녀는 나중에 자신의 경험을 바탕으로 "빛의 여정"이라는 짧은 이야기를 써서 학교 신문에 기고한다. 이 작품은 다른 학생들에게 과학의 아름다움과 예술적 표현의 가치를 전달하며, 그들의 창의적 호기심을 자극한다.

〈작품 의의〉

"빛의 여정: 그림자의 비밀"은 빛과 그림자의 과학적 원리를 쉽고 재미있게 풀어내며, 이를 통해 참여자들이 과학적 호기심을 탐구하고 문학적 표현력을 강화할 수 있도록 한다. 이 이야기는 과학과 예술이 어떻게 상호 보완적일 수 있는지 보여주며, 과학적 발견을 창의적인 방법으로 탐구하고 표현할 수 있는 영감을 제공한다.

이러한 워크숍은 참여자들이 과학적 호기심과 예술적 표현력을 동시에 발휘할 수 있는 독특한 경험을 제공하고, 과학적 개념을 창의적 글쓰기의 소재로 삼음으로써, 참여자들은 과학과 예술 사이의 상호작용을 탐구하고, 두 분야가 서로를 어떻게 풍부하게 할 수 있는지를 실질적으로 경험하게 된다. 이 과정에서 생성된 작품들은 두 분야 간의 경계를 넘나드는 새로운 지식과 이해의 형태를 탄생시킬 수 있다. 여기서 챗GPT의 역할은 과학적 배경 지식을 제공하고, 스토리 아이디어나 캐릭터 개발에 도움을 주며, 초안 작성 후 피드백을 제공하여 작품을 개선할 수 있도록 돕는다.

이렇게 과학 커뮤니케이션과 문화예술, 그리고 문화예술 커뮤니케이션과 과학은 서로 다른 분야 간의 상호작용을 통해 새로운 지식과 이해를 구축하려는 공통된 목표를 가지고 있다. 이 두 주제는 모두 과학과 예술이라는 서로 다른 영역을 융합하여, 더욱 풍부하고 다각적인 시각을 제공하려는 노력에서 비롯되는 것이다. 그러나 주제의 포인트가 앞이냐 뒤냐에 따라 강조하는 바와 접근 방식에 차이가 있기 때문에 주제에 따라 과학 또는 예술이 너무 강조되어 다른 하나가 소홀히 다뤄질 수 있는 위험이 있다. 과학 커뮤니케이션과 문화예술에서는 과학적 정확성이 예술적 표현을 제한할 수 있으며, 반대로 문화예술 커뮤니케이션과 과학에서는 예술적 자유가 과학적 정확성을 흐릴 수 있다는 것이다. 하지만 두 주제 모두 과학과 예술의 경계를 넘나들며 서로의 장점을 활용할 수 있고, 과학은 예술을 통해 더 널리 퍼지고 쉽게 접근할 수 있게 되며, 예술은 과학적 원리와 발견을 통해 새로운 영감과 표현의 방식을 찾는다. 이를 통해, 두 분야 모두 더 풍부하고 다층적인 이해와 표현을 가능하게 한다.

이러한 과학 커뮤니케이션과 문화예술, 그리고 문화예술 커뮤니케이션과 과학의 결합은 교육적인 면에서 뿐만 아니라 사회적, 문화적 다양성을 증진하는 데 중요한 역할을 하고, 이를 통해 학습자들은 과학과 예술이라는 두 분야에서 새로운 지식과 기술을 키울 수 있으며, 서로 다른 분야 간의 소통과 협력을 배울 수 있다.

우리의 놀이 문화 속에는 시대를 초월하는 지혜와 즐거움이 담겨 있다. 전래놀이는 단순히 시간을 보내는 활동을 넘어, 조상들의 삶과 지혜, 그리고 공동체 의식을 담고 있는 소중한 문화유산이다. 이러한 전통적인 놀이가 현대 사회와 만나면서, 우리는 전통과 현대의 가교 역할을 하는 새로운 형태의 놀이 문화를 경험하게 되었다.

전통 놀이가 현대와 만나는 순간, 그것은 단순한 과거의 재현이 아닌, 현대적 감각과 기술을 접목한 새로운 창조물로 탄생한다. 예를 들어, 전통적인 제기차기는 과거 어린이들의 발과 제기가 만나는 순간의 즐거움을 선사했다면, 현대에 이르러서는 VR(가상현실) 기술과 결합하여 가상 공간에서도 제기를 차며 전통적인 놀이를 즐길 수 있는 경험으로 확장되었다. 이처럼, 전통 놀이는 현대 기술과 만나 새로운 생명을 얻고, 더 많은 사람들에게 그 가치를 전달할 기회를 얻게 되었다. 또한, 전래놀이는 공동체 의식을 강화하는 중요한 역할을 한다. 전통 사회에서는 마을 잔치나 명절 등 공동체의 큰 행사 때 다양한 놀이가 함께 했다. 이는 서로 협력하고 소통하며 공동체의 결속력을 다지는 계기가 되었다. 현대 사회에서 이러한 전래놀이의 공동체적 가치는 여전히 유효하다. 학교, 회사, 지역사회에서 전래놀이를 통해 세대 간, 그리고 다양한 배경을 가진 사람들 간의 벽을 허물고 서로를 이해하는 데 큰 도움이 된다.

전래놀이는 우리의 정체성을 재확인시켜주는 거울이기도 하다. 전통 놀이를 통해 우리는 과거 세대가 어떻게 살아왔는지, 무엇을 가치 있게 여겼는지를 엿볼 수 있는 동시에, 이러한 놀이를 현대적으로 재해석하고 새롭게 즐기면서, 전통을 단순히 보존하는 것이 아니라, 살아 숨 쉬는 문화로서 계승하고 있음을 깨닫게 된다. 결국, 전래놀이에서 전통과 현대의 만남은 단지 과거와 현재의 단절을 연결하는 것이 아니라, 우리 안에 내재된 문화적 DNA를 활성화하고, 이를 통해 우리 사회가 어디로 나아가야 할지에 대한 방향성을 제시한다. 이는 전래놀이가 단순한 놀이를 넘어, 우리 삶의 근본을 이해하고, 미래를 모색하는 중요한 수단임을 의미한다. 우리는 전통에서 현대로 이어지는 놀이의 연속성 속에서, 변화하는 시대 속에서도 변하지 않는 가치와 의미를 발견할 수 있다.

이렇게 전래놀이를 통한 전통과 현대의 만남은 우리에게 새로운 시각을 제공한다. 과거의 지혜를 현대적 방식으로 재해석함으로써, 우리는 더욱 창의적이고 포괄적인 사회를 만들어 갈 수 있는 기반을 마련한다. 전통 놀이가 현대의 기술과 만나 새로운 형태로 재탄생하는 과정은 전통이 과거의 유물이 아니라 현재와 미래를 이어주는 살아 있는 문화의 일부임을 보여준다. 또한, 이러한 접점에서 과학과 예술, 교육과 엔터테인먼트가 융합되어, 학습과 놀이가 구분되지 않는 새로운 경험의 장을 열어간다. 전래놀이를 기반으로 한 교육 프로그램이나 문화 행사는 참여자들에게 과거를 존중하고 현재를 즐기며 미래를 설계하는 능력을 길러준다.

전래놀이나 전통 놀이를 찾아보는 방법은 여러 가지가 있다. 이는 종종 지역 문화의 중요한 부분이며, 다양한 소스에서 정보를 찾을 수 있다. 일반적으로 다양한 전래놀이를 찾아보기 위해서는 대부분 도서관에서 각 나라의 문화와 역사를 다룬 책들을 찾아 전통 게임이나 놀이를 설명하는 섹션들을 확인한다. 또는, 아동용 책들은 때로 전래놀이를 쉽게 이해할 수 있는 방식으로 소개하기도 한다. 이러한 책들은 종종 그림과 함께 놀이의 방법을 설명하므로 쉽게 배울 수 있다. 그리고 UNESCO와 같은 국제기구나 각국의 문화재단 웹사이트에서는 전 세계의 전통놀이에 관한 정보를 제공하기도 하고, 유튜브와 같은 비디오 플랫폼에서는 다양한 나라의 전래놀이를 소개하거나 실제로 보여주는 영상을 찾을 수 있다. 이는 놀이의 실제 방법을 시각적으로 배우는 데 매우 유용하다.

많은 도시에서는 다양한 국가의 문화를 경험할 수 있는 행사를 주최하고 이러한 행사에서는 전통 놀이를 체험할 수 있는 기회가 마련되어 있다. 일부 문화센터나 교육 기관에서는 전래놀이를 배울 수 있는 워크숍을 주기적으로 개최하기도 하며, JSTOR, Google Scholar와 같은 학술 데이터베이스에서는 각 나라의 전통 놀이에 관한 연구 논문을 검색할 수 있다. 이 논문들은 놀이의 역사적 배경이나 사회적 의미 등을 깊이 있게 다루고 있다.

이러한 방법들을 통해 전 세계의 다양한 전래놀이를 배우고 이해하는 데 필요한 정보를 얻을 수 있으며, 이는 교육적인 맥락에서도 훌륭한 자료가 될 수 있다. 이와 같은 전래놀이에 대한 정보를 구체적인 확인을 통한 정보 제공도 좋지만, 챗GPT를 통해 전래놀이가 어떤 것들이 있는지 프롬프트를 작성해 보자.

전 세계의 다양한 전래놀이를 배우고 이해하는 데 필요한 프롬프트 (예시)

 한국, 유럽, 아시아, 아프리카 등 세계 여러 나라들의 전래놀이, 전통 놀이는 어떤 것들이 있는지 전래놀이를 교육 전문가로서 알고 싶어. 구체적으로 소개해 줘

 세계 여러 나라의 전래놀이와 전통 놀이는 각 나라의 문화와 역사를 반영하는 흥미로운 활동들로 가득합니다. 여기에서는 한국, 유럽, 아시아, 아프리카의 대표적인 전통 놀이를 소개해 보겠습니다.

한국

1. 윷놀이 – 명절이나 특별한 모임에서 가족이나 친구들과 함께 하는 놀이로, 윷가락을 던져 나온 모양에 따라 말을 움직여서 승부를 겨룹니다.

2. 제기차기 – 제기를 발끝으로 차 올려 공중에 띄우며 여러 번 차기를 반복하는 게임입니다. 기술과 밸런스가 필요한 놀이입니다.

유럽

1. 몰리 (영국) – 작은 공을 던져서 산발적으로 배치된 목표를 맞히는 게임입니다. 크로켓과 비슷한 형태로, 영국의 전통적인 야외 활동 중 하나입니다.

2. 페탕크 (프랑스) – 작은 금속 공을 던져서 다른 큰 공에 가깝게 위치시키는 게임입니다. 주로 공원이나 야외에서 즐깁니다.

아시아

1. 쿠브디 (인도) – 두 팀이 맞붙어 한 팀의 선수가 상대 팀 영역으로 뛰어들어 '쿠브디'를 외치며 상대방을 터치하고 자신의 영역으로 돌아오는 게임입니다.

2. 줄다리기 (일반적인 아시아의 여러 나라에서 발견) – 두 팀이 큰 줄의 양 끝을 잡고 서로를 당겨 자신들의 방향으로 줄을 끌어당기는 힘의 시합입니다.

아프리카

1. 망칼라 – 전통적인 보드게임으로, 아프리카 전역에서 다양한 변형으로 존재합니다. 작은 구멍들을 파놓은 보드에서 돌이나 씨앗을 이동시켜 점수를 얻는 게임입니다.

2. 아마라 (에티오피아) – 두 사람이 맞붙어 하는 보드 게임으로, 플레이어는 판 위의 구멍에 돌을 배치하고 이동시키며 상대방의 돌을 잡습니다.

– 중략 –

더 많은 세계 놀이를 알고 싶다면, 놀이의 종류별 구체적인 프롬프트를 작성하면 더 많은 정보를 얻을 수 있다.

전통과 현대의 만남을 통해 재탄생한 전래놀이!

과거의 소중한 문화적 유산을 현대에 재해석하여 새롭게 탄생시킨 형태로 볼 수 있는 이러한 전래놀이는 단순한 놀이의 차원을 넘어, 교육적 가치와 엔터테인먼트가 융합되는 지점에서 그 중요성이 더욱 빛난다. 전통적인 놀이를 기반으로 한 교육 프로그램이나 문화 행사는 참여하는 이들에게 과거를 이해하고 존중하는 동시에, 현재를 즐기고 미래를 준비하는 능력을 키우는 데 큰 도움이 된다.

이러한 접점에서 과학과 예술의 경계가 모호해지며, 학습과 놀이의 구분이 사라지는 새로운 경험의 장을 열어가는 것이다. 전래놀이를 통해 참여자들은 기존의 학습 방식에서 벗어나, 보다 즐겁고 흥미로운 방법으로 지식을 습득할 수 있다. 이는 전통적인 지식 전달 방식과 현대의 교육 기술이 조화를 이루면서, 더욱 효과적이고 재미있는 학습 환경을 조성할 수 있음을 의미한다. 또한, 전래놀이는 다양한 세대 간의 소통을 촉진하고, 서로 다른 문화적 배경을 가진 사람들이 공감하고 이해하는 과정에서 중요한 역할을 하고, 이를 통해 구성원들은 서로의 차이를 인정하고 존중하는 법을 배우며, 공동체 내에서의 화합과 연대를 강화하는 데 기여한다.

전래놀이의 이러한 특성은 우리 모두에게 소중한 문화적 자산이자 삶의 질을 높이는 근원적인 힘이 될 수 있다. 전통과 현대가 만나 새롭게 꽃피운 이 문화의 열매는 우리 모두가 함께 지켜나가고 발전시켜야 할 소중한 유산이다. 이를 통해 우리는 끊임없이 변화하는 세상 속에서 우리만의 정체성을 확립하고, 보다 풍부하고 다채로운 삶을 영위할 수 있을 것이다.

전래놀이의 디지털 변신

전래놀이의 디지털 변신은 현대 사회에서 기술의 발달과 함께 전통문화를 새로운 방식으로 재해석하고, 더 넓은 대중에게 전달하려는 시도의 일환으로 볼 수 있다. 이러한 변신은 전통적인 놀이가 가진 교육적, 사회적, 문화적 가치를 현대적 맥락에서 재조명하고, 디지털 기술을 통해 이를 확장하는 과정이다.

한 구체적인 사례는 VR(가상현실) 기술을 활용한 '전통 무예 체험'이다. 이는 사용자가 VR 헤드셋을 착용하고 전통 무예를 직접 체험해 볼 수 있도록 하는 프로그램이다. 예를 들어, 태권도나 궁도와 같은 한국의 전통 무예를 VR을 통해 실제로 연습하고, 가상의 상대와 대결해 볼 수 있다. 이는 단순히 전통 무예를 배우는 것을 넘어, 사용자가 직접 무예를 체험하며 그 속에 담긴 역사와 문화를 이해할 수 있게 한다.

가상 공간에서의 게임들_이미지 출처: 픽사베이

또 다른 예로, 모바일 게임 형태로 변형된 '제기차기' 게임이 있다. 전통적인 제기차기 놀이를 기반으로 하되, 스마트폰이나 태블릿을 통해 언제 어디서나 쉽게 접근하고 즐길 수 있도록 디자인되었다. 사용자는 화면을 터치하거나 기울여 제기를 차고, 다양한 레벨과 장애물을 통과하며 게임을 진행한다. 이 과정에서 전통 놀이의 재미는 물론, 제기차기가 가진 역사적 배경과 문화적 의미에 대해서도 배울 수 있다.

가상 공간에서의 전통 놀이_이미지 출처: 챗GPT (DALL·E)

이렇게 전통 놀이와 기술의 융합은 전 세계적으로 다양한 형태로 활용되고 있으며, 이러한 시도들은 전통문화를 현대적으로 재해석하고, 더 많은 사람들에게 그 가치를 전달하는 데 기여한다.

다음은 증강현실(AR) 기술을 활용하여 전통 축제를 체험할 수 있는 애플리케이션이다. 증강현실 기술은 현실 세계에 가상의 이미지나 정보를 합성하여 보여주는 기술로, 사용자에게 실제와 가상이 결합된 새로운 경험을 제공한다. 이 기술을 활용하여 전통 축제를 체험할 수 있는 애플리케이션은 전 세계의 다양한 문화와 전통을 소개하고, 사용자가 직접 그 축제의 분위기를 느낄 수 있도록 한다. 예를 들어, 일본의 유명한 '기온 마츠리'는 매년 7월에 교토에서 열리는 일본의 대표적인 전통 축제 중 하나이다. 수백 년의 역사를 가진 이 축제는 신과 사람이 만나는 시간으로 여겨지며, 다양한 행사와 거리 퍼레이드로 유명하다.

이 축제를 AR 애플리케이션을 통해 가상의 교토 거리로 들어가 기온 마츠리의 퍼레이드를 직접 체험할 수 있다. 화려하게 장식된 행렬과 전통 의상을 입은 인물들이 스마트폰 화면을 통해 생생하게 재현된다. 사용자는 스마트폰을 움직여 주변을 살펴보며, 다양한 각도에서 축제의 모습을 관찰할 수 있다. 또한, 특정 행렬이나 인물을 선택하여 그에 대한 자세한 설명을 듣거나, 가상의 노점에서 전통 음식을 구매하는 등의 상호작용을 할 수 있고, 이를 통해 축제의 역사와 문화적 배경에 대한 이해를 할 수 있게 한다.

가상 공간에서의 문화 체험_이미지 출처: 챗GPT (DALL·E)

다음은 인도의 '홀리 축제'와 같은 전통 축제를 가상으로 체험하는 것이다. 홀리 축제는 인도에서 봄을 맞이하여 열리는 색채의 축제로, 사람들이 서로에게 색분말을 뿌리며 사랑과 우정을 나누는 행사이다. 홀리 축제는 AR 애플리케이션을 통해 가상으로 인도의 거리로 이동하여 홀리 축제의 즐거움을 경험할 수 있다. 화면을 통해 보이는 사람들에게 가상의 색분말을 뿌리며, 축제의 활기찬 분위기를 느낄 수 있고, 다양한 색상의 가상 색분말을 선택하여, 친구들과 함께 색을 나누며 게임을 즐길 수 있다. 또한, 축제의 의미와 전통적인 음악, 춤에 대한 정보를 제공받으며 문화적 배경을 학습할 수 있다.

이러한 AR 체험 애플리케이션은 전통 축제의 생생한 분위기를 어디에서나 경험할 수 있게 해주며, 전 세계 사람들이 각국의 문화와 전통을 이해하고 존중하는 데 중요한 역할을 한다. 사용자는 이 앱을 통해 시간과 공간의 제약 없이 다양한 문화의 축제를 가상으로 참여하며, 축제가 지닌 의미와 역사를 깊이 있게 탐구할 수 있다.

인도의 홀리 축제_이미지 출처: 챗GPT (DALL·E)

AR 기술의 활용은 전통 축제를 단순히 보는 것을 넘어 상호작용하며 적극적으로 체험하는 새로운 방식을 제시한다. 가상의 색분말을 뿌리거나, 퍼레이드의 구성원으로 참여하는 경험은 사용자에게 기억에 남는 순간을 선사하며, 축제의 즐거움과 함께 그 문화의 깊은 가치를 전달한다. 뿐만 아니라, 이러한 디지털로의 변신은 전통 축제의 보존과 전승에도 기여한다.

현대 사회에서 젊은 세대들이 전통문화에 대한 관심을 잃어가고 있는 요즘, AR과 같은 현대기술을 접목한 체험은 이들에게 전통문화를 재발견하게 하는 계기를 마련해 주며, 전통과 현대가 조화롭게 결합된 문화 콘텐츠를 통해, 다음 세대에게도 우리의 소중한 전통을 계승하고 발전시켜 나갈 수 있는 토대를 제공한다. 결국, 기온 마츠리와 홀리 축제와 같은 전통 축제를 AR 기술로 체험하는 것은 단순한 놀이를 넘어, 전 세계적인 문화 교류와 이해를 촉진하는 중요한 수단이 되며, 이를 통해 사용자들은 전 세계의 다양한 문화의 아름다움을 발견하고, 다문화 간의 상호 존중과 이해의 가치를 더욱 깊이 인식하게 될 것이다.

또 다른 사례는 전통 보드 게임을 디지털 버전으로 재현한 경우이다. 예를 들어, 한국의 '윷놀이'나 인도의 '파차이시', 아프리카의 '만칼라'와 같은 게임들이 디지털 애플리케이션으로 개발되어 전 세계 사람들이 온라인으로 즐길 수 있게 되었다. 이러한 디지털 보드 게임은 원래의 게임 규칙과 플레이 방식을 유지하면서, 온라인 멀티플레이어 기능, 그래픽 효과, 상호작용적 요소를 추가하여 현대적인 감각으로 재해석되었다.

디지털 애플리케이션_이미지 출처: 챗GPT (DALL·E)

이를 통해 전 세계 사용자들은 전통 게임의 매력을 새롭게 발견하고, 게임을 통해 다른 문화를 이해하는 소중한 기회를 가질 수 있다. 또한, 전통 게임을 디지털화함으로써, 해당 게임이 가진 역사적, 문화적 배경을 보다 넓은 대중에게 소개할 수 있게 되었다. 전통 놀이와 기술의 융합은 전통문화의 현대적 재해석과 전승에 매우 중요한 역할을 하며, 이를 통해 우리는 과거와 현재, 그리고 미래가 서로 연결되어 있음을 깨닫게 된다. 이러한 사례들은 기술이 단순히 새로운 오락 수단을 제공하는 것을 넘어, 문화적 전통과 가치를 전달하고 보존하는 데 있어 어떻게 긍정적인 역할을 할 수 있는지를 보여준다. 디지털화된 전통 게임과 축제 체험 프로그램은 과거의 지식과 현대 기술의 결합을 통해, 다양한 문화의 이해와 존중을 촉진하며, 전 세계 사람들 사이의 소통과 연대감을 강화한다.

이 과정에서, 전통과 현대 기술의 만남은 단순히 새로운 경험을 제공하는 것에 그치지 않고, 우리가 속한 문화와 타문화를 깊이 있게 이해하는 계기를 마련한다. 전통 게임의 디지털 변환은 세대 간의 간격을 좁히는 동시에, 전 세계적으로 공유할 수 있는 공통된 경험을 만들어 낸다. 이는 문화적 다양성의 가치를 재확인시키며, 우리가 전통을 어떻게 현대적인 방식으로 전승하고 새롭게 해석할 수 있는지에 대한 가능성을 탐색하게 한다.

결국, 전통 놀이와 기술의 융합은 우리에게 문화적 자산을 새롭게 바라보고, 이를 현대적인 맥락에서 재해석하는 방법에 대한 통찰을 제공한다. 이러한 노력은 전통이 단순한 과거의 유산이 아니라, 현재와 미래를 이어주는 살아 있는 문화의 흐름 속에서 지속적으로 의미를 찾고 발전시켜 나갈 수 있음을 보여준다. 전통 놀이의 디지털화는 기술의 발전이 문화적 가치와 어떻게 조화롭게 결합될 수 있는지를 보여주는 사례로, 이를 통해 우리는 지속 가능한 문화 전승과 혁신의 길을 모색할 수 있을 것이다.

이러한 전래놀이의 디지털화는 전통문화의 전승과 현대 기술의 결합을 통해 새로운 가치를 창출한다. 디지털 기술을 활용함으로써, 전통 놀이는 시공간의 제약을 넘어 전 세계 누구나 쉽게 접근하고 체험할 수 있게 되었으며, 더불어, 이러한 접근을 통해 전통문화에 대한 이해와 관심을 높이고, 세대 간의 문화적 격차를 줄이는 데도 기여한다.

결론적으로, 전래놀이의 디지털 변신은 전통과 현대, 그리고 다양한 문화와 기술이 어우러지는 과정에서 새로운 문화적 경험을 제공한다. 이는 전통문화의 보존과 계승에 있어 중요한 역할을 하며, 더 많은 사람들이 전통문화를 즐기고 가치를 인식할 수 있는 기회를 마련해 줄 것이다.

챗GPT를 활용한 전래놀이의 현대적 재해석

전래놀이는 한 세대에서 다음 세대로 이어지며 우리 조상들로부터 전해진 소중한 문화적 유산이다. 이러한 전래놀이는 단순히 오락적인 요소를 넘어, 우리 민족의 지혜, 정서, 그리고 삶의 철학이 깊숙이 담겨 있는 보물로, 특히 아이들의 신체적, 사회적, 그리고 정서적 발달에 중요한 역할을 해왔다. 전래놀이를 통해 아이들은 몸을 움직이며 건강을 증진하고, 다른 아이들과의 상호작용을 통해 협동심과 사회성을 배울 수 있다. 또한, 이러한 놀이를 통해 다양한 감정을 경험하며 정서적으로 성장할 기회를 갖게 된다.

그러나 빠르게 변화는 현대 사회에서, 전통적인 놀이의 가치와 의미가 점차 퇴색되고 있는 상황이다. 디지털 기술의 급속한 발전과 함께 아이들은 전자기기에 더 많은 시간을 할애하고, 직접 몸을 움직이고 다른 사람과 교류하는 전통적인 놀이를 외면하고 있다. 이러한 변화는 아이들의 신체적, 사회적, 정서적 발달에 영향을 미칠 수 있으며, 전통 놀이가 지닌 교육적 가치를 재발견할 필요성을 더욱 부각시키는 요인이 되고 있다.

이러한 문제 의식을 바탕으로, 챗GPT를 활용한 전래놀이의 현대적 재해석은 전통과 현대가 조화롭게 만나는 새로운 방법을 제안한다. 챗GPT와 같은 인공지능 기술을 이용함으로써, 우리는 전래놀이를 더욱 흥미롭고 접근하기 쉬운 방식으로 변화시킬 수 있다. 예를 들어, 인공지능을 활용하여 전래놀이의 규칙을 설명하고, 놀이의 역사적 배경이나 문화적 의미를 손쉽게 알려주는 등의 교육적 기능을 추가할 수 있다. 또한, 가상현실이나 증강현실을 통해 전래놀이를 디지털 환경에서 재현하여, 아이들이 실제로 놀이를 체험하면서도 다양한 학습 효과를 누릴 수 있도록 할 수 있다.

이처럼 챗GPT를 포함한 첨단 기술을 활용한 전래놀이의 현대적 재해석은 전통적인 가치를 현대적인 맥락에서 재조명하며, 세대 간의 간극을 좁히고 더 많은 사람들이 우리 문화의 아름다움을 경험할 수 있도록 하는 데 중요한 역할을 할 것이다. 이러한 접근은 놀이의 전통적인 요소를 보존하면서도, 현대 사회의 기술적 진보와 융합을 통해 새로운 차원의 교육적 가능성을 탐색하는 기회를 제공한다. 이렇듯 전래놀이의 현대적 재해석은 우리 모두에게 더 풍부하고 다채로운 문화적 경험을 선사할 것이다.

여기에서, 챗GPT를 활용하여 전래놀이의 배경 지식과 규칙을 쉽고 재미있게 전달할 수 있는 사례를 살펴 보자. '제기차기'나 '윷놀이' 두 가지 놀이를 예로 들어, 이 놀이가 지닌 역사적 배경과 함께 다양한 지역의 변화된 규칙을 소개함으로써, 놀이의 이해도를 높이고 더 깊은 관심을 유도할 수 있다.

'제기차기'는 조선 시대부터 전해져 내려오는 놀이로, 설날에 가족들이 모여 서로의 건강과 행운을 기원하며 즐겼던 전통적인 놀이로, 발바닥을 사용해 공중에 띄운 제기를 여러 번 차 올려 가장 많이 찬 사람이 승리하는 방식으로 진행된다. <u>제기차기는 신체 조정 능력과 균형 감각을 키우는 데 도움을 줄 뿐만 아니라</u>, 여럿이 모여 즐기기 때문에 사회성 발달에도 긍정적인 영향을 미친다. 각 지역에서는 제기의 모양이나 제작 재료, 게임 규칙에 약간의 차이를 두어, 다양한 형태로 변형되어 왔다. 예를 들어, 일부 지역에서는 제기차기 대회를 열어, 높이 차기 대회나 차기 횟수를 겨루는 등 다양한 변형 규칙이 추가되기도 한다.

'윷놀이'는 고대부터 즐겨온 전통 보드게임으로, 주로 설날이나 추석 등의 명절에 가족들이 모여 즐기는 게임이다. 네 개의 윷가락을 던져 나오는 모양에 따라 말을 움직이는 방식으로 진행되며, 도(한 칸 전진), 개(두 칸 전진), 걸(세 칸 전진), 윷(네 칸 전진), 모(다섯 칸 전진)의 결과에 따라 게임이 진행된다. 각 지역에서는 윷놀이의 말이나 보드의 디자인에 차이를 두어 조금씩 다른 느낌으로 게임을 즐길 수 있다. 예를 들어, 어떤 지역에서는 특별한 룰을 추가하여 게임의 재미를 더하기도 하며, 윷가락의 모양이나 크기에 변화를 주어 새로운 전략적 요소를 가미하기도 한다.

이와 같이 챗GPT를 활용하면, 전래놀이의 역사적 배경과 지역별 변형 규칙을 포괄적으로 소개하면서 독자들의 이해도를 높이고 더 깊은 관심을 유도할 수 있다. 이는 전래놀이가 단순한 유희를 넘어 우리 선조들의 삶과 문화를 이해하는 데 중요한 창구임을 알리는 데 큰 도움이 되며, 또한, 챗GPT를 통해 전래놀이를 현대적인 요소와 결합시키는 것도 가능하다. 예를 들어, 증강현실(AR) 기술과 연동하여 전래놀이를 새로운 방식으로 경험하게 하는 프로젝트는 전통적인 놀이에 현대적인 매력을 더할 수 있다. 사용자는 챗GPT와의 대화를 통해 놀이 방법을 배우고, AR 기술로 생생하게 구현된 전통 놀이 캐릭터들과 함께 놀이를 즐기며, 전통 문화의 매력을 직접 체험할 수 있다는 것을 앞서 언급했던 것처럼, 챗GPT는 전래놀이의 전통적 가치를 현대적 관점에서 재해석하고, 더 넓은 대중에게 전달하는 데 있어 중요한 역할을 할 수 있다. 이는 단순히 과거의 유산을 보존하는 것을 넘어, 그것을 새로운 세대에 맞게 재창조하고, 전래놀이가 지닌 교육적, 사회적 가치를 현대 사회에서도 계속해서 발휘할 수 있도록 한다.

챗GPT와 같은 인공지능 기술을 활용한 전래놀이의 현대적 재해석은 전통과 현대가 공존하는 우리 사회에서 문화적 연속성을 유지하는 새로운 방식을 제시한다. 이를 통해, 다가오는 세대들도 우리의 소중한 전통을 존중하고, 더욱 풍부하게 이해할 수 있는 기회를 갖게 될 것이다. 이는 결국, 우리 문화의 지속 가능한 발전과 더불어, 글로벌 시대에 우리 전래 문화의 독특함과 가치를 널리 알리는 데 기여할 것이다.

인공지능 기술과 전통 놀이의 결합은 단지 놀이의 현대적 변형에 그치지 않고, 전통 문화의 현대적 해석과 전파 방식에 있어서도 새로운 장을 열고 있다. 이러한 접근은 전통 문화가 현대 사회의 변화하는 맥락 속에서도 살아 숨 쉴 수 있음을 증명한다.

챗GPT와 같은 기술을 활용한 전래놀이 프로젝트는 사회적 소통과 교류의 새로운 플랫폼을 제공한다. 전 세계 어디서나 접근 가능한 온라인 플랫폼을 통해, 다양한 문화와 배경을 가진 사람들이 한국의 전래놀이를 경험하고, 그 과정에서 서로의 문화를 공유하고 이해할 수 있는 기회를 마련한다. 이는 문화 간의 경계를 허물고, 서로를 더 깊이 이해하는 데 중요한 역할을 할 수 있다.

그렇다면 구체적으로 챗GPT를 활용해서 이야기 해 보자. 한국의 전래놀이 중에서도 앞서 언급한 '윷놀이'는 챗GPT를 활용하여 현대적으로 재해석할 수 있는 매력적인 사례이다. 윷놀이는 조상들의 지혜와 사회적 상호작용을 중요시하는 전통이 깊이 배어 있는 놀이이며, 네 개의 윷가락을 던져서 나오는 패(도, 개, 걸, 윷, 모)에 따라 말을 전진시키는 방식으로 진행된다.

윷놀이의 현대적 재해석

디지털 인터페이스와의 결합
챗GPT를 활용한 윷놀이 디지털 게임의 재구성은 전통 게임을 현대적으로 변형하여 보다 접근성을 높이고 사용자 경험을 강화하는 좋은 예이다. 이러한 디지털 윷놀이 게임은 사용자들이 스마트폰이나 컴퓨터를 통해 언제 어디서나 쉽게 윷놀이를 즐길 수 있게 해주며, 챗GPT의

AI 기술을 활용하여 게임의 규칙을 설명하고, 플레이어의 질문에 실시간으로 응답하는 인터랙티브한 가이드 역할을 수행한다. 예를 들어, 사용자가 게임을 시작하면 챗GPT가 윷놀이의 기본적인 규칙을 설명해 주고, 플레이어가 윷가락을 던지는 방법, 각 결과(도, 개, 걸, 윷, 모)가 의미하는 바, 그리고 게임 보드에서 말을 어떻게 움직여야 하는지 등을 친절하게 안내한다. 또한, 플레이어가 게임 중에 규칙에 대해 질문하거나 전략에 대한 조언을 구할 경우, 챗GPT는 해당 질문에 적절하고 정확하게 응답하여 게임의 이해도를 높이고 플레이어의 참여를 유도한다.

나아가, 이 디지털 윷놀이 게임은 전통적인 윷놀이와 다르게 여러 지역의 변형된 규칙을 선택적으로 적용할 수 있는 옵션을 제공할 수 있다. 예를 들어, 플레이어가 특정 지역의 윷놀이 버전을 경험하고 싶다면, 챗GPT가 해당 지역의 윷놀이 규칙과 특성을 설명하며 게임 설정을 조정해 준다. 이러한 기능은 다양한 문화적 배경을 가진 사용자들에게 매력적인 요소가 될 수 있다. 이처럼 챗GPT를 활용한 윷놀이 디지털 게임은 전통 게임의 재미와 교육적 가치를 현대적인 기술과 결합하여, 사용자에게 새로운 경험을 제공하고 전통 문화의 이해와 보존에 기여할 수 있는 효과적인 방법이 된다.

증강현실(AR) 기술 적용

챗GPT와 증강현실(AR) 기술을 결합한 윷놀이 애플리케이션은 현대 기술을 활용해 전통 게임을 새롭게 재해석한 사례이다. 이러한 애플리케이션을 통해 사용자는 실제 환경에서, 예를 들어 거실이나 야외 공간에서 스마트폰이나 태블릿의 카메라를 사용하여 가상의 윷놀이판을 경험할 수 있다.

실제 사례로, 사용자가 앱을 실행하면 챗GPT가 윷놀이의 기본 규칙을 설명하며 게임을 시작하도록 안내한다. 사용자는 자신의 스마트폰 카메라를 바닥에 대고 스크린을 통해 가상의 윷놀이판을 볼 수 있고, 게임의 진행은 사용자가 스크린 상의 버튼을 눌러 가상의 윷가락을 던지는 방식으로 이루어진다. 챗GPT는 던져진 윷의 결과를 분석하여 사용자에게 결과(도, 개, 걸, 윷, 모)를 알려주고, 해당 결과에 따라 게임 보드에서 말을 어떻게 움직일 수 있는지 설명한다. 그 다음은 사용자가 어떤 말을 움직일지 결정하면, 챗GPT는 그 선택에 따른 가능한 결과와 전략을 제시한다. 예를 들어, 플레이어가 상대방의 말을 잡을 수 있는 위치에 말을 옮기면 게임이 유리하게 전개될 수 있도록 유도할 수 있다.

이미지 출처: LDPLAYER.NET의 윷놀이 AR

또한, 게임 도중 사용자가 규칙에 대해 질문하거나 도움을 요청할 경우, 챗GPT는 실시간으로 응답하며, 게임을 더 잘 이해하고 즐길 수 있도록 돕는다. 이러한 증강현실 윷놀이 애플리케이션은 전통 게임을 디지털 환경에서 현실감 있게 재현하며, 사용자가 게임의 전통적인 매력과 함께 현대적인 기술의 이점을 경험할 수 있게 한다. 또한, 가족이나 친구들과 함께 즐길 때 사회적 상호작용을 증진시키고, 즐거운 추억을 만들 수 있는 기회를 제공한다. 이러한 접근은 윷놀이와 같은 전통 게임이 어떻게 현대의 기술과 조화를 이루며 새로운 세대에게 전달될 수 있는지를 보여준다.

교육적 요소 강화

챗GPT를 활용하여 윷놀이의 교육적 가치를 강화하는 사례는 인터랙티브하고 교육적인 학습 도구로서의 역할을 충실히 수행할 수 있다. 이러한 접근 방식은 윷놀이의 역사와 유래를 설명하고, 게임을 통해 협동심, 전략적 사고, 확률 계산 등의 중요한 스킬을 학습할 수 있는 기회를 제공한다.

실제 사례로, 게임을 시작할 때 챗GPT는 윷놀이가 어떻게 발전해 왔는지, 그 역사적 배경과 유래를 설명한다. 예를 들어, 윷놀이가 고려 시대에 농사의 풍작을 기원하기 위해 시작된 게임이라는 것, 조선 시대에는 명절 뿐만 아니라 마을 축제에서도 즐겼다는 사실 등을 이야기 하여, 이 정보를 플레이어가 게임의 문화적 가치를 이해할 수 있도록 한다. 또한, 게임 진행 중 챗GPT는 각 플레이의 결과가 어떻게 전략적 사고와 확률 계산에 영향을 미치는지를 설명 한다. 예를 들어, '도'가 나왔을 때와 '모'가 나왔을 때를 비교하여, 각 상황에서 어떤 전략을 취하는 것이 유리한지 분석해 준다. 이는 플레이어가 게임을 통해 문제 해결 능력과 전략적 사고를 키울 수 있게 한다. 그리고 게임의 각 단계에서 챗GPT는 윷놀이와 관련된 흥미로운 팩트를 제공하며, 간단한 퀴즈를 통해 플레이어의 지식을 테스트해 본다. 예를 들어, 윷가락의 각 면이 어떻게 조선 시대에는 다른 의미를 가졌는지에 대해 설명하는 것이다.

〈윷가락의 의미〉

윷가락은 전통적인 한국의 윷놀이에서 사용되는 도구로, 주로 나무 또는 뼈로 만들어진 길쭉한 막대기 형태이다. 윷가락은 양면이 있으며, 하나의 면은 평평하고 다른 면은 둥글게 처리되어 있다. 윷놀이에서는 이 윷가락 네 개를 던져서 나오는 면에 따라 결과가 결정된다. 조선 시대에 윷가락의 각 면은 단순한 게임의 요소를 넘어, 특별한 상징성을 지니기도 했다. 윷가락의 평평한 면은 '배'라고 불리며, 이 면이 위로 오면 '배'가 물에 뜨듯 행운이 찾아올 것이라 상징하고, 반면 둥근 면은 '등'이라고 불리며, 이 면이 위로 오면 '등'이 물에 잠기듯 불운을 의미했다고 한다. 이러한 상징성은 윷놀이가 단순한 여가 활동을 넘어, 민간 신앙과 연결되어 행운과 불운을 점치는 수단으로도 사용되었음을 보여준다. 특히, 조선 시대 사람들은 윷놀이를 통해 한 해의 농사와 가정의 안녕을 점치는 등의 중요한 의사결정에 활용했다고 한다. 이러한 점에서 윷가락은 단순한 게임 도구를 넘어, 그 시대 사람들의 삶과 신앙, 문화적 가치가 반영된 중요한 매개체로 작용했다.

이렇게 윷가락에 의미를 이해하고 이에 대한 퀴즈를 출제하여 플레이어가 적극적으로 해당 정보를 학습하도록 유도한다. 이와 같이 챗GPT를 활용하는 윷놀이 디지털 버전은 단순한 게임을 넘어서 교육적인 경험을 제공하며, 플레이어가 역사, 문화, 전략적 사고 등 다양한 지식을 자연스럽게 습득하도록 돕는다. 게임을 통해 배우는 경험은 플레이어에게 더욱 깊은 인상을 남기고, 학습 효과를 최대화하는 데 기여한다. 이러한 방식은 윷놀이와 같은 전통 게임이 현대의 교육 도구로서 어떻게 활용될 수 있는지를 보여주는 훌륭한 예가 될 것이다.

세계 각국 사용자와의 연결

챗GPT를 활용한 온라인 플랫폼을 통해 전 세계 사용자와 연결되는 것은, 전통 게임인 윷놀이를 매개로 한 문화적 교류의 새로운 가능성을 열어준다. 이러한 플랫폼은 다양한 문화적 배경을 가진 사람들이 실시간으로 윷놀이를 함께 즐기면서 서로의 문화를 이해하고 공유할 수 있는 공간을 제공한다. 예를 들어, 한국에서는 윷놀이가 설날 또는 추석 같은 전통 명절에 주로 행해지는 게임으로, 가족 간의 유대를 강화하고 즐거운 시간을 보내는 수단으로 사용된다는 문화적 배경을 온라인 플랫폼을 통해 전 세계 사람들과 공유하면, 다른 나라의 사용자들은 한국의 명절 문화와 전통 게임에 대해 학습할 수 있다.

이러한 플랫폼에서는 챗GPT가 중요한 역할을 한다. 사용자가 게임을 하며 궁금한 점이 생길 때마다 챗GPT는 윷놀이의 규칙, 역사, 그리고 문화적 의미를 설명해 준다. 예를 들어, 한 사용자가 왜 '모'가 다섯 칸을 전진하는 것인지, 혹은 윷놀이가 어떻게 사회적인 상호작용을 증진시키는지에 대해 질문할 때, 챗GPT는 이에 대한 답변을 제공하여 게임의 이해를 돕고, 문화적 배경 지식을 풍부하게 한다. 또한, 이 플랫폼에서는 사용자들이 자신의 전통 게임을 소개하고, 서로의 게임을 체험할 수 있도록 하는 기능도 제공할 수 있다. 예를 들어, 미국의 사용자가 자신의 전통적인 보드 게임을 소개하고, 다른 나라의 사용자들과 함께 온라인으로 게임을 즐길 수 있다. 이러한 상호작용은 사용자들에게 각기 다른 문화적 관점을 이해하고 존중하는 중요한 계기를 마련해 준다.

이처럼 챗GPT를 활용한 온라인 플랫폼은 전 세계 다양한 문화를 가진 사람들이 윷놀이를 통해 서로를 이해하고 소통하는 문화적 교류의 장을 제공한다. 전통 게임이 현대의 기술과 만나면서, 전 세계 사람들이 한데 모여 각자의 문화를 공유하고 존중하는 새로운 형태의 교류가 가능해진 것이다. 이는 문화적 다양성을 존중하고 글로벌 커뮤니티를 형성하는 데 크게 기여할 수 있을 것이다. 이렇듯 윷놀이의 현대적 재해석은 기술의 발전을 전통 문화의 전승과 보존에 활용하는 훌륭한 예이다. 챗GPT와 같은 인공지능 기술을 통해 전통 놀이를 새로운 방식으로 즐기며, 그 속에 담긴 의미와 재미, 그리고 문화적 가치를 현대 사회에서도 계속해서 발현시킬 수 있다. 이러한 접근 방식은 전통적인 유산을 단순히 보존하는 것을 넘어, 새로운 세대와 다양한 문화권의 사람들에게 전통 문화를 적극적으로 소개하고 이해시키는 효과적인 방법이 될 수 있다.

윷놀이 프로젝트의 사회적 영향

윷놀이의 현대적 재해석 프로젝트는 사회적 영향을 미칠 수 있다. 전통 놀이를 현대 기술과 결합시킴으로써, 전통 문화의 지속 가능한 발전과 전승을 촉진한다. 이는 문화 유산을 현대 사회에 맞게 재해석하고, 더 많은 사람들이 그 가치를 인식하게 만든다. 또한, 전 세계 다양한 사용자들과의 연결을 통해 국제 문화 교류의 기회를 확대하고, 윷놀이와 같은 전통 게임을 통해 서로 다른 문화를 경험하고 이해함으로써, 상호 존중과 이해의 문화를 조성하는 데 기여할 것이다.

윷놀이를 포함한 전통 놀이는 교육적 가치가 높다. 챗GPT를 활용하여 놀이의 규칙, 역사, 전략 등을 학습함으로써, 사용자들은 놀이를 통해 자연스럽게 학습하고 사고하는 능력을 향상시킬 수 있으며, 현대 기술과 전통 문화의 조화를 통해, 기술이 인간과 문화에 긍정적인 영향을 미칠 수 있음을 보여준다. 이는 기술 발전이 단지 경제적 이익뿐만 아니라 사회 문화적 가치를 증진시키는 데에도 중요한 역할을 할 수 있음을 시사한다. 이와 같이 챗GPT와 같은 인공지능 기술을 활용한 윷놀이의 현대적 재해석은 전통과 현대, 기술과 문화가 서로 긍정적인 영향을 주고받으며 상호 발전할 수 있는 가능성을 보여보며, 이를 통해 우리는 전통 문화의 가치를 재발견하고, 이를 널리 공유하며, 더욱 포용적이고 다양한 사회를 만들어 갈 수 있을 것이다. 이렇듯 전통 게임의 현대적 재해석 프로젝트는 단순한 게임의 변형을 넘어, 문화적 유산과 현대 사회의 조화로운 공존을 모색하는 중요한 시도로 평가받을 자격이 충분하다.

이 프로젝트의 과정에서, 챗GPT는 사용자와의 상호작용을 통해 끊임없이 학습하고, 사용자의 관심사와 반응에 따라 전래놀이 콘텐츠를 맞춤화할 수 있는 능력을 보여준다. 이는 사용자 경험을 개인화하고, 전래놀이에 대한 관심을 지속적으로 유지시킬 수 있는 강력한 도구가 된다. 뿐만 아니라, 이러한 상호작용은 전래놀이의 전통적인 요소들을 현대적인 시각으로 재해석하고, 창의적인 방식으로 재창조하는 데 있어 중요한 영감을 제공한다.

결과적으로, 챗GPT를 활용한 전래놀이의 현대적 재해석은 K-전통 문화의 보존과 전파, 그리고 혁신적인 문화 콘텐츠 개발에 중요한 전환점이 될 수 있다. 이는 우리가 전통과 현대, 그리고 다양한 문화 간의 연결고리를 찾고, 보다 포용적이고 상호 존중하는 사회를 구축하는 데 기여한다. 전래놀이와 같은 우리의 소중한 문화 유산을 현대적인 기술과 결합함으로써, 우리는 과거와 현재, 미래를 잇는 새로운 문화의 징검다리를 만들어 가고 있다.

우리 엄마는 개그맨 손님 얘기만 꺼내면 엄마가 더 웃기대요

■제작 더큰컴퍼니

웃고 싶다면
견보러 오세요···
왜 코미디는
청도일까요···

■감독 K1 잘하는 옥심이

개그맨 손님 vs 어머니

지난회 우승자

공연일정
2024년 2월 3일(토) ~ 2024년 12월 29일(일)
매주 토, 일 오후 2시, 4시 / 전체 관람가

장 소 『한국코미디타운』

문 의
한국코미디타운 054-372-8700
사이트: www.kcomedytown.co.kr

한국코미디타운   검색

03

챗GPT를 통한 창의적 문화예술교육

챗GPT는 창의적 문화예술교육의 새로운 가능성을 열어주고 있다. 챗GPT를 활용하여 예술 작품 창작을 지원하고, 예술 이론과 역사를 학습하며, 비평적 사고와 분석 능력을 개발하는 다양한 전략과 상호 문화적 이해와 탐구를 촉진하고, 창의적 영감과 아이디어를 발산할 수 있는 방법을 누구나 쉽게 이해할 수 있다. 챗GPT를 통해 예술교육에서 상호작용적인 학습 경험을 제공하고, 지속적인 학습과 성장을 도모하는 방법을 제시하는 등, 이 파트를 통해 독자들은 문화예술교육 현장에서 챗GPT를 효과적으로 활용할 수 있는 실질적인 도구와 전략을 배우게 될 것이다.

창의적인 문화예술교육에서 챗GPT의 활용은 학습자들의 창의력과 상상력을 자극하고, 다양한 예술적 기법과 이론을 탐구하는 데 도움을 줄 수 있다. 이러한 인공지능 도구는 학습자가 예술 작품을 창작하고 분석하는 과정에서 귀중한 지원을 제공하며, 문화예술교육의 범위를 확장하는 데 기여한다. 창의적인 문화예술교육에서 챗GPT를 활용하는 전략과 그에 따른 구체적인 예시들을 들어 이야기해 보자.

예술 작품 창작의 지원

챗GPT는 학습자가 자신만의 예술 작품을 창작하는 과정에서 아이디어를 구체화하고, 창의적인 제안을 받는 데 활용될 수 있다. 예를 들어, 학습자가 소설을 쓰고 싶다고 했을 때, 챗GPT는 다양한 장르, 플롯 아이디어, 캐릭터 개발 제안 등을 제공하여 작가의 창작 과정을 돕는다. 또한, 시나 시조를 쓰는 학습자에게는 다양한 문학적 장치나 스타일을 제안하며, 시의 주제나 분위기에 맞는 단어 선택을 돕는다. 그렇다면 챗GPT를 활용해 위 내용을 그대로 인용해 아이디어를 구체화하고 제안을 받는데 활용하기 위해 프롬프트를 작성해 입력해 보자. 좋은 결과를 얻기 위해서는 구체적으로 설명하고, 원하는 결과를 얻고자 할 경우에는 다양한 예시를 제공하여 프롬프트의 개선을 반복하면 좋다.

예술 작품 창작의 지원에 관한 프롬프트 (예시)

다음 [위 내용 삽입] 속의 구체적인 사례를 선정해 생성된 주제들을 제목을 붙인 카테고리로 분류해 줘.

예를 들어, 학습자가 "시간 여행"을 주제로 한 소설을 쓰고자 할 때, 챗GPT는 다음과 같은 방식으로 창작 과정을 지원할 수 있습니다.

1. 장르 제안

챗GPT는 시간 여행이라는 주제가 과학 소설, 판타지, 로맨스, 또는 모험 장르와 잘 어울릴 수 있다고 제안합니다. 예를 들어, 과학 소설에서는 시간 여행의 기술적 측면과 물리학적 이론을 탐구할 수 있으며, 판타지에서는 마법이나 신화적 요소를 통한 시간 여행을 상상할 수 있다고 설명합니다.

2. 플롯 아이디어 제공

챗GPT는 시간 여행을 통해 과거로 돌아가 역사적 사건의 결과를 바꾸려는 주인공의 이야기, 미래로 여행해 온 세상의 운명을 바꿀 중요한 발견을 하는 이야기, 또는 시간을 넘나드는 로맨스 이야기 등 다양한 플롯 아이디어를 제공할 수 있습니다. 예를 들어, 주인공이 과거로 돌아가 자신의 조상을 만나 가문의 비밀을 밝히는 모험을 하게 되는 이야기 등을 제안할 수 있습니다.

3. 캐릭터 개발 조언

주인공이 시간 여행의 영향을 받아 변화하는 과정을 그리며, 그들의 성격, 동기, 그리고 시간 여행을 통해 얻는 교훈을 구체화하는 방법에 대한 조언을 제공합니다. 예를 들어, 과거의 실수를 바로잡기 위해 시간 여행을 결심하는 주인공의 동기 부여 과정을 자세히 설명하거나, 미래에서 온 캐릭터가 현재의 사회에 적응해 나가는 모습을 그려내는 방법 등을 논의합니다.

4. 문학적 장치와 스타일 가이드

챗GPT는 시간 여행을 통해 다양한 시대의 분위기를 묘사하는 데 사용할 수 있는 문학적 장치(예: 플래시백, 포아섀도잉)와 스타일(예: 서술적인 언어 사용, 시대별 대화체)에 대해 조언합니다. 또한, 시간의 흐름과 관련된 상징적인 이미지나 모티프 사용을 제안하여 작품에 깊이를 더하는 방법에 대해서도 설명합니다.

이러한 구체적인 제안과 조언을 통해 학습자는 자신의 창작물에 대한 아이디어를 더욱 구체화하고, 예술 작품을 독창적으로 창작하는 과정에서 창의력을 최대한 발휘하고, 다양한 문학적 기법과 스타일을 실험해 볼 수 있는 기회를 가질 수 있다.

예술 이론과 역사의 학습

챗GPT를 이용하여 학습자가 예술 이론과 역사에 대해 깊이 있는 지식을 쌓을 수 있다. 예를 들어, 르네상스 시대의 미술이나 모더니즘 문학에 대한 질문을 챗GPT에게 하면, 해당 시대의 주요 작품과 예술가들, 그리고 그들의 작품이 가진 특징과 사회적, 역사적 맥락에 대한 설명을 받을 수 있다. 이를 통해 학습자는 예술 작품을 보다 깊이 이해하고, 예술적 영감을 얻을 수 있다. 이 부분도 구체적인 맥락을 챗GPT 활용해 프롬프트를 작성해 입력해 보자.

학습자는 예술 작품을 더 깊이 이해하고, 예술적 영감을 얻을 수 있는 방법을 구체적으로 분류하고 간결하게 써줘.

 학습자가 예술 작품을 보다 깊이 이해하고, 예술적 영감을 얻을 수 있는 방법은 크게 다음과 같이 분류할 수 있습니다.

1. 관찰 및 분석

세밀한 관찰: 작품의 세부 사항에 주의를 기울이며 관찰한다. 색채, 형태, 질감, 구성 등의 요소가 작품에 어떤 의미와 감정을 전달하는지 탐구합니다.

작품의 맥락 이해: 작품이 만들어진 시대 배경, 예술가의 생애, 사회적, 문화적 맥락 등을 고려하여 작품을 분석합니다.

2. 연구 및 학습

예술 이론 학습: 색채 이론, 구성 원리, 예술사 등 기본적인 예술 이론과 원칙을 학습합니다.

비평적 접근: 예술 비평가들의 분석과 평론을 읽고, 다양한 해석과 관점을 탐구합니다.

3. 창작 활동

모방 및 재창조: 기존의 예술 작품을 모방해 보고, 자신만의 해석과 스타일로 재창조해봅니다.

창의적 실험: 다양한 재료와 기법을 사용해 자유롭게 실험하며, 새로운 창작 방식을 탐색합니다.

4. 대화 및 교류

토론과 교류: 예술에 대한 토론 모임이나 워크숍에 참여하여, 다른 사람들과 의견을 나누고 영감을 받습니다.

전시회 방문: 박물관, 갤러리, 예술 전시회 등을 방문하여 다양한 예술 작품을 직접 경험하고, 작품에 대한 자신의 생각을 정리해 봅니다.

5. 반성적 사고

일기 및 스케치북 사용: 일기나 스케치북에 관찰과 생각, 감정을 기록하며, 자신만의 예술적 인사이트를 발전시킵니다.

예술적 영감의 출처 탐색: 자연, 일상 생활, 여행, 독서 등 다양한 경험에서 예술적 영감을 찾아봅니다.

— 중략 —

비평적 사고와 분석 능력의 개발

계속해서 이번에는 위 주제에 관한 프롬프트를 입력해 보자.

 문화예술교육 전문가로, 문화예술교육에서 챗GPT의 활용으로 비평적 사고와 분석능력 개발의 중요성을 구체적으로 써줘.

 문화예술교육에서 챗GPT의 활용은 학습자의 비평적 사고와 분석 능력 개발에 있어 중요한 역할을 하며 다음과 같은 구체적인 방식으로 나타납니다.

1. 다양한 관점 제시

챗GPT는 특정 예술 작품이나 문화 현상에 대해 다양한 해석과 관점을 제시할 수 있습니다. 이를 통해 학습자는 단일한 해석에 머무르지 않고, 다양한 시각에서 작품을 바라볼 수 있는 능력을 키울 수 있습니다.

2. 비평적 질문 유도

챗GPT는 예술 작품의 의미, 목적, 그리고 그것이 사회나 역사에 미친 영향 등에 대한 비평적 질문을 유도함으로써, 학습자로 하여금 깊이 있는 사고를 하도록 돕습니다. 이 과정에서 학습자는 비판적으로 생각하고 자신의 견해를 형성하는 연습을 하게 됩니다.

3. 분석 기술 강화

챗GPT는 예술 이론, 역사적 맥락, 기술적 접근 방식 등에 대한 정보를 제공함으로써, 학습자가 작품을 분석하는 기술을 강화할 수 있도록 지원합니다. 이를 통해 학습자는 작품을 보다 체계적이고 깊이 있게 분석할 수 있는 능력을 개발합니다.

4. 피드백과 반성 촉진

학습자가 자신의 분석이나 해석을 챗GPT와 공유할 때, 즉각적인 피드백을 받을 수 있습니다. 이러한 상호작용은 학습자로 하여금 자신의 생각을 반성하고 재평가하는 과정을 거치게 하며, 비평적 사고의 깊이를 더합니다.

이처럼 문화예술교육에서 챗GPT의 활용은 학습자가 비평적 사고와 분석 능력을 개발하는 데 필수적인 요소로 작용하여, 학습자는 예술 작품을 보다 깊이 이해하고, 자신만의 독창적이고 비판적인 관점을 형성할 수 있게 된다. 이렇듯 챗GPT와 같은 인공지능 도구의 활용은 예술교육을 풍부하게 하고, 학습자의 종합적인 예술적 소양을 강화하는 중요한 수단이 될 수 있으며, 학습자가 예술 작품을 비평적으로 분석하고 평가하는 데 도움을 줄 수 있다. 이것으로 학습자는 특정 작품에 대한 자신의 해석을 챗GPT와 공유하고, 그에 대한 피드백을 받을수 있다. 이 과정에서 챗GPT는 작품의 다양한 해석 가능성을 제시하거나, 작품 분석에 필요한 비평적 용어와 개념을 소개함으로써, 학습자의 비평적 사고와 분석 능력을 개발하는 데 기여한다.

상호 문화적 이해와 탐구

이번에 사용할 프롬프트는 조금 더 구체적인 내용으로 구성해서 입력한다.

 문화예술교육에서의 챗GPT의 활용 전략에서 상호 문화적 이해와 탐구가 필요 해. 다양한 문화적 관점에서 이해할 수 있도록 구체적 사례와 함께 써줘.

 문화예술교육에서 챗GPT를 활용하여 상호 문화적 이해와 탐구를 깊게 하는 전략은 학습자들이 다양한 문화적 관점을 이해하고, 세계 각국의 예술 형태와 문화적 배경을 탐구할 수 있는 기회를 제공합니다. 다음은 이러한 활용 전략의 구체적 사례들이 있습니다.

전략 1: 다문화 예술 작품 소개

챗GPT를 이용해 세계 여러 나라의 전통 예술 형태와 현대 예술 작품을 소개합니다. 예를 들어, 학습자들에게 일본의 우키요에, 프랑스 인상주의 미술, 아프리카 부족 미술 등에 대해 설명하고, 이러한 예술이 각 문화에서 어떤 의미를 가지는지 탐구하도록 합니다.

전략 2: 문화 간 비교 연구

챗GPT를 활용하여 서로 다른 문화권의 유사한 예술 형태를 비교하는 활동을 진행합니다. 예를 들어, 서양의 클래식 음악과 동양의 전통 국악을 비교하면서, 각각의 음악이 지닌 조화와 미학적 차이를 분석하도록 합니다.

전략 3: 문화적 배경 이해를 위한 딥 다이브

특정 문화의 예술 작품을 깊게 이해하기 위해, 그 문화의 역사, 전통, 사회적 맥락에 대해 챗GPT로부터 배웁니다. 예를 들어, 이탈리아 르네상스 시대의 미술 작품을 공부하면서, 당시의 사회적, 정치적 상황과 이러한 배경이 예술에 어떻게...

− 중략 −

이러한 전략들을 통해, 문화예술교육에서 챗GPT의 활용은 학습자들이 다양한 문화적 관점에서 예술을 이해하고, 전 세계 다양한 문화의 예술적 가치와 표현을 탐구하는 데 중요한 역할을 한다. 학습자들은 이 과정을 통해 상호 문화적 이해의 폭을 넓히고, 자신만의 예술적 시각과 감수성을 다양화할 수 있다. 또한, 이러한 경험은 학습자들이 글로벌 커뮤니티의 일원으로서, 서로 다른 문화를 존중하고 이해하는 데 필수적인 기반을 마련해 준다. 이와 더불어, 챗GPT와 같은 도구를 활용함으로써, 학습자들은 단순히 정보를 습득하는 것을 넘어, 비판적 사고와 창의적 문제 해결 능력을 발전시킬 수 있다.

학습자들은 다양한 문화적 배경에서 영감을 받은 예술 작품을 분석하고 비평하는 과정에서 자신의 생각을 깊게 하고, 복잡한 개념을 통합하는 방법을 배운다. 또한, 인터랙티브 문화예술 프로젝트를 통해 이론적 지식을 실제 창작 활동에 적용해 보는 경험을 할 수 있다. 이는 창의력을 발휘하고, 다양한 문화적 영향을 받은 자신만의 예술 작품을 창조하는 데 도움을 준다. 이 과정에서 학습자들은 문화적 다양성을 예술적 자원으로 활용하는 방법을 배우며, 창작의 폭을 넓히는 중요한 수단이 된다.

문화예술교육에서 챗GPT의 활용은 학습자들이 예술을 통해 세계와 소통하는 방법을 배우고, 서로 다른 문화를 이해하며, 그 속에서 자신의 예술적 정체성을 발견하고 발전시키는 데 큰 기여를 한다. 이를 통해 학습자들은 예술의 보편적 가치와 다양한 문화적 표현의 중요성을 인식하게 되며, 더욱 포용적이고 다문화적인 세계관을 형성하는 데 기여한다.

창의적 영감과 아이디어 발산

챗GPT는 학습자들이 창의적 영감을 얻고, 새로운 아이디어를 발산하는 데 유용한 도구가 될 수 있다. 예를 들어, 디자인 프로젝트나 예술 작업에 대한 아이디어가 필요한 학습자는 챗GPT에게 특정 테마나 컨셉에 대한 제안을 요청할 수 있다. 챗GPT는 이에 대해 다양한 창의적 아이디어, 디자인 컨셉, 예술적 접근 방법을 제시하여 학습자가 자신의 프로젝트를 독창적이고 창의적인 방향으로 발전시킬 수 있도록 지원한다. 예를 들어, 한 학생이 대학 과제로 "미래의 도시"를 주제로 한 디지털 아트 작품을 만들어야 한다고 가정하자. 이 학생은 새롭고 특별한 아이디어를 찾기 위해 다음과 같이 챗GPT에 도움을 요청할 수 있다.

〈테마 탐색〉

학생: 미래의 도시에 대한 디지털 아트 작품을 만들려고 하는데, 어떤 독특한 컨셉을 생각해 볼 수 있을까?

챗GPT: 미래의 도시를 바이오필릭 디자인과 결합하는 것은 어떨까요? 자연적 요소가 도시 공간에 완벽하게 통합되어, 거대한 수직 정원이나 숲으로 덮인 고층 빌딩을 특징으로 하는 도시를 상상해 보세요.

〈세부 아이디어 제공〉

학생: 그 아이디어 좋네요. 좀 더 구체적으로 어떤 요소를 포함시킬 수 있을까요?

챗GPT: 미래의 수직 정원 도시에서는 고층 빌딩의 외벽이 모두 생명을 키우는 공간으로 변모합니다. 각 건물은 자체적인 물 순환 시스템을 갖추고, 태양광 패널과 풍력 터빈을 이용하여 에너지를 자급자족할 수 있습니다. 또한, 거리는 자율주행 차량과 자전거 도로로 구성되어, 교통 체증 없이 효율적으로 이동할 수 있습니다.

〈시각적 요소 제안〉

학생: 이 아이디어를 시각적으로 표현하려면 어떤 방법이 좋을까요?

챗GPT: 3D 모델링 소프트웨어를 사용하여 각 건물의 생동감 넘치는 정원을 세밀하게 묘사할 수 있습니다. 다양한 식물의 텍스처와 색상을 강조하여, 각 건물이 어떻게 자연과 조화를 이루는지 보여주는 것이 중요합니다. 밤에는 건물에서 나오는 생물발광 빛을 사용하여 미래적이면서도 친환경적인 도시의 모습을 강조할 수 있습니다.

이와 같이, 챗GPT는 학생이 '미래의 도시'라는 테마를 실제 디지털 아트 프로젝트로 발전시키는 데 필요한 창의적인 아이디어와 시각적 방향을 제공하여 도움을 줄 수 있다.

예술교육에서의 상호작용적 학습 경험 제공

챗GPT를 통해 학습자는 상호작용적인 학습 경험을 할 수 있다. 예를 들어, 학습자가 작곡을 배우고 있다면, 챗GPT에게 특정 음악 장르나 작곡 기법에 대한 질문을 할 수 있다. 챗GPT는 관련 이론, 작곡가들의 작업 방식, 그리고 창작 팁을 제공함으로써, 학습자가 음악적 지식을 넓히고 자신만의 작품을 창작하는 데 필요한 실질적인 조언을 제공할 수 있다. 예를 들어, 어느 학생이 현대 재즈 작곡 기법을 배우고 싶어, 챗GPT에게 도움을 요청한다고 가정해 보자.

〈기본 이론과 개념 설명 요청〉

학생: 재즈 음악 작곡 기법에는 어떤 것들이 있나요?

챗GPT: 재즈 음악에는 여러 가지 특징적인 작곡 기법이 있습니다. 예를 들어, 임프로비제이션은 재즈에서 매우 중요한 요소로, 작곡가와 연주자가 순간의 영감을 바탕으로 즉흥적으로 음악을 창조합니다. 또한, 스윙 리듬, 블루 노트, 콤플렉스 코디들이 재즈 음악의 다른 핵심 요소입니다.

〈실질적인 조언과 창작 팁 제공〉

학생: 저는 피아노를 연주하면서 재즈 작곡을 해보고 싶어요. 어떻게 시작하는 게 좋을까요?

챗GPT: 피아노로 재즈를 작곡하기 시작하려면 기본적인 재즈 코디들을 배우는 것이 좋습니다. 간단한 블루스 스케일과 재즈 스탠다드 곡들을 연습해 보세요. 예를 들어, 'Autumn Leaves'나 'Blue Monk'와 같은 곡들은 재즈 코딩과 리듬을 이해하는 데 도움이 됩니다. 이 곡들을 배우면서 각 코드의 역할과 조화를 이해하고, 점차 자신만의 변주를 추가해 보세요.

〈창작 과정에서의 인터랙티브한 지원〉

학생: 내가 작곡한 재즈 피아노 솔로 중에 이 부분이 좀 어색한 것 같아요. 어떻게 개선할 수 있을까요?

챗GPT: 어색한 부분을 듣고 어떤 코드가 사용되었는지, 리듬이 어떻게 구성되었는지 분석해 보세요. 어쩌면 코드 진행을 보다 부드럽게 만들거나 리듬을 조금 더 다양화할 필요가 있을 수 있습니다. 예를 들어, 코드 전환 시에 세븐스나 나인스를 추가하여 보다 풍부한 소리를 만들 수 있으며, 또한 리듬을 조금 더 다이나믹하게 바꿔보는 것도 한 방법입니다.

이와 같이, 챗GPT는 학생이 음악적 지식을 넓히고 자신의 작품을 창작하는 데 필요한 실질적인 지원을 제공하며, 학습 과정에서 직접적인 인터랙션을 통해 학습 경험을 풍부하게 할 수 있다. 하지만 챗GPT와 같은 인공지능 도구를 문화예술교육에 활용할 때에는 기술의 한계와 윤리적 고려 사항을 명심해야 한다. 여기에서는 예술적 창작 과정에서 학습자의 독창성과 자율성을 존중하는 것이 중요하며, 챗GPT의 제안이나 정보가 학습자의 창의적 사고를 대체하는 것이 아니라, 보조하는 도구로 활용되어야 하며, 챗GPT가 제공하는 정보의 출처와 정확성을 검증하는 습관을 길러, 잘못된 정보에 기반한 학습이나 창작을 방지해야 한다.

창의적인 문화예술교육에서 챗GPT의 활용은 학습자들이 예술적 지식을 확장하고, 다양한 문화를 이해하며, 창의적인 아이디어와 영감을 얻는 데 크게 기여할 수 있다. 이를 통해 학습자는 자신의 예술적 재능과 창작 능력을 발전시키고, 글로벌 문화예술 커뮤니티와의 교류를 통해 더 넓은 시야를 갖게 될 것이다. 이것으로 예술 교육자와 학습자 모두가 인공지능 기술을 활용하여 창의적 사고를 촉진하고, 예술적 감수성을 키우며, 다양한 문화적 배경을 이해하는 과정에서 새로운 학습의 기회를 발견할 수 있다.

예술교육에서의 진정한 가치 발견은 챗GPT와 같은 기술을 통해, 학습자는 단순히 예술 기술을 배우는 것을 넘어, 예술을 통해 자신과 세계를 탐구하는 능력을 키울 수 있다. 예술교육은 기술적 능력의 습득뿐만 아니라, 비판적 사고, 문제 해결, 감정 표현, 그리고 인간 경험에 대한 깊은 이해를 포함한다. 챗GPT를 활용하면 이러한 교육적 목표를 달성하는 데 있어, 학습자 맞춤형 지원을 제공할 수 있으며, 교육 과정을 더욱 풍부하고 다층적인 경험으로 만들어 줄 수 있다. 그러므로 문화예술교육에서 인공지능 기술의 역할은 점점 더 중요해질 것이다. 이렇듯 기술의 발전은 예술교육의 접근성을 향상시키고, 다양한 배경을 가진 학습자들이 예술적 표현과 창작 활동에 참여할 수 있는 기회를 제공한다. 이를 통해, 보다 포괄적이고 다양성을 존중하는 방향으로 나아갈 것이며, 글로벌 예술 커뮤니티의 경계를 허물고 상호 문화적 이해와 협력을 증진시킬 수 있을 것이다.

이제 창의적인 문화예술교육에서 챗GPT의 활용은 무궁무진한 가능성을 열어준다. 이 기술을 통해 학습자는 자신의 창작력을 발휘하고, 다양한 문화적 배경을 이해하며, 예술적 지식과 기술을 깊이 있게 탐구할 수 있다. 교육자는 이 기술을 활용하여 학습자 개개인의 필요와 관심사에 맞는 교육 경험을 설계하고 제공함으로써, 예술교육의 질을 한층 더 높일 수 있다. 이렇듯 인공지능 기술과 예술교육의 결합은 창의력, 상상력, 그리고 인간 정신의 무한한 가능성을 탐구하는 새로운 시대의 문을 열고 있다.

창의성 교육의 챗GPT 통합

창의성은 오늘날의 교육에서 가장 중요하게 여겨지는 능력 중 하나이다. 정보의 홍수 속에서 원하는 지식을 찾고, 이를 통해 새로운 아이디어를 창출하며, 문제를 해결하는 능력은 개인의 성공뿐만 아니라, 현대 사회가 요구하는 핵심 역량이다. 이러한 맥락에서 인공지능 기술,

특히 자연어 처리를 기반으로 하는 챗GPT는 창의성 교육에 혁신을 가져올 수 있는 도구로 주목받고 있다. 챗GPT를 교육에 효과적으로 통합함으로써, 학생들은 더 넓은 범위의 정보를 손쉽게 탐색하고, 그 내용을 깊이 있게 분석하며, 자신만의 창작물을 만들어낼 수 있는 기회를 갖게 된다. 다음은 어떻게 이러한 도구를 창의성 교육에 효과적으로 통합할 수 있는지에 대한 구체적인 방법들이다.

새로운 아이디어의 씨앗 발견

창의적 사고의 첫걸음은 항상 새로운 아이디어의 발견에서 시작된다. 챗GPT는 다양한 주제와 분야에 대한 질문을 던지면서 새로운 아이디어의 씨앗을 발견할 수 있는 훌륭한 도구가 될 수 있다. 예를 들어, 학생들이나 창작자들이 특정 주제에 대해 깊이 있는 질문을 하고, 챗GPT가 제공하는 다양한 관점과 정보를 바탕으로 자신만의 아이디어를 확장할 수 있다.

비판적 사고와 분석적 능력 향상

창의성이 단지 창의적 아이디어를 내는 것에 그치지 않고, 그 아이디어를 비판적으로 평가하고 다듬는 과정도 포함된다. 챗GPT는 학습자들이 제시하는 아이디어에 대한 반응, 대안적인 시나리오, 다양한 해석을 제공함으로써, 그들의 비판적 사고와 분석적 능력을 키우는 데 도움을 준다. 이를 통해 학습자들은 자신의 생각을 깊이 있게 표현하고, 논리적 결론을 도출할 수 있게 된다.

실제 적용과 창작 활동으로 연결

이론에서 그치지 않고, 실제로 창작 활동에 챗GPT를 활용하는 것은 학습자들에게 매우 유익한 경험이 된다. 예를 들어, 문학 수업에서는 학생들이 챗GPT와 대화하며, 캐릭터의 대화나 스토리 라인을 개발할 수 있다. 그리고 미술 수업에서는 챗GPT가 제공하는 아이디어를 바탕으로 실제 작품을 창조해 볼 수 있으며, 이 과정에서 창의력과 예술적 감각을 발전시킬 수 있다.

지속적인 학습과 반복을 통한 성장

창의성은 일회성 이벤트가 아니라, 지속적인 학습과 반복을 통해 발전한다. 챗GPT를 정기적으로 사용하여 다양한 주제에 대한 토론을 이어가고, 그 과정에서 얻은 피드백을 통해 지속적으로 학습하고 성장하는 것이 중요하다. 학습자들은 이를 통해 자신의 생각과 아이디어를 지속적으로 발전시킬 수 있다.

이러한 방법들을 통해 창의성 교육에 챗GPT를 통합함으로써, 보다 풍부하고 심도 있는 학습 경험을 할 수 있을 것이며, 챗GPT의 활용은 단순히 정보를 제공하는 것을 넘어, 학습자의 창의적 사고와 창작 능력을 실질적으로 향상시킬 수 있는 강력한 도구가 될 것이다.

문화예술교육 현장에서의 인공지능 활용 사례

현대 사회에서 인공지능(AI) 기술의 발전은 교육 분야, 특히 문화예술교육에서 새로운 변화를 촉진하고 있다. AI의 다양한 응용이 가능해지면서, 문화예술교육 현장에서는 창의적 학습 경험과 교육의 질을 높이기 위해 AI를 활용하는 사례가 늘어나고 있다. AI는 학생들의 학습 방식을 개인화하고, 창의력을 발휘할 수 있는 다양한 기회를 제공함으로써, 교육 현장에 혁신을 가져오고 있다

현재 미국의 여러 예술 학교에서 AI 기반의 맞춤형 학습 관리 시스템을 도입하여 학생들에게 개인화된 교육 경험을 제공하고 있다. 예를 들어, 칸 아카데미(Khan Academy)는 학생들의 개별 성과에 따라 문제와 교훈을 조정하는 알고리즘을 활용하여 학습 경로를 개인화하고 있다. 이러한 시스템은 학생들에게 창의성을 자극하고 복잡한 주제를 간단하고 개인화된 방식으로 설명할 수 있는 챗봇을 포함하고 있다. 또 다른 예로, 마이크로소프트는 교육용 플랫폼인 팀즈(Teams)의 'Classwork' 기능을 통해 교육자들이 수업 자료를 생성하고 관리할 수 있도록 AI를 활용한 모듈 제안을 제공하고 있다. 이를 통해 교육자들은 AI를 활용하여 학습 내용을 강조하거나 단순화하는 등의 개인화된 학습 자료를 쉽게 생성할 수 있다. 이처럼 AI 기술은 교육 분야에서 맞춤형 학습을 강화하고, 학생들이 자신만의 속도와 스타일에 맞춰 학습할 수 있도록 지원함으로써 교육의 질을 향상시키는 데 기여하고 있다.

독일의 프라이 대학교 베를린(Freie Universität Berlin)에서는 AI를 활용한 음악교육 프로그램을 개발했다. 이 프로그램은 학생들이 창작 과정에서 다양한 음악적 요소들과 조화롭게 작업

할 수 있도록 AI 기술을 통합하여 지원한다. 이 프로그램은 학생들의 창의력을 향상시키고, 다양한 음악 스타일에 대한 이해를 돕기 위해 인터랙티브한 학습 도구로서 기능을 한다.

비슷한 사례로, 독일 내 다른 기관에서도 AI를 음악교육에 통합하여 사용하는 경향이 보고되고 있다. 예를 들어, 일반적인 음악교육 방식을 AI와 결합하여 개선하고자 하는 다양한 연구와 개발이 이루어지고 있고, 이러한 기술들은 음악 정보 검색(Music Information Retrieval, MIR)을 포함하여, 음악의 피치나 리듬과 같은 요소들을 분석하고 분류하는데 사용된다. 이와 같은 프로그램들은 음악교육의 개인화를 지원하고, 학습자가 자신의 속도에 맞춰 학습할 수 있게 하여, 교육의 효율성을 높이는 데 기여한다.

또한, 독일의 SRH 대학교 하이델베르크(SRH University of Applied Sciences Heidelberg)가 가상현실(VR)과 증강현실(AR)을 포함하는 게임 개발과 관련된 소프트웨어 엔지니어링 프로그램을 제공하고 있다. 이 프로그램은 디지털 도구와 방법을 통해 학생들이 현대적인 작업 환경에 필요한 기술을 습득할 수 있도록 설계되었으며, 독일 인공지능 연구센터(DFKI)의 교육 기술 연구소는 AI와 혁신적인 소프트웨어 기술을 활용하여 교육 과정을 지원한다. 이곳에서는 개인화된 학습과 적응적 학습 환경을 제공하여 학생들이 상호작용적인 방식으로 학습 내용을 접할 수 있도록 돕고 있다. 이와 같은 프로그램들은 학생들에게 현실감 있는 학습 경험을 제공하고, 다양한 학습 스타일에 맞춤화된 교육을 가능하게 하여 교육의 질을 향상시키는 데 기여한다.

이렇게 문화예술교육 분야에서의 인공지능 활용은 학습자 중심의 교육 패러다임을 강화하고, 창의력과 예술적 감각을 향상시키는 데 크게 기여하고 있다. 개인화된 학습 지원, 인터랙티브 학습 도구의 제공, 가상현실을 통한 몰입형 경험 제공 등, AI의 다양한 활용은 학생들이 예술을 보다 깊이 있고 다양하게 접근할 수 있게 만들어 준다. 앞으로도 이러한 기술의 발전과 함께 문화예술교육의 질적 향상을 기대할 수 있을 것이며, 이러한 변화를 통해 미래 예술교육의 풍경을 혁신적으로 변모시키며, 학생들에게 더욱 풍부하고 의미 있는 학습 기회를 제공할 것이다.

창의적 사고는 우리가 직면한 문제들에 대한 새로운 해결책을 찾고, 일상에 새로운 관점을 부여하는 데 필수적인 능력이다. 이러한 창의력은 단순히 예술가나 작가들만의 전유물이 아니라는 것이다. 비즈니스, 과학, 교육 등 거의 모든 분야에서 혁신을 이끄는 원동력으로 작용한다. 그러나 많은 사람들이 창의적 사고를 개발하는 것이 어렵다고 느낀다. 이는 창의성이 마치 타고난 재능처럼 느껴지기 때문일 수 있기 때문이다. 하지만 창의성은 훈련과 연습을 통해 향상시킬 수 있는 기술 중 하나이다.

인공지능 기술이 급속도로 발전하면서, 창의적 사고의 발달을 돕는 새로운 도구가 등장했다. 그 중에서도 챗GPT는 특히 유용한 도구이다. 챗GPT는 복잡한 자연어 처리 기술을 사용하여 대화형으로 정보를 제공하고, 다양한 주제에 대해 깊이 있는 토론을 가능하게 한다. 이를 통해 사용자는 자신의 생각을 확장하고, 새로운 아이디어를 생성하며, 문제 해결 능력을 향상시킬 수 있다. 창의적 사고를 개발하는 것은 일상적인 문제 해결 능력을 향상시키고, 개인적 및 전문적 성장을 촉진하는 데 중요한 역할을 한다. 다음은 창의적 사고를 개발하기 위한 몇 가지 구체적이고 실용적인 방법들이다.

호기심 기르기

창의적 사고의 기본은 호기심이다. 새로운 것을 배우고자 하는 열정은 지식의 범위를 넓히고, 다양한 관점에서 사물을 볼 수 있게 한다. 그러므로 궁금한 것을 메모하고, 그것에 대해 더 알아보는 습관을 기르는 것이 중요하다.

다양한 관점 채택하기

문제에 접근할 때 하나의 관점에만 머무르지 않고 여러 관점에서 고려해 보아야 한다. 이는 다른 문화, 산업, 심지어 다른 학문 분야의 관점이 포함된다. 이것으로 더 풍부하고 혁신적인 해결책을 생각해 낼 수 있다.

아이디어 연결하기

창의성은 종종 서로 다른 아이디어나 개념을 연결하는 데에서 발생한다. 새로운 연결을 만들기 위해 다양한 아이디어를 적어보고, 이들이 어떻게 관련될 수 있는지 생각해 보자. 예를 들어, 자연의 패턴을 이용해서 건축 디자인에 영감을 얻는 것과 같은 방식이다. 대표적인 사례로는 스페인의 바르셀로나에 위치한 유명한 건축가 안토니 가우디의 작품, '사그라다 파밀리아 대성당'을 들 수 있다. 가우디는 자연의 형태와 패턴에서 아이디어를 얻어 독특한 건축 스타일을 창조했다. 기둥은 자연의 나무와 가지 구조에서 영감을 얻었고, 천장은 거미줄이나 나뭇잎의 패턴을 연상시키는 복잡한 모자이크 형태로되어 있다. 또한, 외관은 일반적 건축물과 달리 곡선적 형태이다. 이는 자연의 동굴, 바위 형태 등에서 영감을 받았다고 한다.

사그라다 파밀리아 대성당_이미지 출처: 위키백과

브레인스토밍

브레인스토밍 세션을 정기적으로 가지면 창의적 사고를 자극할 수 있다. 가능한 많은 아이디어를 자유롭게 제시하고, 실현 가능성에 대한 판단은 나중에 하자. 이 과정에서 양보다는 질을 중시하는 것이 중요하다.

시각화 기법 사용하기

복잡한 문제나 아이디어를 시각적으로 표현해 보자. 마인드맵을 만들거나, 스토리보드를 그려보는 것이 포함된다. 시각화는 아이디어를 조직화하고, 눈에 보이지 않는 연결고리를 발견하는 데 도움을 준다.

마인드맵_이미지 출처: 챗GPT (DALL·E)

실패에서 배우기

창의적 사고를 개발하려면, 실패를 두려워하지 않고 실험적인 접근이 필요하다. 실패는 배움의 기회로, 무엇이 효과가 있고 무엇이 효과가 없는지 이해하는 데 중요하다.

반복적으로 연습하기

창의력 또한 기술이므로, 지속적인 연습과 반복을 통해 개선할 수 있다. 매일 정해진 시간에 창의적 활동을 하면 더 나은 아이디어를 빠르게 생성하는 능력이 향상된다.

이러한 방법들은 창의적 사고를 개발하는 데 있어 기초가 되며, 꾸준히 수행할 때 더 큰 효과를 볼 수 있다. 창의성은 발전 가능한 능력이므로, 이러한 활동을 일상에 통합함으로써, 누구나 창의적 사고를 강화할 수 있다.

문제 해결과 창의적 사고 촉진

창의적 사고는 현대 사회에서 더욱 중요해지고 있다. 복잡하고 도전적인 문제들이 계속해서 발생함에 따라, 전통적인 해결책만으로는 더 이상 충분하지 않게 되었다. 이에 따라, 개인과 조직 모두에서 창의적인 접근 방식이 필수적인 요소로 자리 잡고 있고, 창의성은 단순히 예술적인 활동에만 국한되지 않는다. 비즈니스, 공학, 교육 등 거의 모든 분야에서 창의적인 사고가 필요하다. 문제를 해결하고 새로운 기회를 발견하는 데 있어, 창의적인 접근이 얼마나 중요한지 이해하는 것이 중요하다.

창의적 사고의 개발은 특히, 문제 해결 과정에서 그 중요성이 두드러진다. 문제를 보는 새로운 시각을 개발하고, 기존의 사고방식에서 벗어나 새로운 솔루션을 제안할 수 있는 능력은 매우 가치 있는 자산이다. 이는 학습자와 전문가가 각기 다른 상황에서 더욱 효과적으로 대응할 수 있게 돕는다. 다음으로 소개할 두 가지 사례는 창의적 사고를 개발하고 촉진하는 방법에 대한 구체적인 예를 보여준다. 이 사례들을 통해 어떻게 창의적 사고가 문제 해결 과정에 적용하여, 혁신적인 아이디어가 실제 상황에서 어떻게 구현될 수 있는지를 살펴보고, 창의적 사고를 개발하고 문제 해결 능력을 향상시키는 방법을 구체적인 예시로 설명해 보자.

교육 기관의 문제 해결 프로젝트로 상황은 한 중학교에서 학생들의 창의적 사고와 문제 해결 능력을 개발하기 위해 주제 기반 프로젝트를 실시했다. 주제는 학생들은 지역 사회에서 발생하는 지역의 교통 문제 해결을 위한 프로젝트이고 학생들은 해당 문제에 대해 인터넷 조사, 전문가 인터뷰, 현장 조사 등을 통해 필요한 정보를 수집한다. 조사 결과를 바탕으로, 학생들은 다양한 해결책을 제안하고 이 중에서 가장 효과적인 방법을 선정한다. 학생들은 교통 흐름을 개선하기 위한 새로운 도로 배치나 신호 시스템을 제안한다. 프로젝트의 결과는 학교와 지역사회 앞에서 발표하고, 이 과정에서 학생들은 다른 사람들의 의견과 피드백을 받아 자신의 아이디어를 더욱 발전시켜 나간다.

이러한 예시는 창의적 사고와 문제 해결 과정에서 다양한 접근 방법을 통해 혁신적인 해결책을 도출하고, 이를 실제 상황에 적용하는 방법을 보여주는 것이다. 이렇듯 창의성은 개인이나 팀이 직면한 문제에 대한 독창적이고 효과적인 해결책을 제시할 수 있도록 만드는 중요한 역량이다.

챗GPT를 활용한 학습자 참여 방안

현대 교육 환경에서 기술의 역할은 더욱 중요해지고 있다. 특히, 인공지능(AI)은 학습 방식의 패러다임을 변화시키고 있으며, 교육자와 학습자 모두에게 새로운 기회를 제공한다. 챗 GPT와 같은 AI 기반 도구는 교육 과정에 혁신을 가져오며, 이를 통해 학습자의 참여와 몰입을 극대화할 수 있는 방법을 모색할 수 있다. 이러한 기술적 진보는 개별 학습자에게 맞춤화된 교육 경험을 제공하고, 학습 효율성을 높이며, 학습 과정에서의 동기 부여를 증진시킬 수 있다. 학습자의 참여를 높이는 것은 교육의 성공에 있어 필수적인 요소이므로, 참여도가 높은 학습 환경은 학습자가 적극적으로 지식을 탐구하고, 문제 해결 능력을 개발하며, 지속적으로 학습에 몰입하게 만드는 것이다. 이러한 환경에서 챗GPT의 활용은 교육자가 학습자와의 상호작용을 보다 효과적으로 설계하고 실행할 수 있도록 지원한다. 인공지능을 활용한 교육 접근 방식은 학습자 개개인의 요구를 충족시키고, 그들의 창의력과 비판적 사고력을 키우는 데 중요한 역할을 할 수 있다.

따라서, 챗GPT를 활용한 구체적이고 실질적인 학습자 참여 방안을 소개하며, 이를 통해 어떻게 교육자들이 학습자의 참여를 높이고, 교육 효과를 극대화할 수 있는지에 대해 고민해 보자. 이러한 전략들은 교육 현장에서 AI 기술의 잠재력을 최대한 활용하여 학습 경험을 혁신하는 데 중요한 역할을 할 것이다. 챗GPT를 활용한 학습자 참여 방안은 교육 환경에서 인공지능의 힘을 활용하여 다음과 같이 학습의 효과를 극대화하는 데 초점을 맞춘다.

개별화된 학습 경로 제공

챗GPT는 학습자의 수준, 선호도, 학습 스타일에 맞춘 개인화된 학습 경로를 제공할 수 있다. 이는 학습자가 자신의 속도로 학습하고, 관심 있는 주제를 탐구할 수 있게 함으로써, 학습 동기를 유발 시킬수 있다. 예를 들어, 학습자에게 특정 주제에 대해 질문하게 하고, 챗GPT가 그에 대한 맞춤형 설명과 추가 자료를 제공하게 한다. 그리고 학습자의 질문과 반응을 분석하여, 개인의 학습 진도에 맞는 추가적인 도전 과제나 설명을 제공한다.

인터랙티브한 토론 및 피드백

챗GPT는 언제든지 접근 가능한 토론 파트너로서, 학습자와의 지속적인 대화를 통해 학습 내용에 대한 깊이 있는 이해와 비판적 사고를 촉진할 수 있다. 학습자가 읽은 기사, 책, 논문에 대한 의견을 챗GPT와 토론하게 하고, 다양한 시나리오와 질문을 제시하여 학습자가 문제 해결 능력을 개발할 수 있도록 도와준다. 또한, 학습자의 응답에 대해 즉각적인 피드백을 제공하여 오류를 바로잡고 학습 효과를 극대화하는 것이다.

롤플레이 및 시뮬레이션

챗GPT는 다양한 역할을 맡아, 시뮬레이션과 롤플레이를 통해 학습자가 실제 상황에서 가능한 반응을 탐색하게 할 수 있다. 이는 특히 언어 학습, 역사, 윤리와 같은 주제에 유용하다. 예를 들어, 언어 학습에서 챗GPT와의 대화를 통해 새로운 어휘나 표현을 실습하고, 역사적 상황이나 윤리적 딜레마를 주제로 한 롤플레이를 진행하여 학습자가 다양한 관점에서 사고할 수 있도록 한다.

창의적 사고 및 아이디어 발산 지원

챗GPT는 브레인스토밍 세션에서 아이디어를 제시하고 확장하는 데 도움을 줄 수 있다. 이는 학습자가 창의적으로 생각하고 자신의 아이디어를 더욱 발전시킬 수 있도록 해준다. 이에 주어진 주제에 대해 챗GPT와 함께 브레인스토밍을 진행하고, 학습자가 제안한 아이디어에 대해 챗GPT가 추가적인 아이디어, 자료, 예시를 제공하며 아이디어를 심화시킨다.

지속적 학습 및 동기 부여

챗GPT는 학습자가 꾸준히 학습할 수 있도록 동기를 부여하는 맞춤형 메시지나 도전 과제를 제공할 수 있다. 정기적으로 학습자의 학습 진도를 검토하고, 개인의 목표에 따라 동기 부여 메시지를 제공함으로 달성한 성과에 대해 축하하는 메시지를 보내 학습자가 성취감을 느끼도록 한다. 이렇게 챗GPT를 활용한 학습자 참여 방안은 교육자가 테크놀로지를 통해 학습 경험을 개선하고, 학습자의 참여를 높이는 데 중요한 역할을 할 수 있다. 이러한 전략은 학습 과정을 보다 개인화하고, 상호작용적이며, 동기 부여가 되도록 만들어 학습의 효과를 최대화할 수 있다.

기술 기반 창작 활동과 워크숍은 현대 교육에서 창의성과 기술을 결합하는 중요한 방식이다. 이번 챕터에서는 챗GPT를 활용한 창작 워크숍의 설계와 진행 방법을 테마 설정, 인터랙티브 세션 계획, 크리틱 및 리뷰 세션을 통해 학생들과 창작자들이 기술을 활용하여 창의적인 작업을 수행하는 방법을 제시한다. 또한, 실제 사례를 통해 기술 기반 창작 활동의 효과를 살펴보고, 인터랙티브 미디어 아트 프로젝트를 통해 새로운 예술적 표현 방식을 모색하여, 창의적 사고와 기술을 통해 자신의 아이디어를 구체화할 수 있는 방법에 대해 살펴볼 것이다.

챗GPT를 활용한 창작 워크숍 설계와 진행

챗GPT를 활용한 창의적 문화예술교육 워크숍을 설계하고 진행하는 방법에는 여러 접근 방식이 있다. 챗GPT를 활용하여 기술 기반 창작 활동과 워크숍을 진행하는 방법과 구체적인 사례를 이야기해 보자.

테마 설정 및 개요 설계

예를 들어, AI를 활용한 시각 예술 창작이나 기술을 통한 창의적 글쓰기 등이 될 수 있다. 워크숍의 목표는 참가자들이 AI를 활용하여 시각 예술 작품을 창작하는 방법을 배우는 것이다. 사전에 참가자들에게 챗GPT를 소개하고, AI가 예술 창작에 어떻게 적용될 수 있는지에 대한 기본 정보를 제공한다. 그리고, 챗GPT를 사용하여 참가자들에게 현대 예술의 트렌드, 다양한 시각 예술 기법, 그리고 인공지능 기술의 예술적 적용 사례에 대해 설명하는 자료를 준비한다.

참가자들이 워크숍에 참여하기 전에 이 자료를 읽을 수 있도록 하며, 워크숍에서는 참가자들이 간단한 주제를 받고 챗GPT를 사용하여 그 주제에 대한 창의적 아이디어를 발전시키는 활동을 한다. 예를 들어, '자연과 기술의 조화'라는 주제로 AI를 통해 다양한 예술적 접근 방식을 탐색한다. 이를 통해 챗GPT에서 얻은 아이디어를 바탕으로 실제 작품을 창작한다.

챗GPT를 활용한 생활 발명 아이디어 프롬프트 (예시)

 나는 생활 발명 아이디어 개발자로 자연과 기술의 조화를 주제로 생활에 필요한 도구를 만들고 싶어. 기존 창작된 작품이 아닌 새로운 아이디어를 제안해 줘.

 자연과 기술의 조화를 주제로 한 생활 도구 아이디어를 개발하는 것은 지속 가능하고 혁신적인 제품을 창출할 수 있는 훌륭한 방향입니다. 여기 몇 가지 독창적인 아이디어를 제안합니다.

1. 스마트 그린 벽

개념: 스마트 그린 벽은 실내 환경을 자연스럽게 개선하는 동시에 기술을 통해 관리될 수 있는 생활 도구입니다. 이 벽은 실내 공기 질을 자동으로 모니터링하고 정화하는 기능을 가진 식물로 채워집니다. 스마트 센서는 공기의 질, 습도, 온도를 감지하고, 이 데이터를 기반으로 식물의 물주기 및 조명을 자동으로 조절합니다.

혜택: 사용자는 식물을 통해 공기를 정화하고, 실내 환경을 자연스럽게 개선할 수 있습니다. 또한, 스마트 기능은 사용자가 식물 관리에 드는 노력을 최소화하면서 최적의 성장 환경을 유지하도록 도와줍니다.

2. 태양 에너지 충전 스테이션

개념: 태양 에너지를 이용해 전자기기를 충전할 수 있는 휴대용 충전 스테이션입니다. 이 도구는 접이식 태양 전지판과 고용량 배터리를 통합하여, 어디에서나 친환경적으로 전자기기를 충전할 수 있도록 합니다.

혜택: 야외 활동이 많은 사용자에게 특히 유용하며, 전기 접근성이 제한된 지역에서도 사용할 수 있습니다. 태양 에너지를 활용함으로써, 환경에 미치는 영향을 최소화하고 지속 가능한 생활을 장려합니다.

― 중략 ―

혜택: 바쁜 일상 속에서도 식물을 잘 관리할 수 있도록 도와주며, 식물이 더 건강하게 자랄 수 있는 환경을 제공합니다. 사용자는 앱을 통해 식물 관리에 필요한 모든 정보를 손쉽게 접근할 수 있습니다.

이러한 아이디어들은 자연과 기술의 조화를 통해 일상 생활에서 편리함을 제공하고, 환경을 보호하는 데 기여할 수 있습니다. 기존의 생활 방식을 혁신적으로 개선할 수 있는 새로운 도구를 만드는 데 있어 이러한 접근 방식이 중요한 영감을 줄 수 있을 것입니다.

이렇게 작성된 예시를 통해 얻은 아이디어로 자신만의 작품을 만드는 것이 중요하다. 단, 챗GPT를 활용해 얻은 아이디어는 발명아이디어를 검색하는 특허정보검색 서비스 키프리스(http://www.kipris.or.kr)를 통해 비슷한 창작품이 있는지 검색을 해 보는 것이 필요하다.

이미지 출처: 특허정보검색서비스 키프리스

아이디어를 통해 작품이 완성된 후에는 다른 참가자들과 함께 그 작품들을 공유하고, 챗GPT를 활용하여 상호 피드백을 주고받는 시간을 갖는다. 이 과정에서 챗GPT는 각 작품에 대한 기술적 분석과 창의적 조언을 제공하여 참가자들이 자신의 작품을 개선할 수 있도록 돕는다. 이러한 사례를 통해 참가자들은 AI 기술을 예술 창작에 어떻게 통합할 수 있는지를 실질적으로 경험하고, 자신의 예술적 기술을 개발할 수 있는 기회를 얻게 된다.

인터랙티브 세션 계획

참가자들이 직접 챗GPT를 활용하여 창작을 시도해 볼 수 있는 세션을 계획한다. 예를 들어, 참가자들이 질문을 던지고 챗GPT가 제공하는 아이디어를 바탕으로 스케치나 시를 작성하게 한다. 참가자들의 창작물에 대해 챗GPT가 피드백을 제공하도록 설정한다. 이를 통해 참가자들은 실시간으로 자신의 작품을 개선할 수 있다. 다음과 같은 '인터랙티브 세션 계획'에 대한 구체적인 예시 사례로 계획해 보자.

▶ 세션 이름: AI와 함께하는 창의적 스케치 및 시 쓰기 워크숍

▶ **목표:** 참가자들이 AI와 상호작용하며, 자신만의 창작물을 생성하고, AI로부터 즉각적인 피드백을 받아 작품을 개선한다.

▶ **세부 계획**

1. 워크숍 소개

워크숍의 목적과 챗GPT의 사용 방법에 대해 소개한다. 참가자들에게 각자 편안하게 창작할 수 있는 환경을 제공한다. (예: 드로잉 패드, 노트북, 종이 및 필기구)

2. 창작 시작

참가자들에게 간단한 주제를 제공한다. 예를 들어, "숲 속의 조용한 아침"이라는 주제로 스케치나 시를 작성하도록 한다. 참가자들은 주어진 주제에 대해 챗GPT와 대화하면서 아이디어를 발전시키고, 그 아이디어를 바탕으로 스케치나 시를 창작한다.

3. 피드백 세션

참가자들은 완성된 작품을 다른 참가자들과 공유한다. 챗GPT를 사용하여 각 작품에 대한 피드백을 제공한다. 예를 들어, 시의 경우 언어의 흐름, 이미지의 사용, 감정 표현 등을 평가하고 개선점을 제안한다.

4. 작품 개선

참가자들은 챗GPT의 피드백을 바탕으로 자신의 작품을 수정하고 개선할 기회를 갖는다. 필요한 경우, 추가적인 피드백을 위해 다시 AI와 상호작용할 수 있다.

5. 성찰 및 공유

워크숍의 마지막 부분에서는 참가자들이 이 경험을 통해 얻은 인사이트나 느낀 점을 공유한다. 워크숍을 마무리하며, 참가자들이 앞으로 어떻게 AI를 창작 과정에 통합할 수 있을지 논의한다.

이러한 세션을 통해 참가자들은 기술을 활용한 창작의 가능성을 탐구하고, 자신의 창의적인 표현력을 발전시킬 수 있는 기회를 갖는다. 이 과정에서 AI는 창작물의 질을 향상시키는 데 중요한 역할을 하며, 참가자들은 새로운 도구를 사용하여 예술적 아이디어를 확장하는 방법을 배우게 된다.

크리틱 및 리뷰 세션

워크숍의 마지막 부분에서는 참가자들이 자신의 작업을 서로 공유하고 챗GPT를 활용하여 서로의 작업에 대한 피드백을 제공한다. 이 과정에서 챗GPT는 예술 이론, 기술적 측면 및 창의적 접근에 대한 깊이 있는 분석을 제공하여 참가자들이 보다 전문적인 시각에서 작품을 평가할 수 있도록 돕는다. 우선, 참가자들이 자신의 작품을 서로 공유하고, 챗GPT를 통해 얻은 각 작품에 대한 피드백을 제공하여 서로의 이해도와 예술적 감각을 향상시킨다. 구체적인 진행 방법을 상상해서 세션별로 정리해 보자.

▶ 세부 진행 방법

1. 작품 공유
 각 참가자는 자신이 만든 작품을 다른 참가자들 앞에서 소개한다. 예를 들어, 한 참가자가 "도시의 밤"이라는 주제로 만든 디지털 아트 작품을 설명하면서, 사용된 색채, 구성, 테마의 선택 이유 등을 발표한다.

2. 챗GPT 활용 피드백
참가자의 작품 설명이 끝나면, 다른 참가자들은 챗GPT를 활용하여 그 작품에 대한 피드백을 요청한다. 예를 들어, "이 작품의 색채 사용이 감정 전달에 어떤 영향을 미쳤는지 분석해 줄 수 있나요?"라는 질문을 할 수 있다. 챗GPT는 예술 이론과 기술적 측면을 바탕으로 깊이 있는 분석을 제공한다. 예를 들어, "이 작품에서 사용된 파란색과 검은색은 밤의 신비로움과 고독감을 강조하며, 이는 현대 도시 생활의 고립감을 상징적으로 표현하고 있습니다"라고 분석할 수 있다.

3. 참가자 상호 피드
챗GPT의 피드백을 바탕으로 참가자들은 추가적인 의견을 교환하며, 서로의 작품을 더 깊이 이해하고, 예술적 통찰을 공유한다. 참가자들은 각기 다른 시각에서 작품을 바라보고 다양한 해석을 제시할 수 있다.

4. 피드백 반영과 개선안 논의
마지막으로, 참가자들은 받은 피드백을 바탕으로 자신의 작품을 어떻게 개선할 수 있을지 구체적인 개선안을 논의한다. 이 과정에서 참가자들은 창작의 다양한 가능성을 탐구하고, 자신의 예술적 기술을 더욱 발전시킬 수 있는 기회를 갖게 된다.

이렇게 인터랙티브한 세션은 참가자들이 자신의 창작물에 대한 다양한 피드백을 받고, 이를 통해 더욱 풍부하고 다층적인 작품을 만들어 나갈 수 있도록 돕는다.

사례

예를 들어, 한 예술 학교에서는 "챗GPT와 함께하는 디지털 아트 만들기" 워크숍을 개최한다. 이 워크숍에서는 참가자들이 챗GPT와 대화하며, 제안된 아이디어를 바탕으로 디지털 미디어를 활용해 개인 작품을 생성한다. 참가자들은 AI의 제안을 통해 예술적 표현을 확장하고, 최종적으로 자신만의 독창적인 디지털 아트워크를 완성한다. 비슷한 예로, 로드아일랜드 디자인 스쿨(Rhode Island School of Design, RISD)에서는 "Art and AI" 및 "Teaching and Writing With AI"라는 수업을 통해 학생들이 AI를 예술 창작에 활용할 수 있도록 지도하고 있다. 이러한 수업들은 AI를 창의적 도구로써 활용하는 방법을 탐구하며, 학생들은 AI 기술을 통해 자신만의 예술적 표현을 확장하는 경험을 하게 된다.

또 다른 사례로는 링글링 대학(Ringling College of Art and Design)이 있다. 링글링에서는 AI 기술을 교육 과정에 통합하여, "Writing With AI" 및 "Fundamentals of AI" 같은 과목을 개설하고 있다. 이 과정들을 통해 학생들은 AI를 활용한 창작 활동에 대해 배우고, 실제 예술 작업에 AI를 어떻게 활용할 수 있는지를 실습한다. 이러한 워크숍을 통해 참가자들은 기술과 예술의 융합을 경험하고, 창의적 사고를 확장할 수 있는 기회를 갖게 된다. 또한, 인공지능과 같은 현대 기술이 예술 창작 과정에 어떻게 통합될 수 있는지에 대한 이해도를 높일 수 있다.

이미지 출처: 링글링대학 웹사이트

인터랙티브 미디어 아트 프로젝트를 계획할 때 챗GPT를 활용하여 학생들과 창작자들에게 창의적인 경험을 제공하는 방법은 중요하다. 학생들과 창작자들은 프로젝트의 목적과 목표를 명확히 해야한다. 예를 들어, AI를 활용하여 인터랙티브 설치 미술을 만드는 것을 목표로 할 수 있다. 참가자들이 창출할 결과물의 유형을 결정한다. (예: 비디오 아트, 인터랙티브 조각)

유형 예시 중 인터랙티브 조각으로 개발된 프로젝트의 사례로 "감정 반응 조각"을 들어 보자. 이 조각은 관람객의 감정을 센서를 통해 감지하고, 그 데이터를 기반으로 조각의 색상, 빛, 소리가 변화하는 방식으로 설계한다. 예를 들어, 관람객이 행복함을 느낄 때는 조각이 밝은 색으로 변하고, 슬픔을 느낄 때는 어두운 색으로 변한다. 이런 방식으로 조각은 관람객의 감정 상태에 따라 동적으로 반응하며, 예술과 기술의 융합을 통해 새로운 차원의 인터랙티브 경험을 제공할 수 있다. 창출할 결과물의 유형을 결정하기 어렵다면, 자신이 관심 있거나 잘하는 분야를 인터랙티브 미디어 아트로 계획해 보고 싶다는 내용을 챗GPT를 활용하여 프롬프트를 작성해 지시하면 다양한 제안이 생성될 것이다.

결과물의 유형으로 프로젝트 목적과 목표가 명확해 지면 챗GPT와 같은 AI 도구를 사용하여 창작 아이디어를 생성하고, 스토리텔링이나 컨셉 개발을 도울 수도 있다. 추가적인 기술적 수단(예: 센서, 모션 트래킹, VR)을 선택하여 작품에 인터랙티브 요소를 추가한다. 그리고, 참가자들이 사용할 기술에 대해 교육하는 세션을 포함한다. 예를 들어, 챗GPT의 기능과 그것을 창작 과정에 통합하는 방법을 소개하고, 창작 과정에서 필요한 기술적 능력을 키울 수 있는 실습 활동을 마련한다.

실습 활동을 참가자들이 개별적 또는 그룹으로 프로젝트 아이디어를 구체화하고, 챗GPT를 활용하여 내용을 발전시키도록 한다. 또한, 참가자들이 AI의 피드백을 받으며 작품을 개선할 수 있도록 지원한다. 그렇게 완성된 인터랙티브 미디어 아트 작품을 전시하는 이벤트를 계획하고, 전시를 통해 참가자들의 작품을 평가하며, 관람객의 피드백을 수집한다. 이러한 인터랙티브 미디어 아트 프로젝트를 구체적으로 실행한 사례를 보면 다음과 같다.

MIT의 예술 및 디자인 분야에서 인공지능의 미래에 대한 패널 토론은 창의적인 전문가들에게 AI가 제공하는 독특한 도전과 기회를 탐구하는 장이었다. 이 토론에서는 Generative AI가

데이터를 새로운 콘텐츠로 변환하는 능력을 통해 예술과 디자인에 어떻게 영향을 미칠 수 있는지에 대해 논의가 되었고, MIT에서는 기술과 예술의 융합을 통해 창의력을 촉진하고, 예술가들이 전통적인 스토리텔링의 경계를 넘어설 수 있도록 지원하고 있었다. 또한, ARTTIFY에서는 디지털 스토리텔링이라는 주제로 예술과 기술의 융합을 탐구했다. 이 플랫폼은 예술가들이 가상현실 플랫폼을 사용하여 창의적인 이야기를 만들어내고, 관객들이 새로운 경험의 세계로 빠져들 수 있게 한다. 이 과정에서 관객은 단순한 관람자에서 활동적인 스토리 참여자로 변모하며, 자신의 선택이 이야기의 발전과 결과에 영향을 미칠 수 있도록 했다.

이러한 사례들은 학생들과 창작자들이 인터랙티브 미디어 아트 프로젝트를 계획할 때 참고할 수 있는 좋은 자료가 된다. AI와 기술을 활용하여 창의적인 프로젝트를 설계하고, 관객과의 상호작용을 통해 새로운 형태의 예술을 탐구하는 것은 이제, 현대 예술교육의 중요한 방향 중 하나가 되었다.

교육 평가와 학습 성과 향상은 학생들의 잠재력을 최대한 발휘하게 하는 핵심 요소이다. 이번 챕터에서는 챗GPT를 활용한 포트폴리오 평가, 피어 리뷰, 자기 평가 등의 다양한 방법을 소개하고, AI 기반 피드백 시스템을 통한 학습 성과 향상 전략을 탐구한다.

챗GPT를 이용한 교육 평가 방법 개발

챗GPT를 이용한 교육 평가 방법 개발은 학생들의 학습 경험을 향상시키기 위한 혁신적인 접근이 필요하다. 포트폴리오 평가에서는 자동화된 분석과 구체적 피드백을, 피어 리뷰에서는 구조적 가이드라인과 요약 피드백, 자기 평가를 통해 학생들의 반성적 사고를 촉진하고, AI 기반 피드백 시스템을 통해 실시간 피드백과 개별화된 학습 경로를 제안할 것이다.

포트폴리오 평가

참가자들이 워크숍 동안 생성한 작품들을 포트폴리오로 제출하도록 한다. 이 포트폴리오는 창작 과정에서의 발전, 창의성, 기술 활용 능력 등을 종합적으로 보여준다. 평가자는 각 포트폴리오를 검토하고, 챗GPT를 사용하여 창작물에 대한 상세한 피드백을 제공한다. AI는 작품의 주제, 형식, 내용 등에 대한 분석을 제공하여 평가의 객관성을 높일 수 있다.

피어 리뷰

참가자들이 서로의 작품을 평가하도록 한다. 이 과정에서 챗GPT는 평가 기준과 피드백 제공 방법을 안내한다. 평가자는 피어 리뷰의 과정을 감독하고, 챗GPT를 통해 수집된 피드백을 종합하여 참가자들에게 추가적인 조언을 제공한다.

자기 평가

참가자들은 자신의 학습 과정과 결과물을 스스로 평가하도록 한다. 챗GPT는 자기 평가를 위한 질문 목록을 제공하고, 자신의 창작 과정과 결과에 대해 성찰할 수 있도록 도우며, 평가자는 자기 평가를 바탕으로 개인별 맞춤 피드백을 제공하고, 개인의 성장 가능성을 도출한다.

예를 들어, 조지아 공과대학교(Georgia Tech)에서는 "Art & AI VIP"라는 프로젝트를 통해 학생들이 AI와 협업하여 인터랙티브 미디어 아트를 창작한다. 이 프로그램은 LMC(Literature, Media, and Communication) 부서에서 진행되는데, 학생들은 AI 기술을 활용하여 다양한 예술 프로젝트를 개발하며, 학생들은 AI를 이용하여 시각적 이야기를 구성하고, 관객이 스토리에 상호작용할 수 있는 설치물을 만든다 .

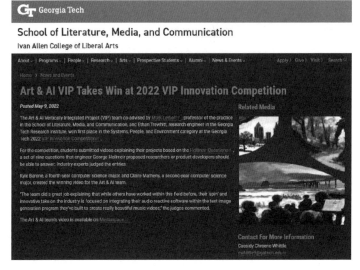

이미지 출처: 조지아 공과대학교

또한, 미국 메사추세츠 공과대학교(MIT)에서는 AI가 예술과 디자인을 어떻게 변화시킬 수 있는지 탐구하는 패널 토론을 진행했다. 이 토론에서는 Generative AI를 이용한 프로젝트 사례가 소개되었는데, 예술가들은 AI를 활용하여 다차원적인 디지털 스토리텔링을 구현했다. AI는 스토리텔링의 구조와 내용을 개발하는 데 중요한 역할을 하며, 관객이 이야기 속으로 더 깊이 몰입할 수 있도록 만든다. 이러한 사례들은 챗GPT를 활용한 교육 평가 방법 개발에 중요한 통찰을 제공한다. 평가자는 이러한 프로젝트를 통해 AI의 역할과 학생들의 창작 과정에서 AI가 어떻게 활용되었는지를 평가할 수 있다. 평가 과정에서는 AI가 제공하는 데이터와 분석을 활용하여 학생들의 창작물에 대한 깊이 있는 평가를 수행하고, 이를 통해 학생들의 창의적 성장을 지원할 수 있다.

챗GPT와 같은 AI 기반 피드백 시스템을 통해 문화예술교육의 학습 성과를 향상시킬 수 있는 전략에 대해 알아 보자.

챗GPT를 활용하여 학생들이 창작 활동을 수행하는 동안 실시간으로 피드백을 제공한다. 이를 통해 학생들은 즉시, 자신의 작업을 수정하고 개선할 수 있다. 학생들이 디지털 아트 작업을 수행할 때, 챗GPT는 사용된 색채, 구성 및 테마 등에 대해 즉각적인 분석과 조언을 제공하고, AI를 통해 학생들의 그래픽 디자인 프로젝트에 대한 색상 조화와 비주얼 밸런스에 대한 피드백을 제공하여 학생들의 디자인 능력을 향상시킬 수 있다. 그리고 학생들의 선호도, 학습 속도 및 반응을 분석하여 개별 맞춤형 학습 경로를 제공하고, 챗GPT는 각 학생의 진행 상황에 맞춰 개인화된 학습 자료와 활동을 추천한다.

비슷한 사례로, California Institute of the Arts (CalArts)를 언급할 수 있다. CalArts는 드라마와 댄스 분야에서 뛰어난 교육을 제공하는 것으로 알려져 있으며, 학생들에게 산업 전문가의 시각과 경험을 제공하기 위해 게스트 아티스트를 초청한다. 또 다른 사례로는 Juilliard School이 있다. Juilliard School에서는 공연 예술 학생들을 위해 첨단 기술을 활용한 교육 방법을 도입하고 있다. 예를 들어, 디지털 기술과 AI를 활용하여 학생들의 연기 능력과 표현 스타일을 분석하고, 이를 통해 학생 개개인에게 맞춤형 연습과 피드백을 제공하는데, 이러한 기술의 도입은 학생들이 자신의 약점을 정확히 파악하고, 이를 개선하기 위한 구체적인 방법을 학습할 수 있도록 해준다. 이러한 예들은 공연예술 교육에서 기술의 활용이 어떻게 학생들의 학습 경험을 풍부하게 하고, 그들의 기술을 향상시킬 수 있는지를 보여준다. 이렇듯 AI와 같은 기술을 교육에 통합함으로써, 학생들은 보다 심층적이고 개인화된 학습 경험을 할 수 있으며, 전반적인 예술적 능력 향상에 크게 기여할 수 있다.

챗GPT를 사용하여 학생들이 상호작용하는 학습 환경을 조성하면, 학생들은 AI와의 대화를 통해 문제를 해결하고 창의적 아이디어를 발전시킬 수 있다. 예를 들어, California Institute of the Arts (CalArts)는 애니메이션 분야에서 AI를 활용한 교육 방법을 도입하여 학생들이 자신의 창작물에 대해 심층적인 피드백을 받고 개선할 수 있도록 지원한다. 학생들은 AI를 통해 스토리라인을 구체화하고, 캐릭터 개발에 필요한 조언을 얻으며, 이야기 구성을 효과적으로 개선하는 기회를 가진다.

이미지 출처: 조지아 공과대학교 (사바나 아카데미 웹사이트)

그리고 챗GPT를 통해 학습자의 진행 상황을 지속적으로 모니터링하고, 필요할 때 적절한 개입을 제공하여 학습 목표 달성을 지원한다. 또한, 디지털 음악 제작 과정에서 챗GPT는 학생들의 작업 파일을 분석하여 작곡 기술의 발전을 추적하고, 개선이 필요한 영역에 대해 구체적인 조언과 자료를 제공하여, 이를 통해 학생들은 자신의 음악적 표현과 기술을 체계적으로 개발할 수 있다. 예를 들어, 버클리 음악 대학(Berklee College of Music)에서는 챗GPT를 활용한 디지털 음악 제작 과정을 도입하고 있다. 이 과정에서 학생들은 자신의 작곡 파일을 챗GPT에 제출하고, AI는 이를 분석하여 멜로디, 조화, 리듬 등의 다양한 측면에서 피드백을 제공한다. 특히, AI는 작곡 중 발견된 일반적인 문제점들을 지적하고, 개선을 위한 구체적인 조언과 함께 관련 이론이나 기술적 자료를 추천하여 학생들이 자신의 음악적 스킬을 체계적으로 발전시킬 수 있도록 돕는다.

또한, 학생들은 챗GPT와의 상호작용을 통해 자신의 음악적 아이디어를 발전시키고, 특정 음악 장르에 대한 스타일 분석이나, 현대 음악 트렌드에 맞는 작곡 방법 등을 AI로부터 배울 수 있다. 이 과정은 학생들이 자신의 음악적 표현을 다양화하고, 전문적인 작곡 능력을 향상시키는 데 큰 도움이 된다. 이러한 전략들은 문화예술교육 창작 전략가로서 학생들과 창작자들이 기술을 효과적으로 활용하며, 창의성을 발휘할 수 있도록 지원하는 중요한 역할을 한다. 각 전략은 창의적 문화예술교육에서 기술의 역할을 강화하고, 학습자들이 자신의 잠재력을 최대한 발휘할 수 있도록 돕는다.

챗GPT와 같은 인공지능이 교육 분야에서 혁신을 이루기 위해 어떻게 활용될 수 있을까? 챗GPT는 교육 분야에서 혁신을 이루기 위해 맞춤형 학습 경로 제공, 실시간 피드백, 자동화된 평가 및 분석, 창의적 사고 촉진, 상호작용적 학습 경험 제공 등 다양한 방법으로 활용될 수 있다. 이를 통해 학생 개개의 학습 효율성을 높이고, 공정하고 신속한 평가를 제공하며, 창의적 문제 해결 능력을 향상시킬 수 있다.

창의력과 인공지능의 융합

챗GPT와 같은 고급 자연어 처리 모델은 인간의 언어를 이해하고 생성하는 능력을 기반으로 한다. 이러한 기술은 창의적인 작업에 필수적인 커뮤니케이션과 아이디어의 표현을 돕는다. 예를 들어, 작가나 시나리오 작성자는 챗GPT를 사용하여 캐릭터의 대화를 개발하거나 플롯 아이디어를 확장할 수 있다. 이는 창작 과정에서 다양한 시각과 아이디어를 탐색하는 데 큰 도움이 된다.

교육 분야에서의 혁신

교육 분야에서도 챗GPT의 활용은 학습과 교육 방법을 혁신적으로 변화시키고 있다. 학생 개개인에 맞춤화된 학습 지원을 제공함으로써, 학생들은 자신의 속도로 학습을 진행할 수 있고, 언제든지 필요한 지식을 얻을 수 있다. 또한, 챗GPT는 학생들이 문제를 해결하는 방식을 다양화하고 창의적 사고를 촉진하며, 토론과 논리적 사고 능력을 키우는 데에도 효과적이다.

비즈니스와 혁신

비즈니스 영역에서 챗GPT를 활용하면 기업들이 고객의 요구를 더 잘 이해하고, 맞춤형 서비스를 제공할 수 있다. 또한, 마케팅 전략을 수립하거나 새로운 비즈니스 기회를 탐색하는 데 있어, 다양한 시나리오를 신속하게 분석하고 예측할 수 있도록 해준다. 이러한 인사이트는 기업이 빠르게 변화하는 시장 환경에 보다 효과적으로 대응할 수 있도록 한다.

예술과 창조적 표현

예술 분야에서도 챗GPT는 창조적인 표현을 확장하는 도구로 활용될 수 있다. 예술가들은 이 도구를 사용하여 영감을 얻거나, 자신의 작품에 새로운 차원을 추가할 수 있다. 예를 들어, 음악가는 곡 작성 시 챗GPT를 사용하여 가사를 만들거나, 멜로디와의 조화를 탐색할 수 있다.

지속 가능성과 창의적 해결책

환경 문제와 같은 글로벌 챌린지에 대응하는 데 있어서도 챗GPT는 중요한 역할을 할 수 있다. 이 기술을 활용하여 지속 가능한 해결책을 모색하고, 다양한 데이터를 기반으로 최적의 전략을 도출할 수 있다. 이는 정책 결정자, 연구자, 활동가들이 더 효과적으로 협력하고, 지속 가능한 미래를 위한 창의적인 솔루션을 개발하는 데 도움을 준다.

결론적으로, 챗GPT와 함께하는 창의적인 미래는 인간의 잠재력을 극대화하고, 우리가 직면한 다양한 도전에 대해 보다 창의적이고 혁신적인 방법으로 접근할 수 있는 기회를 제공한다. 이러한 기술의 지속적인 발전과 적용은 우리 사회의 모든 분야에서 긍정적인 변화를 이끌어낼 것이다. 문화예술교육 분야에서 챗GPT와 같은 인공지능 도구의 활용은 창의적 프로세스와 예술적 표현을 풍부하게 만들어주고 있다. 이 기술이 예술가, 작가, 음악가 등 다양한 창작자들에게 어떻게 적용될 수 있는지 몇 가지 구체적인 사례를 통해 살펴보자.

문화예술 분야에서의 챗GPT 활용 전망

챗GPT와 함께하는 창의적인 미래는 우리가 상상하는 것 이상의 가능성을 내포하고 있다. 인공지능 기술의 발전은 이미 우리의 일상생활과 업무 방식에 깊숙이 영향을 미치고 있으며, 특히 창의적인 분야에서의 잠재력은 무한하다. 이러한 기술을 활용함으로써 우리는 더욱 혁신적이고 효율적인 방법으로 문제를 해결하고, 새로운 아이디어를 생성하며, 창의적인 작업을 수행할 수 있게 된다.

문학과 창작 글쓰기

문학과 창작 글쓰기는 복잡한 창의적 과정을 포함하며, 소설가나 시나리오 작가들은 종종 이야기의 플롯을 발전시키고 등장인물을 깊이 있게 다듬는 데 어려움을 겪는다. 이러한 과정에서 챗GPT와 같은 인공지능 도구를 활용하면 작가들이 창작의 병목 현상을 해결하고, 풍부하고 다층적인 이야기를 만들어낼 수 있다. 예를 들어, 소설이나 시나리오 내에서 등장인물 간의 대화는 이야기의 진정성과 몰입도를 크게 좌우한다. 작가가 캐릭터의 목소리를 찾는 것은 종종 도전적인데, 챗GPT를 사용하면 이 과정이 상당히 수월해진다. 작가가 캐릭터 A와 B 사이의 긴장감이 돋보이는 대화 장면을 구상하고 있다면, 챗GPT에게 해당 캐릭터들의 배경 정보와 상황을 입력하여 다양한 대화 시나리오를 생성해 볼 수 있다. 이를 통해 각 캐릭터의 성격과 상황에 어울리는 다양한 대화 옵션을 모색하고, 가장 자연스럽고 효과적인 대화를 선별하여 작품에 반영할 수 있다.

또한, 특정 상황에서의 반응 및 감정 표현은 독자에게 강렬한 인상을 남기는 요소이다. 작가가 특정 장면에서 캐릭터가 겪을 감정의 깊이와 복잡성을 표현하기 위해 고민할 때, 챗GPT는 이를 효과적으로 지원할 수 있다. 예를 들어, 캐릭터가 큰 실패를 경험한 후의 감정 변화를 묘사하고자 할 때, 챗GPT는 다양한 감정 상태와 그에 따른 반응을 제안할 수 있다. 이는 작가가 감정의 세밀한 뉘앙스를 포착하고, 독자가 해당 감정을 더 깊이 이해할 수 있도록 돕는다. 이렇듯 챗GPT의 활용은 창작 과정의 효율성을 크게 향상시킬 수 있다. 특히, 여러 장르나 스타일을 실험하고자 할 때, 챗GPT는 빠르게 다양한 스타일의 텍스트를 생성해 보여줌으로써, 작가가 원하는 톤과 스타일을 더욱 쉽게 찾아낼 수 있도록 도와주며, 집필 중 겪는 창작의 막힘을 해결하는 데도 기여를 하여, 새로운 아이디어나 방향성을 통해 작품을 더욱 풍요롭게 만들어 준다.

이처럼 챗GPT는 문학과 창작 글쓰기 과정에서 강력한 도구로서, 작가들이 창의적 잠재력을 최대한 발휘할 수 있게 해주며, 작가들은 이 도구를 통해 자신의 창작물에 생명을 불어넣고, 독자들에게 더욱 깊이 있는 경험을 제공할 수 있다.

음악 창작

음악가들은 종종 새로운 멜로디나 가사를 창작할 때 영감을 필요로 한다. 챗GPT는 가사 작성, 멜로디 개발, 심지어 음악 이론과 조화를 이루는 데 도움을 줄 수 있다. 예를 들어, 음악가가 특정 주제에 대한 노래를 만들고 싶을 때, 챗GPT를 활용해 다양한 문화적 배경이나 감정을 표현하는 가사를 제안받을 수 있다. 이런 과정은 음악가가 자신의 창작물에 더 많은 차원과 깊이를 추가하는 데 도움을 준다. (072~075페이지 참고)

시각 예술과 디자인

시각 예술과 디자인 분야에서는 창의적인 아이디어와 혁신적인 시각적 표현이 매우 중요하다. 이 분야의 전문가들은 감각적이고 메시지가 강한 작품을 창출하기 위해 다양한 도구와 기술을 활용한다. 최근에는 챗GPT와 같은 인공지능 도구가 디자이너들에게 새로운 가능성을 열어주고 있어, 이 도구를 통해 아이디어를 구체화하고, 창의적인 프로젝트를 더욱 효율적으로 진행할 수 있을 것이다. 구체적인 예로, 그래픽 디자이너가 친환경 캠페인을 위한 포스터를 디자인하는 과제를 맡았다고 가정해 보자. 디자이너는 캠페인의 메시지를 효과적으로 전달할 수 있는 강력한 슬로건과 시각적 요소가 필요하다.

이러한 과정에서 디자이너는 챗GPT에게 친환경적인 메시지를 담을 수 있는 슬로건을 요청할 수 있다. 챗GPT는 다양한 슬로건 옵션을 제공하며, 각 슬로건이 갖는 감정적 울림과 전달력을 평가할 수 있는 기준도 함께 제시한다. 예를 들어, "지구를 위한 작은 발걸음"이나 "내일을 위해 오늘을 재활용" 같은 슬로건이 제안될 수 있다는 것이다. 슬로건이 결정된 후, 디자이너는 포스터에 사용될 주요 이미지와 색상 팔레트를 결정해야 한다. 챗GPT는 친환경 캠페인에 어울리는 자연 친화적인 이미지나 상징적인 요소들을 제안할 수 있다. 예를 들어, 지구, 잎사귀, 물방울 등의 이미지와 초록, 파랑, 갈색 등 자연을 연상시키는 색상들을 추천한다.

AI로 제작된 포스터_이미지 출처: 챗GPT (DALL·E)

또한, 챗GPT는 디자이너가 제시한 초기 아이디어를 바탕으로 여러 디자인 컨셉을 제안한다. 이 과정에서 인공지능은 최신 디자인 트렌드, 관련된 문화적 요소, 타겟 오디언스의 선호도 등을 고려하여 포스터 디자인의 방향성을 제시할 수 있다. 이렇게 초기 디자인이 완성되면, 챗GPT는 디자인에 대한 피드백을 제공하고, 개선할 수 있는 부분을 지적할 수 있다. 예를 들어, 메시지의 가독성을 높이거나 시각적 요소의 배치를 조정하는 방법 등을 제안한다.

이처럼 챗GPT를 활용하면 시각 예술가들과 디자이너들은 더욱 창의적이고 효과적인 작업을 할 수 있다. 인공지능은 단순한 도구를 넘어 창작 파트너로서, 디자이너들의 창의력을 극대화하는 데 기여하며, 복잡한 창작 과정을 보다 쉽고 재미있게 만들어 준다.

공연 예술

공연 예술 분야에서는 스토리텔링과 캐릭터의 깊이가 중요한 요소이다. 연극 제작자나 연출가는 종종 스크립트의 수정과 캐릭터 개발에 많은 시간을 할애하며, 이 과정에서 캐릭터의 심리적, 감정적 반응을 사실적으로 묘사하는 것은 특히 중요하기 때문에 챗GPT와 같은 인공지능 도구의 활용은 공연의 질을 한층 더 끌어 올릴 수 있는 유용한 방법이 될 수 있다. 공연 예술에서 캐릭터의 심리와 감정은 관객에게 강한 인상을 주고, 공연의 몰입도를 높이는 핵심 요소이다. 예를 들어, 연극에서 주인공이 인생의 전환점을 맞이하는 장면을 연출할 때, 캐릭터의 심리적 동요와 감정적 변화를 섬세하게 표현하는 것이 필수적이다. 이때, 챗GPT를 활용하면 캐릭터의 배경과 성격을 깊이 이해하고, 그에 따른 다양한 감정적 반응을 모색할 수 있다.

챗GPT는 대본에 명시된 캐릭터의 기본 정보와 상황을 분석하여, 캐릭터가 처한 상황에 따른 심리적 반응을 제안할 수 있다. 예를 들어, 캐릭터가 경험하는 배신감, 사랑, 두려움 등의 감정을 더욱 세밀하고 사실적으로 표현하는 데 도움을 줄 수 있으며, 또한 실제 대화처럼 자연스러운 스크립트를 작성해 준다. 연출가나 작가가 특정 대화 장면에 대해 고민할 때, 챗GPT에게 캐릭터의 대화를 생성해 달라고 요청하면, 인공지능은 주어진 캐릭터의 성격과 상황을 고려하여 다양한 대화 옵션을 제시하며, 이를 통해 대화가 더 자연스럽고 캐릭터에게 어울리는 방향으로 발전할 수 있다.

이러한 인공지능의 활용은 공연의 리얼리즘을 크게 향상시킬 수 있다. 캐릭터 각각의 독특한 성격과 상황이 잘 반영된 대화와 감정 표현은 관객에게 더 깊은 감동과 공감을 이끌어내며, 공연의 전반적인 품질을 높이는 데 기여한다. 또한, 이 과정에서 연출가와 작가는 캐릭터와 스토리라인에 대한 새로운 통찰을 얻을 수 있어, 창의적인 공연 제작에 큰 자산이 된다. 즉, 챗GPT의 활용은 공연 예술 분야에서 창의적이고 효율적인 작업 방식을 제공하며, 연극 제작자와 연출가가 더욱 깊이 있는 공연을 창출할 수 있도록 돕는다. 이는 공연 예술이 나아가야 할 새로운 방향을 제시하며, 더욱 풍부하고 생동감 있는 예술 작품을 관객에게 선사할 수 있게 해준다.

이처럼 챗GPT는 문화예술 분야에서 창의력을 자극하고, 예술가들이 자신의 작업에 더욱 몰입할 수 있는 새로운 방법을 제공하며, 인공지능의 도움을 받은 예술가들은 기존에는 접근하기 어려웠던 새로운 창작의 영역에 도전할 수 있다. 이는 문화예술 분야 전반에 걸쳐 혁신을 가져올 수 있다.

인공지능 시대의 창의성에 대한 새로운 이해

인공지능 시대의 도래는 우리가 창의성을 이해하고 활용하는 방식에 근본적인 변화를 가져왔다. 전통적으로 창의성은 순수하게 인간의 전유물로 여겨졌으며, 예술, 문학, 과학 등 인간의 독창적인 사고에서 비롯된 혁신적인 발명과 작품들을 생성하는 능력으로 정의되었다. 하지만 인공지능 기술이 발전함에 따라, 기계도 창의적인 작업을 수행할 수 있게 되었고, 이는 창의성에 대한 우리의 전통적인 이해를 재고하게 만들었다. 이렇듯 인공지능 기술이 발전하면서, 인간과 AI가 협력하여 새로운 형태의 창의적 작업을 수행할 수 있는 가능성이 열렸다. 예를 들어, 인공지능은 대규모 데이터를 분석하고 패턴을 인식하여 인간이 놓칠 수 있는 창의적인 기회를 제시할 수 있게 되었으며, 반복적이고 시간 소모적인 작업을 자동화함으로써 창작자가 더 복잡하고 창의적인 문제 해결에 집중할 수 있도록 해준다.

예술 분야에서 AI는 이미지, 음악, 문학 작품 등을 생성하는 데 사용되고 있다. AI가 만든 예술 작품은 때로는 인간 작가나 예술가들이 창조한 작품과 구별하기 어려울 정도로 높은 수준에 이르렀다. 이러한 높은 수준의 기술은 예술의 개념을 확장하고, 창작 과정에서 인간과 기계가 어떻게 협력할 수 있는지에 대한 새로운 질문을 제기한다. 과학과 공학 분야에서도 AI의 창의적 활용은 주목할 만 하다. AI는 복잡한 수학적 문제를 해결하거나, 새로운 약물을 설계하는 등 다양한 방식으로 연구 개발 과정에 기여하고 있다. 이러한 과정에서 AI는 전통적인 접근 방식과는 다른 새로운 해결책을 제시하며, 과학적 발견의 속도를 가속화할 수 있다. 이러한 변화는 창의성의 개념 자체를 재정의하는 계기를 마련한다. 창의성이란 더 이상 인간만의 가지고 있는 고유한 성질이 아니라, 인간과 기계가 상호작용하는 과정에서 발생할 수 있는 다양한 형태의 사고와 발명을 포괄하는 개념으로 확장되어야 한다. AI 시대의 창의성은 인간의 직관과 기계의 계산 능력이 결합된 결과로 볼 수 있으며, 이는 문제를 해결하고 새로운 가치를 창출하는 방식에 혁명적인 변화를 가져올 것이다. 그러나 AI를 활용한 창의적 작업은 윤리적 고려 사항을 동반한다. AI가 생성한 콘텐츠의 저작권, AI 결정 과정의 투명성, 그리고 AI의 사용이 노동 시장에 미치는 영향 등은, 심도 있는 논의가 필요한 주제이다. 이러한 문제들은 AI 기술이 사회에 통합되면서 고려해야 할 중요한 요소들이다.

인공지능 시대의 창의성은 기존의 경계를 넘어서는 새로운 가능성을 제시한다. 우리가 이러한 기술을 어떻게 활용하고, 그로 인해 발생하는 다양한 도전을 어떻게 관리하느냐에 따라 AI와 인간의 창의적 협력의 미래가 결정될 것이다. 이는 단순히 기술적 진보의 문제가 아니라, 우리 사회와 문화 전반에 걸친 근본적인 변화의 일부이다. 우리가 인공지능과 함께 걷고 있는 이 길은, 단순히 기술적인 진보를 넘어선, 인간의 창의력과 지능을 확장하는 여정이다. 챗GPT와 같은 기술들은 우리가 상상조차 못 했던 방식으로 우리의 세계와 상호작용하고, 새로운 창조의 영역을 열어주고 있다. 이러한 혁신적인 동반자와 함께, 우리는 예술에서 과학에 이르기까지 모든 분야에서 더욱 풍부하고 깊이 있는 발전을 이룰 수 있다.

그러나 기술의 무한한 가능성을 탐구함에 있어, 우리는 책임감 있는 자세를 견지해야 한다. 인공지능을 통해 우리의 능력을 확장하는 것은 인간으로서의 본성을 풍요롭게 하는 것이므로 그 과정에서 발생할 수 있는 윤리적, 사회적 문제들에 대해서도 깊이 있게 고민하고, 세심한 주의를 기울여야 한다. 이는 기술과 함께 성장하면서 우리 자신과 우리 사회에 대해 지속적으로 반성하고, 보다 나은 미래를 위해 노력해야 함을 의미한다. 앞으로의 비전은 명확하다. 우리는 인공지능과 협력하여 인간의 창의적 잠재력을 극대화할 뿐만 아니라, 우리 사회의 지속 가능한 발전을 위해 이 기술을 적극적으로 활용해야 한다. 그러기 위해서는 기술 전문가들, 정책 입안자들, 그리고 모든 시민들이 함께 지혜를 모으고, 서로를 존중하는 문화를 만들어가야 한다. 우리 모두가 이 혁신적인 여정에 동참함으로써, 인공지능이 인간의 동반자로서 그 진정한 가치를 발휘할 수 있도록 해야 한다.

인공지능 시대에 우리가 취해야 할 기본적 자세는 호기심, 책임감, 그리고 협력이다. 이 세 가지 원칙이 우리를 인도할 빛나는 등대가 되어, 인공지능과 함께하는 창의적인 미래로 우리를 안내할 것이다. 이 여정은 우리 모두에게 풍부한 기회를 제공할 것이며, 더 나은 세상을 만들어 가는 데 결정적인 역할을 할 것이다. 그렇기에 이 책의 마지막 페이지를 넘기며, 독자 여러분 각자가 이 기술 혁명의 주역으로서, 어떠한 역할을 할지 고민해 보길 바라는 마음이다. 우리 모두가 함께 성장하는 미래, 그 속에서 각자가 창의적인 빛을 발할 수 있기를 기대한다.

04

챗GPT와 교육 현장에서의 실질적 적용

이 파트에서는 챗GPT를 활용한 교사 교육, 학교 교육, 평생교육 및 성인 교육의 다양한 분야의 사례를 다루고 있다. AI와 챗GPT가 교사들의 교육 역량을 강화하고, 학생들의 학습 경험을 개인화하며, 성인 학습자들의 지속적인 자기계발을 지원하는 방법과 교육 기술의 발전, 그리고 앞으로의 전망을 살펴보며, AI 통합을 위한 정책과 전략을 제시한다. 이를 통해 챗GPT를 활용하여 교육의 질을 향상시키고, 혁신적인 교육 환경을 구축하는 구체적인 방법을 배울 수 있는 시간이 될 것이다.

이번 챕터에서는 AI를 통해 교사들이 최신 교육 기술과 학습 방법을 습득하고, 교육 역량을 강화할 수 있도록 지원하는 방법과 챗GPT를 활용한 기초 교육, 실제 적용을 위한 실습, 피드백 및 반복 학습, 네트워킹 및 공동체 구성 등 구체적인 교육 프로그램을 소개하며, 챗GPT가 교사들의 전문성 개발과 교육 현장 적용을 어떻게 도울 수 있는지에 대한 다양한 사례를 통해, 챗GPT를 활용한 교사 교육의 실제 적용 방안을 배우고, 이를 통해 교육의 질을 향상시키는 방법을 이해할 수 있게 될 것이다.

교사들을 위한 AI 활용 교육 프로그램

챗GPT와 같은 인공지능(AI) 기술을 활용한 교사 교육 프로그램은 디지털 시대에 교육의 질을 향상시키는 중요한 도구로 자리 잡고 있다. 이러한 AI 기반 교사 교육 프로그램의 개발과 실행은 교사들이 현대적 교육 기술을 효과적으로 이해하고 적용할 수 있도록 돕는다. 이를 위해 세밀하게 구성된 교육 내용과 방법론이 필요하며, 다음과 같은 단계로 구성될 수 있다.

기초 교육 및 이해 증진

교사들이 챗GPT와 같은 AI 도구를 활용하기 전에, AI 기술의 기본 원리와 작동 방식을 이해하는 것이 중요하다. 이 단계에서는 인공지능이 어떻게 학습하고, 정보를 처리하며, 사용자의 질문에 대해 응답하는지에 대한 교육이 이루어진다. 또한, AI 윤리, 데이터 보호, 그리고 학습 데이터의 편향성 같은 중요한 이슈들에 대해서도 학습한다.

실제 적용을 위한 실습

이론 교육 후, 교사들은 실제 교육 현장에서 챗GPT를 어떻게 활용할 수 있는지를 배운다. 예를 들어, 문학 수업에서 챗GPT를 사용하여 다양한 작가의 스타일을 모방한 글쓰기 활동을 하거나, 역사 수업에서 중요한 역사적 사건에 대한 질의응답 세션을 진행하는 것이다. 이 과정에서 교사들은 구체적인 사용 사례를 통해 AI의 잠재력을 이해하고, 학생들의 학습을 더욱 풍부하게 할 수 있는 방법을 배운다.

피드백 및 반복 학습

교사들이 실제 교육 현장에서 AI 도구를 사용해 본 후, 그 경험에 대한 피드백을 제공받는 단계가 필요하다. 이는 교사들이 겪는 어려움을 해결하고, AI 활용 방법을 보다 효과적으로 개선할 수 있도록 한다. 또한, 정기적인 워크숍이나 세미나를 통해 교사들은 지속적으로 새로운 정보와 기술을 습득하고, 교육 방법을 업데이트할 수 있다.

네트워킹 및 공동체 구성

교사들이 AI 도구를 활용하는 과정에서 겪는 공통된 경험과 문제를 공유하고, 해결책을 모색하는 네트워크 구성도 중요하다. 이를 통해 교사들은 서로의 경험을 바탕으로 학습하고, 협력하여 더 나은 교육 방법을 개발할 수 있다.

이러한 교육 프로그램을 통해 교사들은 챗GPT를 포함한 AI 도구를 자신의 교육 방법에 통합하여 교육의 질을 높이고, 학생들에게 더욱 흥미롭고 참여적인 학습 경험을 제공할 수 있게 된다. 이는 최종적으로 교육 현장에서의 AI 활용을 촉진시키고, 교육의 미래를 혁신적으로 변화시킬 수 있는 기반을 마련한다. 그렇다면 챗GPT를 활용한 문화예술교육 현장에서의 AI 활용 교육 프로그램 개발을 위해서는 어떠한 활용 방안이 필요할까?

먼저, 챗GPT를 활용하여 문화예술에 관련된 다양한 주제와 내용을 소개하는 교육 커리큘럼을 개발한다. 예를 들어, 음악, 미술, 연극 등 각 분야별로 인공지능이 생성하는 예술 작품을 분석하고, 그 과정에서 인공지능의 역할과 기능을 학습한다. 그리고, 학생들이 직접 챗GPT와 대화하면서 문화예술에 대한 질문을 하고 답변을 받는 활동을 포함시킨다. 이를 통해 학생들은 비판적 사고를 키우고, 다양한 문화예술적 지식을 탐구한다. 또한, 학생들이 직접 챗GPT를 활용하여 자신만의 창작물을 만드는 프로젝트를 수행한다. 예를 들어, 학생들이 시나리오를 작성하고 챗GPT가 이를 바탕으로 대본이나 시를 만드는 방식이다. 이 과정에서 학생들은 창의성을 발휘하고 문화예술에 대한 깊은 이해를 얻는다. 이에 교사들은 챗GPT와 같은 AI 도구를 효과적으로 사용할 수 있도록 하는 연수 프로그램을 마련하고, 연수에서는 AI의 기술적 측면뿐만 아니라, 이를 교육에 어떻게 적용할 수 있는지에 대한 실제 사례를 공유한다.

학생들의 작업물을 평가하고 피드백을 주는 과정에서도 챗GPT를 활용할 수 있다. AI가 학생들의 작업물에 대해 초기 피드백을 제공하고, 교사는 이를 바탕으로 보다 깊이 있는 지도를 할 수 있다. 이러한 방안들은 교사들이 챗GPT를 문화예술교육에 효과적으로 활용할 수 있도록 해주며, 학생들에게는 다양한 문화예술적 경험을 제공하여 그들의 창의적 능력을 키우는 데 기여한다.

챗GPT를 통한 교수법 혁신

챗GPT와 같은 AI 기반 도구를 활용한 교수법 혁신은 전통적인 교육 방식에 혁신적인 변화를 가져오며, 교육의 개별화, 상호작용성 증대, 그리고 학습 자료의 다양화를 통해 교육의 효과를 극대화하는 데 기여한다. 이러한 혁신적인 교수법은 교사와 학생 모두에게 새로운 학습 기회를 제공하며, 다양한 방법으로 구체화될 수 있다.

개인화된 학습 경험

챗GPT를 사용하여 학생 개개의 학습 수준과 관심사에 맞춘, 맞춤형 학습 경로를 제공할 수 있다. AI는 학생의 이전 학습 데이터를 분석하여 각 학생에게 적합한 학습 자료와 문제를 제시하고, 학습 속도를 조절하며, 학생의 진도에 맞춰 지속적으로 학습 내용을 조정한다. 이는 모든 학생이 자신의 속도와 능력에 맞춰 학습할 수 있는 환경을 조성하여, 학습 효과를 극대화한다. 예를 들어, 과학고등학교에서 과학 수업 중 챗GPT를 활용하여 학생들의 개별적인 연구 프로젝트를 지원하고 있다고 했을 때, 각 학생은 자신의 관심 분야에 맞는 과학적 질문을 AI에게 제시하고, 챗GPT는 관련 학문적 자료, 연구 방법론, 실험 설계 아이디어를 제공할 수 있다. 이를 통해 학생은 자신만의 연구를 설계하고 진행하며, 그 과정에서 챗GPT는 연구 문헌 검토와 데이터 분석 방법 등을 개인화된 방식으로 안내한다.

상호작용적인 학습 도구

챗GPT는 대화형 인터페이스를 통해 학생들과 실시간으로 상호작용하며, 질문에 답하고, 토론을 유도하고, 피드백을 제공한다. 이러한 상호작용은 학생들이 더욱 적극적으로 학습 과정에 참여하게 하며, 문제 해결 능력과 비판적 사고력을 향상시킨다. 또한, 다양한 주제에 대해 심층적으로 탐구할 수 있는 기회를 제공함으로써 학습의 깊이를 더한다. 예를 들어, 외국어고등학교의 영어 수업에서는 챗GPT를 활용하여 상호작용적인 토론 활동을 진행할 수 있다. 교사는 특정 주제에 대한 토론을 준비하고, 학생들은 챗GPT와 대화하면서 다양한 관점을 탐색하고 주장을 개발한다. 예를 들어, '글로벌화가 지역 문화에 미치는 영향'이란 주제에 대해 학생들은 챗GPT와의 대화를 통해 다양한 국가의 사례를 배우고, 이를 바탕으로 토론을 준비하는 것이다.

창의적인 학습 활동의 촉진

챗GPT는 문학, 역사, 예술 등 다양한 분야에서 창의적인 학습 활동을 지원한다. 예를 들어, 학생들이 창작한 이야기나 시나리오에 기반하여 AI가 텍스트를 생성하고, 이를 분석하고 향상시키는 과정을 통해 학생들의 글쓰기 능력과 창의력을 개발할 수 있다. 또한, AI와 협력하여 가상의 역사적 사건을 재구성하거나 예술 작품을 분석하는 등의 활동도 가능하다. 예시로, 미술 수업 중, 챗GPT를 활용해 학생들은 특정 예술 작품을 선택하고, 해당 작품이 만들어진 배경, 사용된 기법, 표현된 감정 등에 대해 질문한다. 그 후, 학생들은 이 정보를 바탕으로 자신만의 작품을 창작하며, 챗GPT는 아이디어 발전과 표현 방법에 대해 조언을 제공하는 것이다.

여기에서는 신사임당의 '초충도'의 작품 배경, 사용된 기법, 표현된 감정에 대해 챗GPT에게 질문하여, 그 정보를 바탕으로 자신만의 작품을 창작하기 위해 어떤 배경적 요소를 삽입해서 어떤 기법으로 그리면 좋을지에 대해 다시 질문을 던져 보았다.

신사임당의 초충도_이미지 출처: 구글 Art&Culture (국립중앙박물관 소장)

나만의 민화를 그리고 싶어. 신사임당의 '초충도' 작품으로 만들어진 배경, 사용된 기법, 표현된 감정에 대해 설명해 줘.

 신사임당의 '초충도'는 조선 시대를 대표하는 여성 예술가이자 학자인 신사임당이 그린 작품으로, 그녀의 뛰어난 예술적 재능과 세심한 관찰력을 보여줍니다. 초충도는 벌레와 풀, 꽃 등을 그린 그림을 말하며, 신사임당의 작품에서는 특히, 이러한 자연 요소들이 섬세하게 표현되어 있습니다.

만들어진 배경

신사임당의 초충도는 조선 중기의 유교 사회에서 여성의 교육과 창작 활동이 제한적이었음에도 불구하고 뛰어난 예술적 재능을 발휘한 사례로 볼 수 있습니다. 그녀는 여성으로서의 삶과 어머니로서의 역할, 그리고 예술가로서의 자아를 작품에 반영했습니다. 그녀의 작품은 개인적인 감상을 넘어, 당대의 여성이 지닌 지적 역량과 예술적 감성을 사회에 알리는 수단이기도 했습니다.

사용된 기법

신사임당의 초충도는 먹과 채색을 사용하여 그려졌습니다. 그녀는 먹의 농담을 조절하여 섬세하고 정교한 선을 통해 초충의 형태와 질감을 생생하게 표현했습니다. 또한, 자연스러운 색감을 사용하여 꽃과 벌레의 생동감을 더했으며, 간결하면서도 섬세한 붓 터치가 돋보이는 것이 특징입니다.

표현된 감정

신사임당의 초충도에는 평온함과 자연에 대한 애정이 느껴집니다. 그녀는 자연을 사랑하고 관찰하는 과정에서 얻은 영감을 바탕으로, 작은 생명체와 식물에 생명을 불어넣었습니다. 이러한 작품들은 단순히 자연을 모방하는 것을 넘어, 그 안에 내재된 조화와 아름다움을 찬양하는 신사임당의 내면적 감정과 철학적 사유를 반영하고 있습니다.

신사임당의 초충도 작품을 본따 자신만의 민화를 그린다면, 이러한 배경과 기법, 감정을 참고하여 자신이 관찰하고, 경험한 자연의 아름다움을 섬세하고 개성 있는 방식으로 표현해 보는 것이 좋을 것입니다. 이를 통해 민화 속에 개인의 감정과 생각을 담아낼 수 있을 것입니다.

다음의 그림은 조충도를 귀여운 애니메이션스타일의 초충도로 표현한 것이다. 이를 바탕으로 학생들의 창의성, 비판적 사고, 예술적 표현력을 발전시키는 데 중점을 두어야 한다.

애니메이션 콜라주 기법: (좌)자연의 아름다움 (우)도시와 초충도_이미지 출처: 챗GPT (DALL·E)

전통적인 예술 작품을 현대적으로 재해석하여 자신만의 작품을 만들거나, 예술 작품을 통해 사회적, 환경적 메시지를 에세이 형식으로 작성하고, 이러한 작품을 통해 커뮤니티와 소통 및 공공의 인식을 확대한 인터랙티브 전시회를 마련할 수 있다. 이와 같은 활동들은 학생들에게 예술을 통해 창의적으로 표현하고, 자신의 의견을 효과적으로 전달하는 기술 및 미적 감각과 함께 비판적 사고 및 커뮤니케이션 능력을 키울 수 있다.

다양하고 포괄적인 교육 콘텐츠 제공

챗GPT는 세계 각국의 문화, 언어, 역사 등에 대한 방대한 정보를 제공할 수 있으며, 이를 통해 학생들은 글로벌한 시각을 갖추고 다양한 배경을 이해하는 능력을 개발할 수 있다. AI를 활용하면, 전통적인 교과서에서 다루기 어려운 다양한 주제와 최신 이슈에 대해서도 심도 깊게 학습할 수 있다.

평가 및 피드백 혁신

챗GPT는 학생들의 학습 활동과 제출물을 실시간으로 평가하고, 개별적인 피드백을 제공할 수 있다. 이를 통해 교사는 학생들의 학습 진행 상황을 정확하게 파악할 수 있으며, 필요한 지점에서 적절한 지원을 제공할 수 있다. 또한, AI의 지속적인 피드백은 학생들이 자신의 약점을 인식하고 이를 개선하는 데 도움을 준다.

학교 교육에서의 AI 통합 사례

이번 챕터에서는 AI를 통해 학습자 맞춤형 교육을 제공하고, 학습 효율성을 높이며, 학생들의 참여를 유도하는 방법과 AI를 활용한 교사 지원 시스템, 학습 분석 도구의 실제 적용 사례를 제시한다. 이를 통해 학교 교육에서 AI 통합의 효과와 그 잠재력을 이해하고, 이것을 교육 현장에 실질적으로 적용하는 방법을 배울 수 있다.

초·중·고에서의 챗GPT 활용 사례

학교 교육에서 인공지능(AI)의 통합은 현대 교육 패러다임의 변화를 촉진하는 중요한 요소로 자리 잡고 있다. AI 기술은 교육 분야에서 크게 주목받고 있으며, 이는 학습자 중심의 맞춤형 교육 제공, 교육 과정의 효율성 향상, 그리고 교육 접근성 증대에 기여하고 있다. AI를 활용함으로써 교사들은 더 많은 시간을 학생들의 개별 지도에 할애할 수 있으며, 학생들은 자신의 학습 속도와 스타일에 맞게 교육을 받을 수 있다.

AI 기술이 학교 교육에 통합되면서 가장 두드러진 변화 중 하나는 학습의 개인화이다. AI는 학생들의 학습 데이터를 분석하여 각 학생의 학습 수준과 필요에 맞는 자료를 제공한다. 이러한 개인화된 학습 경로는 학생 개개인의 이해도를 극대화하고, 학습 격차를 줄이는 데 도움을 준다. 또한, AI는 반복적인 학습 내용의 자동화를 가능하게 하여 교사들이 학생들과 더 깊이 있는 상호작용을 할 수 있는 시간을 확보할 수 있게 하며, 학습 자료의 다양화와 접근성을 증대시킨다. 전 세계의 다양한 학습 자료에 쉽게 접근할 수 있게 되어, 학생들이 더 폭넓은 지식을 습득할 수 있으며, 다양한 학습 스타일과 요구를 충족시키는 데 유리하다. 예를 들어, 시각적 학습을 위한 동영상, 청각적 학습을 위한 오디오 자료 등 다양한 형태의 학습 자료를 AI가 제공하고 관리할 수 있다.

그러나 AI의 학교 교육 통합에는 몇 가지 도전 과제도 존재한다. 기술적 장벽, 예산의 제약, 교사와 학생들의 AI 기술에 대한 숙련도의 편차가 다양하다는 점 등이 그 예이다. 이러한 도전을 극복하기 위해서는 충분한 기술 지원과 교육이 필수적이다. 교사들이 AI 도구를 효과적으로 활용하기 위해서는 관련 기술교육과 지속적인 전문 개발이 요구된다. 또한, AI의 윤리적 사용과 관련한 데이터 보호, 학생의 프라이버시, AI 결정 과정의 투명성 등에 대한 고려도 필수적이다. 이러한 요소들을 신중하게 관리하면서, 학교 교육에서 AI를 통합하는 것은 교육의 질을 향상시키고, 모든 학생에게 평등한 학습 기회를 제공하는 데 크게 기여할 것이다.

챗GPT와 같은 인공지능 기술은 초등학교부터 고등학교까지 다양한 교육 단계에서 학습 경험을 향상시킬 수 있는 많은 방법을 제공한다. 아래는 각 학교 단계별로 챗GPT를 활용한 수업 활용 방안에 관한 전북교육청책연구소 김태훈 연구위원의 '2023년 교육동향분석 12호'를 참고한 수업 활용 사례이다. 내용을 보면 초등학교 수학 수업에서 챗GPT, Bing GPT, Bard를 활용해 학생 수준별 맞춤형 수학 수업을 실시함으로 수학 개념의 이해도를 높이고, 문제를 직접 만들어 보면서 본인 스스로 수학적 원리를 정확히 알고 있는지 메타인지를 활용한 사고를 할 수 있도록 활용할 수 있다고 설명하고 있다.

중학교에서는 챗GPT를 사용하여 '스마트폰 중독 예방 캠페인 기획하기' 등의 연구 기획 프로젝트를 통해 다양한 정보를 수집하고, 그 주제에 관련된 정보를 제공하며, 해당 정보의 출처를 식별하는 방법 등을 가르칠수 있다. 또한, 학생들이 환경 과학 프로젝트를 수행할 때, 챗GPT를 사용하여 지구 온난화의 원인과 영향에 대해 질문하고, 챗GPT는 관련 데이터와 연구 결과를 바탕으로 정보를 제공할 수 있다. 학생들은 이 정보를 사용하여 자신의 연구 보고서와 프레젠테이션을 준비하고, 그 방법을 구체적으로 구상할 때, 챗GPT를 활용하여 아이디어를 제공받아, 과학적 방법론에 대해 논의할 수 있다.

고등학교의 경우에는 진로 탐색과 대학 준비에 관해 챗GPT를 활용할 수 있다. 구체적 활용 방법으로 학생들이 관심 있는 직업에 대해 챗GPT에게 질문하고, 직업의 요구 사항, 일상, 장단점 등에 대한 정보를 얻는다. 그리고, 챗GPT를 사용하여 대학 입시 에세이 작성 연습을 하거나, 면접 질문에 대한 답변 연습을 할 수도 있다. 또한, 대학 진학을 준비하면서 챗GPT를 활용해 대학 입시 에세이 초안을 작성하거나, 챗GPT로부터 구조적인 피드백을 받고, 모의 면접관으로 활용할 수도 있다. 이에 챗GPT는 진로와 관련된 다양한 질문을 통해 학문적 배경, 기술적 요구 사항 등을 제공한다. 이는 학생들이 자신의 진로를 더 명확히 하는데 큰 도움이 된다.

챗GPT의 활용은 각 학교에서 교사와 학생들의 학습 튜터나 파트너가 될 수 있으며, 챗GPT는 교육의 질을 향상시키고, 학생들의 학습 동기를 부여하며, 더 나은 학습 결과를 도출하는 데 기여할 수 있다. 물론, 챗GPT와 같은 AI 기술을 학생들이 학습 도구로 활용하는 것은 여러 면에서 혁신적이고 유용할 수 있지만, 몇 가지 중요한 한계점도 존재한다. 이러한 한계들을 이해하는 것은 기술을 보다 어떻게 효과적으로 활용할 수 있느냐이다.

첫 번째로, 챗GPT는 대규모 데이터 세트를 기반으로 학습되지만, 항상 최신이거나 정확한 정보를 제공한다고 보장할 수 없다. 특히, 최신 사건이나 데이터에 대한 정보가 부족하거나, 오래된 정보를 기반으로 답변할 수 있기 때문에, 학생들이 받은 정보의 정확성을 추가적으로 검증할 필요가 있다.

두 번째로, AI를 통해 쉽게 답변을 얻게 되면, 학생들이 스스로 문제를 해결하고 비판적으로 사고하는 과정을 소홀히 할 위험이 있다. 학생들이 단순히 AI의 답변에 의존하는 경향을 보일 수 있기 때문에 교육적인 관점에서는 이러한 의존성을 줄이기 위한 교육적 개입이 필요하다.

세 번째로, 챗GPT와 같은 AI를 사용할 때는 개인정보의 보호가 중요한 고려 사항이다. 학생들이 대화 중에 개인적인 데이터를 공유할 수 있기 때문에, 이 정보가 적절히 보호되지 않으면 프라이버시 침해의 위험이 있다. 이에 교육 기관은 적절한 데이터 보호 조치를 마련해야 할 것이다.

네 번째로, 모든 학생이 고르게 AI 기술에 접근할 수 있는 것은 아니다. 기술적 접근성에 차이가 있을 수 있으며, 특히 저소득층이나 지방에 위치한 학교의 학생들이 불리할 수 있다. 이는 교육 기회의 불평등을 초래할 수 있다.

다섯 번째로, AI는 인간 교사가 제공할 수 있는 감정적 지원이나 동기 부여와 같은 인간적인 요소를 제공하지 못한다. 그러므로 학생들이 교육 과정에서 경험하는 감정적인 도전을 이해하고 지원하는 데는 인간 교사의 역할이 중요하다.

AI 기술의 학교 교육 통합은 교육 현장에 혁신을 가져오고 있다. 이는 학생들에게 보다 개인화되고, 효과적이며, 도전적인 학습 환경을 제공한다. 이러한 기술적 통합은 교육의 미래를 형성하는 중요한 도구로서, 그 잠재력을 최대한 활용하기 위한 지속적인 노력이 요구되는 동시에, 여러 가지 한계들을 고려하여 AI 기술을 교육에 통합할 때는 보완적인 교육 전략과 함께, 기술의 사용을 신중하게 계획하고 관리하는 것이 필요하다. 이를 통해 AI의 장점을 최대한 활용하면서 부작용을 최소화할 수 있다.

학교 교육 프로그램과 과정에 AI를 통한 창의적 접근 방식 통합

현대 교육 환경에서 인공지능(AI)의 통합은 학교 교육 프로그램과 과정에 새로운 차원의 창의적 교육 접근 방식을 제공한다. AI 기술은 맞춤형 학습, 상호작용적 학습 경험, 그리고 교육 콘텐츠의 다양화를 가능하게 하여, 전통적인 교육 방식에 혁신을 가져오고 있다. 이러한 기술적 진보는 교사와 학생 모두에게 새로운 교육 도구와 자원을 제공하며, 학습 효과를 극대화하는 데 기여한다. AI를 활용한 교육은 학습자의 개별적인 능력과 속도를 고려한 맞춤형 교육 경험을 제공한다. 이는 각 학생의 학습 스타일과 선호에 맞춰 최적화된 교육 콘텐츠를 제공하고, 그 결과 학생 개개의 학습 성과를 향상시키는 데 중요한 역할을 한다. 또한, AI는 학생들과 실시간으로 상호작용하면서 질문에 답하고, 피드백을 제공하며, 학습 과정을 지속적으로 조정한다. 이러한 상호작용은 학습 과정을 더욱 동적이고 참여적으로 만들어, 학생들의 흥미와 동기를 유발한다.

교육 콘텐츠의 다양화 역시 AI의 중요한 기여 중 하나이다. AI는 전 세계의 다양한 교육 자료를 쉽게 접근하고 통합할 수 있어, 학생들에게 광범위한 지식과 다양한 문화적 관점을 제공한다. 이는 학생들이 글로벌 시민으로서, 필요한 역량을 개발하는 데 도움을 준다. 그러나 AI를 통한 교육 접근의 통합은 적절한 교육적 지원과 기술적 인프라가 수반되어야 한다. 교사들은 AI 기술을 효과적으로 활용하기 위한 충분한 교육과 자원을 필요로 하며, 학생들에게는 기술을 안전하고 윤리적으로 사용하는 방법을 가르쳐야 한다. 또한, AI 기술의 한계와 가능성을 이해하는 것도 중요하기 때문에, 이를 교육 과정에 효과적으로 통합하는 방법을 찾아야 한다.

AI를 교육 프로그램과 과정에 통합하는 것은 창의적이고 혁신적인 교육 접근 방식을 가능하게 하며, 학생들의 학습 경험을 풍부하게 하고, 교육의 질을 높이는 데 기여한다. 이는 교육의 미래를 형성하는 데 있어 중요한 지향점이며, 지속적인 연구와 개발을 통해 그 가능성을 더욱 확장시킬 수 있다.

이번 챕터에서는 챗GPT를 활용하여 성인 학습자들이 직업 기술을 향상시키고, 새로운 지식을 습득하며, 자기 계발을 할 수 있도록 돕는 구체적인 사례와 전략을 제시할 것이다. 이를 통해 챗GPT가 평생교육 및 성인 교육에서 어떻게 활용될 수 있는지에 대한 실질적인 인사이트를 얻고, 교육 현장에 적용하는 방법을 배울 수 있을 것이다.

평생교육 프로그램에서의 AI 역할

평생교육과 성인 교육 분야에서 챗GPT와 같은 인공지능(AI) 기술의 통합은 교육 접근 방식을 혁신적으로 변화시키고 있다. 이러한 변화는 기술 발전과 정보 사회의 요구에 부응하면서, 학습자의 다양한 요구와 배경을 수용하는 유연하고 효율적인 학습 환경을 제공한다. AI의 도입은 성인 학습자들이 자신의 일정에 맞추어, 필요한 기술과 지식을 효과적으로 습득할 수 있게 하며, 학습 과정에서의 자율성과 개인화를 강화한다.

챗GPT를 활용한 평생교육과 성인 교육의 접근 방식은 학습자 중심의 교육을 가능하게 하며, 학습자가 자신의 경험과 지식을 활용하여 새로운 정보를 통합하고 적용할 수 있는 기회를 제공한다. 이 기술은 또한 다양한 주제에 대해 실시간으로 정보를 제공하고, 개인별 맞춤형 학습 경로를 지원하여, 학습자가 자신의 학습 목표에 더욱 몰입할 수 있도록 돕는다. 특히, 성인 학습자들은 종종 직업적, 개인적 목표를 가지고 교육에 임하는 경우가 많은데, 챗GPT는 이러한 목표에 맞춘 학습 자료를 제공하고, 필요한 스킬을 향상시키는 데 중점을 둘 수 있는 교육 콘텐츠를 구성한다. 또한, 이 기술은 언어 학습, 기술 교육, 전문 지식 습득 등 다양한 분야에서 유용하게 활용될 수 있으며, 학습 과정에서의 질문과 피드백을 통해 능동적인 학습을 촉진한다.

성인 교육에서 챗GPT의 활용은 교육 기관과 기업의 직원 교육 및 개발 프로그램을 운영하는 방식에도 혁신을 가져오고 있다. 기업은 챗GPT를 활용하여 직원들의 교육 프로그램을 맞춤화하고, 직무 관련 스킬을 향상시키며, 경력 개발을 지원하는 교육을 제공할 수 있다. 이러한 접근은 학습과 작업의 경계를 허물고, 지속적인 학습과 성장을 장려한다. 이처럼, 평생교육과 성인 교육에서의 챗GPT 활용은 학습자가 필요로 하는 시점에 맞춤형 정보와 지원을 제공하며, 학습 효율성을 높이고, 교육의 질을 개선하는 중요한 수단이 되고 있다. 이는 평생 학습의 패러다임을 재정립하고, 미래의 교육 트렌드를 형성하는 데 크게 기여하고 있다.

인공지능(AI)은 평생교육 프로그램, 특히 문화예술 분야에서의 역할을 보조하고 강화하는 데 있어, 학습자들에게 더 깊이 있는 학습 경험을 제공하고, 교사의 교육 방법을 다양화하는 데 기여할 수 있다. 예를 들어, 예술 작품 분석 및 해석 보조 역할로, 미술관에서 진행되는 문화예술교육 프로그램에 AI를 도입하여 예술 작품의 분석과 해석을 돕는 도구로 활용할 수 있도록 한다. 프로그램에 사용된 AI는 다양한 미술 작품의 이미지와 설명 데이터를 학습하여, 참가자들이 작품을 관람할 때 복잡한 예술적 요소와 기법, 작품의 역사적 맥락을 쉽게 이해할 수 있도록 정보를 제공하며, AI는 각 작품의 색채 사용, 구성, 그리고 스타일을 분석하여 설명해 주고, 작품이 만들어진 배경과 그 시대의 예술적 경향, 작가의 다른 작품과의 연관성 등을 상세히 제공함으로써, 학습자가 작품을 더 깊이 있게 해석할 수 있도록 돕는다.

다음으로는 창작 활동의 촉진자의 역할로, 어른을 위한 창작 워크숍에서 AI를 활용하여 참가자들이 자신만의 예술 작품을 창작할 수 있도록 지원하는 것이다. 참가자들은 AI와 상호작용하면서 자신의 아이디어를 구체화하고, AI는 그 아이디어에 맞는 예술 기법이나 스타일을 제안한다. 이에 AI는 참가자들이 제안한 테마나 감정에 맞는 예술적 영감을 제공하고, 가능한 색상 조합이나 구성을 시뮬레이션하여 보여준다. 이 과정에서 참가자들은 AI의 제안을 바탕으로 자신의 창작물을 더 발전시킬 수 있는 아이디어의 영감을 얻을 수 있다. 또한, 온라인 평생교육 플랫폼에서의 맞춤형 학습 경험자로, 국립국어원에서 주관하는 온라인 문화예술 평생교육 프로그램에서 AI를 사용하여 참가자의 학습 경험을 데이터화하여, 참가자의 학습 데이터 분석을 통해 개인의 학습 성향과 선호에 맞는 학습 자료를 추천하도록 한다.

AI는 참가자가 과거에 관심을 보였던 예술 장르나 스타일에 기반하여 관련 교육 콘텐츠를 제안하고, 참가자의 학습 진도와 상호작용을 분석하여, 어떤 주제나 기법에 더 집중할 필요가 있는지 파악하고 맞춤형 학습 경로를 조정한다. 이러한 사례들은 문화예술 평생교육 프로그램에서 AI가 어떤 역할을 하고, 학습자의 경험을 풍부하게 만드는지를 보여준다. AI는 예술 교육을 더욱 접근하기 쉽고, 개인적이며, 효과적으로 만드는 도구로서, 교육 프로그램의 질을 향상시키고 참가자들에게 지속적인 학습의 동기를 부여하는 데 기여할 수 있다.

성인 학습자를 위한 맞춤형 교육 콘텐츠 개발

성인 학습자를 위한 맞춤형 교육 콘텐츠 개발은 특히, 그들의 다양한 배경, 경험, 학습 목표를 고려해야 하며, 효과적인 교육 경험을 제공하기 위한 몇 가지 중요한 내용과 유의점을 포함해야 한다. 성인 학습자들은 다양한 직업적, 개인적 배경과 경험을 가지고 있으며, 각자의 학습 목표와 선호하는 학습 스타일이 다르다. 이들이 필요로 하는 것과 선호하는 것을 정확히 파악하기 위해서는 체계적인 설문조사, 인터뷰, 그룹 토론 등을 통해 데이터를 수집해야 한다. 예를 들어, 어떤 학습자는 시각적 자료를 통한 학습을 선호할 수 있고, 다른 이는 텍스트 기반 학습이 더 효과적일 수 있다. 또한, 성인 학습자 대부분은 일, 가정생활 등 여러 가지 일들을 하고 있기 때문에, 학습 콘텐츠는 시간과 장소에 구애받지 않고 접근할 수 있는 온라인 플랫폼을 통한 콘텐츠 제공, 모바일 앱을 통한 학습 지원 등이 포함될 수 있다.

성인 학습자들은 학습한 내용을 실제 생활이나 직장에서 적용할 수 있기를 원한다. 따라서, 학습 콘텐츠는 이론적인 지식뿐만 아니라, 실제적인 응용에 중점을 두어야 한다. 예를 들어, 현장에서 바로 사용할 수 있는 기술, 즉각적인 문제 해결 능력 향상 등이 포함되어야 한다. 문화예술 강사로 현장에서 바로 사용할 수 있는 교육과 즉각적인 문제 해결 능력을 향상시킬 수 있도록 설계된 문화예술 교육 프로그램을 중심으로 구성해 보면 "디지털 스토리텔링을 통한 창의적 표현"이란 내용으로, 문화예술 교사(강사)들이 디지털 미디어를 활용하여 학습자들의 참여를 유도하는 기술을 익혀 비디오 편집, 소셜 미디어 콘텐츠 제작, 디지털 아트워크 생성 등 다양한 디지털 도구를 활용한 프로그램은, 실제 클래스 시나리오를 바탕으로 구성해 습득한 기술을 교실에서 즉시 적용해 보는 실습 시간을 포함해야 한다.

강사들은 이러한 디지털 기술을 이용하여 교육 과정을 더욱 흥미롭고 상호작용적으로 만들 수 있고, 학생들의 작품을 디지털 포트폴리오로 만들어 공유하거나, 온라인 전시회를 기획할 수 있다. 이렇게 문화예술 강사들이 자신의 전문성을 활용하여 교육 현장에서 보다 효과적으로 학습자를 지도하고, 교육 내용을 풍부하게 만드는 데 기여하면, 각각의 프로그램은 실제로 적용 가능하며, 성인 학습자들이 현장에서 직면할 수 있는 실질적인 문제에 대응할 수 있는 능력을 강화하는 데 초점을 맞출 수 있다. 그러나, 성인 학습자들은 정보를 처리하는 데 있어 과부하가 발생하지 않도록 콘텐츠를 적절히 조절해야 한다. 그러므로 학습 분량을 적절히 조절하고, 복잡한 주제는 소화하기 쉽게 분할하여 제공해야 한다.

성인 학습자들의 학습 동기를 유지하고 강화하기 위해서는 목표 설정, 진행 상황 추적, 피드백, 인정 및 보상 시스템 등을 통합해야 한다. 또한, 학습 과정에서의 작은 성취도 인정받을 수 있는 기회를 제공한다면 학습자의 만족도와 참여도가 극명하게 높아진다. 그러므로 다양한 문화적 배경을 가진 학습자들에게 적합한 콘텐츠를 개발하기 위해서는 문화적 감수성을 고려해야 하며, 콘텐츠의 예시, 언어 사용, 상황 설정 등에서 문화적 다양성을 반영하여 모든 학습자가 콘텐츠에 공감하고 접근할 수 있도록 해야 한다.

이러한 내용과 유의점을 고려하여 성인 학습자를 위한 맞춤형 문화예술교육 콘텐츠를 개발한다면, 학습자들의 개별적인 필요를 충족시키고, 학습 경험을 풍부하게 하며, 평생학습의 효과를 극대화할 수 있다.

이번 챕터에서는 교육 기술의 발전과 미래 전망을 구체적으로 이해하고, AI를 활용한 교육의 질을 향상시키는 전략을 배울 수 있으며, 또한 챗GPT와 AI가 교육 분야에서 어떤 혁신을 가져올 수 있는지에 대한 명확한 비전을 제공하여, 교육자와 학습자가 효과적으로 활용할 수 있는 방법들에 대해 살펴볼 것이다.

교육 기술의 미래와 챗GPT의 역할

교육기술(EdTech: 에듀테크)은 최근 몇 년 간 급격한 발전을 이루며, 교육의 패러다임을 혁신적으로 변화시키고 있다. 이 분야는 기술의 진보와 교육의 필요가 맞물려 지속적으로 성장할 것으로 예상된다. 특히, 인공지능(AI), 가상현실(VR), 증강현실(AR) 등의 첨단 기술이 교육 과정에 통합되면서, 학습 방법과 환경에 근본적인 변화를 가져오고 있다. EdTech의 핵심 발전 방향 중 하나는 앞에서도 몇 번 거론했듯이 교육 내용의 개인화이다. AI 기반 학습 플랫폼을 통해 학생 개개의 학습 수준, 선호, 필요에 맞춘, 맞춤형 학습이 가능해지고 있다. 이러한 시스템은 학생들의 학습 데이터를 분석하여 각 학생에게 최적의 학습 경로를 제안하고, 학습 효과를 극대화한다.

증강현실(AR)과 가상현실(VR) 기술을 활용한 교육 콘텐츠는 학습자가 보다 몰입하고 상호 작용적인 환경에서 학습할 수 있도록 돕는다. 예를 들어, VR을 사용한 역사 교육은 학생들이 직접 역사적 장면 속으로 들어가 체험하게 함으로써, 전통적인 학습보다 더 깊이 있는 이해를 가능하게 한다. 또한, 코로나19 팬데믹은 원격 교육의 필요성을 급격히 증가시켰으며, 이는 EdTech 시장의 성장을 가속화하는 주요 요인 중 하나가 되었다. 이에 화상 회의 플랫폼, 협업 도구, 온라인 학습 관리 시스템(LMS) 등의 발전은 교육 접근성이 향상되고 교육의 질적 개선을 향상시키고 있다.

EdTech는 학습자의 피드백을 실시간으로 수집하고 분석하여, 교육 내용과 방법을 지속적으로 개선한다. 이는 교육 과정을 더욱 동적이고 유연하게 만들어, 변화하는 시대의 요구에 빠르게 대응할 수 있도록 한다. 이에 교육 기술의 미래는 지속적인 혁신과 기술의 통합을 통해 교육의 질과 접근성을 향상시키는 방향으로 진행될 것이다. 특히, 챗GPT와 같은 AI 기반 도구는 이 과정에서 중요한 역할을 하게 된다. 챗GPT는 자연어 처리(NLP) 기능을 바탕으로 대화형 학습을 지원하며, 학습자 개인별 맞춤형 교육 경험을 제공하는 데 기여한다.

교육 기술의 미래는 보다 개인화된 학습 경험을 통해 AI와 빅데이터를 활용하여 학습자의 성향, 선호, 성과 데이터를 분석하고, 이를 바탕으로 개인별 맞춤 학습 콘텐츠를 제공한다. 이는 학습 효율을 극대화하고, 학습 속도와 스타일에 맞춰 학습할 수 있도록 지원한다. 또한, AI 기술을 통한 학습 과정에서 실시간으로 피드백을 제공하고, 학습자의 진행 상황을 평가한다. 이는 학습자가 자신의 학습 경로를 지속적으로 조정하고 개선할 수 있도록 돕는다.

마지막으로, 원격 교육 기술의 발전으로 지리적, 물리적 제약 없이 교육 자원에 접근할 수 있게 된다. 이는 교육 기회의 평등을 실현하는 데 기여할 수 있다. 이처럼 EdTech의 발전은 교육의 질을 향상시키고, 학습자에게 더 나은 학습 경험을 제공하는 방향으로 진행될 것이며, 기술의 진보가 교육에 가져오는 혁신적인 변화는 앞으로도 계속될 것이다.

챗GPT는 교육의 미래를 밝게 할 중요한 역할을 할 것이다. 맞춤형 교육 콘텐츠 제공으로 개별 학습자의 질문에 맞춤형 답변을 제공하여, 학습자가 필요로 하는 정보를 즉시 얻을 수 있도록 하고, 학습자의 이해도에 맞춰 설명의 깊이를 조절할 수 있다. 또한, 다양한 언어를 지원하는 챗GPT는 언어 학습자에게 대화 연습 상대가 되어 줄 수 있고, 실시간으로 학습자에게 언어를 사용하며, 발음, 문법, 어휘력을 향상시킬 수 있다. 이에 교사(강사)는 챗GPT를 활용하여 교육 자료를 준비하고, 학생들의 질문에 대한 답변을 구성할 때, 참고 자료로 사용할 수 있으며, 학습자의 질문을 분석하여 교육자에게 학생들의 학습 수준과 필요를 보다 명확히 이해할 수 있는 인사이트를 제공할 수 있다.

챗GPT는 대화형 학습을 가능하게 하여 학습자가 능동적으로 지식을 탐색하고 학습할 수 있도록 지원한다. 이는 학습 과정을 더욱 흥미롭고 참여적으로 만들어, 학습 동기를 부여한다. 이처럼, 챗GPT는 교육 기술의 미래에서 학습자 중심의 교육을 실현하고, 교육의 효율과 질을 향상시키는 데 중요한 역할을 할 것이다. 이는 교육 분야에 혁신을 가져오는 동시에, 교육의 보편적 접근성을 확대하는 데 큰 기여를 할 것이다.

기술 통합을 위한 교육 정책과 방향

기술 통합을 위한 교육 정책은 교육의 질을 향상시키고, 모든 학습자에게 평등한 학습 기회를 제공하기 위한 필수 요소이다. 이러한 정책은 교육 시스템 내에서 기술이 효과적으로 활용될 수 있도록 지원하며, 기술의 빠른 발전 속도와 사회적 요구에 부응하는 방향으로 진행되어야 한다. 교육 정책의 핵심은 다음과 같이 네 가지 방향으로 설명할 수 있다.

1. 교육 기술의 접근성과 포용성 강화

모든 학습자가 기술을 이용할 수 있도록 하는 것은 교육 정책의 중요한 목표이다. 이를 위해 정부와 교육 기관은 인프라를 개선하고, 저소득층 및 농촌 지역 학교에 필요한 기술적 자원을 제공하는 데 아낌없이 투자해야 한다. 또한, 장애를 가진 학습자들을 위한 접근성 있는 교육 기술의 개발과 도입도 중요하다.

2. 교사와 교육자의 기술 역량 강화

교육 기술을 효과적으로 활용하기 위해서는 교사와 교육자의 역량 강화가 필수적이다. 이를 위해 정기적인 교육 프로그램과 워크숍을 제공하여, 교육자들이 최신 기술을 숙지하고, 이를 교육 현장에 즉시 적용할 수 있도록 해야 한다.

3. 혁신적인 교육 콘텐츠와 방법론 개발

기술 통합을 통해 교육 방법론과 콘텐츠를 혁신적으로 개선할 수 있다. 여기에는, 가상현실을 활용한 실습 중심의 학습, 게임화를 통한 참여 유도, 인공지능을 이용한 개인 맞춤형 학습 경로 제안 등이 포함될 수 있다.

4. 지속 가능하고 유연한 교육 환경 조성

기술은 교육의 유연성을 크게 향상시킬 수 있다. 원격 교육 시스템의 강화는 학습자가 시간과 장소에 구애받지 않고 학습할 수 있게 만든다. 또한, 급변하는 시장과 사회의 요구에 맞춰 교육 내용을 신속하게 업데이트하고 조정할 수 있어야 한다.

기술 통합을 위한 교육 정책은 단순히 기술 자체에 집중하는 것이 아니라, 그 기술을 통해 어떻게 교육의 질을 향상시킬지에 대한 명확한 비전을 제시하는 것이다. 이는 교육이 단지 지식 전달의 장이 아니라, 학습자의 평생 학습 능력을 기르고, 창의적이고 비판적인 사고를 촉진하는 곳이 되도록 해야 함을 의미한다. 또한, 모든 학습자가 기술을 통해 더 나은 교육을 경험할 수 있도록 하는 포용적 접근이 중요하다. 이와 같은 교육 정책은 교육의 미래를 형성하고, 교육을 통한 사회적 기회의 평등을 실현하는 데 큰 기여를 할 것이다.

이 책을 마무리하며, 필자는 모든 창의적 교육을 지향하는 학교, 기관, 그리고 문화예술교육 프로그램 개발자, 기획자, 강사들이 각자의 교육 현장에서 자신만의 맞춤형 문화예술교육을 실현할 수 있는 기초적인 자료로 이 책이 활용되기를 바란다. 지금까지 우리가 함께 탐구한 창의적 접근법과 인사이트는 단순히 이론에 그치지 않고, 각자의 교육 환경과 맥락에서 적용될 때 진정한 가치를 발휘할 것이다.

우리는 챗GPT와 같은 AI 도구를 활용하여 문화예술교육의 새로운 지평을 열 수 있었다. 이 기술은 단순한 도구를 넘어, 교육하는 방식을 혁신하고, 교육받는 이들이 지식을 소화하고 창조적으로 표현하는 방식에 깊은 영향을 미쳤다. 앞으로도 기술의 발전을 교육에 통합함으로써, 우리는 더욱 풍부하고 다양한 교육 경험을 제공할 수 있을 것이다.

문화예술교육은 단순히 기술을 사용하는 것이 아니라, 그 기술을 통해 인간의 감성과 지성을 어떻게 더욱 깊이 있게 다룰 수 있는지를 탐구하는 과정이다. 각 교육자와 기획자는 자신만의 독창적인 방식으로 기술을 활용하여, 학습자가 자신의 창의력을 발견하고, 세상을 바라보는 새로운 시각을 개발할 수 있도록 도와주어야 할 것이다.

이 책이 여러분의 교육적 여정에 영감을 주었기를 바라며, 각자 문화예술교육의 현장에서 이루고자 하는 변화의 중심에 서 있기를 희망한다. 우리 모두가 함께 새로운 교육의 미래를 만들어 가는 동안, 이 책이 실질적인 도움과 지침이 되기를 바라며, 여러분의 교육 프로그램이 학습자의 삶에 창의적인 변화를 가져다주길 기대한다.

박은정

참고문헌 (references)

챗GPT4.0 프롬프트 내용- OpenAI의 챗GPT4.0를 이용하여 생성 또는 작성함

Zaha Hadid Architects https://www.zaha-hadid.com

Theaster Gates에 대해 알아야 할 5가지 사항

https://www.tate.org.uk

박신의. "예술경영과 리더십, 온고잉 프로젝트? - 예술적 리더십(artistic leadership) 개념과 역할에 대한 소고 -". 문화예술경영학연구 8.1 (2015): 3-24.

TeamLab

https://www.teamlab.art/e/artsciencemuseum

BAZAAR https://www.harpersbazaar.co.kr/article/49234

시티호퍼스 https://cityhoppers.co/content/story/teamlab

베티크로커

https://michelledelgado.substack.com?utm_source=navbar&utm_medium=web

매드타임스 (MADTimes), (http://www.madtimes.org)

사례 연구: Dove의 "Real Beauty" 브랜드 캠페인

https://thebrandhopper.com/2024/01/06/case-study-dove-real-beauty-brand-campaign

zdnet Korea 기사 레코벨, 스타벅스앱 개인화 추천 서비스 제공

https://zdnet.co.kr/view/?no=20180213102051

레고 아이디어스 https://ideas.lego.com/

비트나인 넷플릭스는 어떻게 내 취향을 분석할까?

https://bitnine.tistory.com/380

마음을 읽는 개인화 마케팅의 시대

https://blog.daehong.com/237

넥스트렘브란트, 브런치 스토리 https://brunch.co.kr

고흥규. (2021). 인공지능을 활용한 미술 활동과 미래 미술교육의 방향성 탐색. 한국초등교육, 32(1), 235-248.

AI와 미술: 인공지능이 분석하는 미술 미스터리

https://issuehistory.com

딥드림 크리에이터 'Regina Deep Dreamer'

https://deepdreamgenerator.com/u/tininha

김영익, 서인호, 김휴찬. (2021). AI를 활용한 미술작품 실감체험 서비스 개발에 관한 연구. 융복합지식학회논문지, 9(4), 111-121.

박하나. (2023). 이미지 생성 인공지능(AI) 달리(DALL·E)의 활용 사례 연구.

조형미디어학, 26(1), 102-110, 10.35280/KOTPM.2023.26.1.11

미술작품 빅데이터를 활용한 AI기반 사용자 몰입형 스트리밍 플랫폼

특허정보검색서비스 키프리스

http://kportal.kipris.or.kr/kportal/search/total_search.do

'미술작품 빅데이터를 활용한 AI기반 사용자 몰입형 스트리밍 플랫폼'

위키피디아 https://en.wikipedia.org/wiki/On_the_Road

정영인. (2018). 고흐의 작품에 표현된 "밤"의 심리적 의미. 미술과 교육, 19(2), 43-71, 10.20977/kkosea.2018.19.2.43

김선지 그림속 천문학 예스24 https://www.yes24.com

자바실험실 https://javalab.org/cell_division_model

K-컬쳐 스퀘어 kculturesquare.kocca.kr

뉴시스 '세계 무예 VR,AR로 체험하자'

https://mobile.newsis.com/view.html?ar_id=NISX20210327_0001385452#_PA

생성형 AI의 수업 활용 방안 (연구위원 김태훈)

서울특별시교육청 수업혁신 우수사례 수상작 수업_ 스며들다